A SÉRIE
X-CLAN

Estava dando os retoques finais na minha parede quando ela se abriu e revelou Alfa Sven e outra bandeja de comida. Ele a colocou dentro, me fazendo rosnar de aborrecimento.

Peguei a bandeja e joguei-a no chão com um grunhido baixo de advertência.

A comida não vai para o ninho!, gritei com ele em minha mente.

— *Kari.* — A fúria jorrou dele em uma onda palpável que perturbou minha loba interior. Mas não recuei. Ele tentou sujar meu espaço com *peixe* e, funguei, *bife.*

Olhei para ele, sem me importar que a comida agora estivesse decorando o chão. Melhor no tapete do que em meus lençóis.

— Você vai *comer* — ele exigiu.

Eu bufei. Isso não tinha nada a ver com o fato de eu comer e tudo a ver com ele desrespeitar nosso ninho.

— Estou falando sério — ele disse, seu tom gelado e seu ronronar há muito desaparecido. — Chega dessa besteira de automutilação.

Ele queria falar sobre maldade? Ele tentou colocar *comida* no meu *ninho.*

— Você é um Alfa terrível. — Ele deveria saber que não podia destruir um espaço tão querido. *Meu espaço.* Algo que nunca tive antes. Talvez isso fizesse parte do seu jogo, esse desejo de me fazer sentir em casa apenas para me lembrar que eu não estava nem em casa nem segura, e inteiramente sob seu controle.

Meu coração acelerou.

Sim.

Esse era o objetivo desta lição. Ele me permitiria sentir alguns dias de conforto só para acabar com isso...

— Um Alfa terrível? — Sua ira atingiu meus sentidos, acalmando meu tumulto interior por um segundo.

Eu o chamei assim? Não conseguia me lembrar. Estava muito focada no meu ninho e na situação e... *por que estou agindo assim?* Nunca fui territorial antes. E eu sabia que não deveria considerar esta cama minha, muito menos fazer um ninho.

— Eu te dei banho, te alimentei, ronronei para você, te ofereci calor e proteção e você acha que sou um *Alfa terrível?* — Sua voz se transformou em um rugido que me fez encolher dentro do ninho e chamar minha loba por instinto. Pelos brotaram em minha pele, me transformando em meu estado animal mais rápido do que eu esperava.

Por causa da alimentação, percebi.

Eu já estava me sentindo mais forte, e Alfa Sven mal me deu muito mais do que conforto e comida.

Um grunhido furioso seguiu minha transformação, o Alfa mais irritado do que eu já tinha visto.

— Você vai se transformar agora mesmo — ele ordenou. — Ou não vai gostar das consequências, Kari.

TERRITÓRIO BARILOCHE

Um romance do X-Clan

LEXI C. FOSS

Território Bariloche

Lexi C. Foss

Copyright de Território Bariloche © 2024 Lexi C. Foss.

Tradução: Andreia Barboza.

Capa: JMN Art

Capa Photography: CJC Photography

Capa Models: Kristen & Mason

Texto revisado segundo o novo Acordo Ortográfico da Língua Portuguesa.

eBook ISBN: 978-1-68530-318-1

Paperback ISBN: 978-1-68530-319-8

Para a Assistente Peluda Zoey, seus abraços e apoio me ajudaram a sobreviver a este livro <3

Um agradecimento especial a Bethany, Katie e Jean, por tornarem este prazo possível. E a Louise e Diane, obrigada por me manterem à tona e por serem meu suporte vital tão necessário <3

TERRITÓRIO BARILOCHE

UM ROMANCE DO X-CLAN

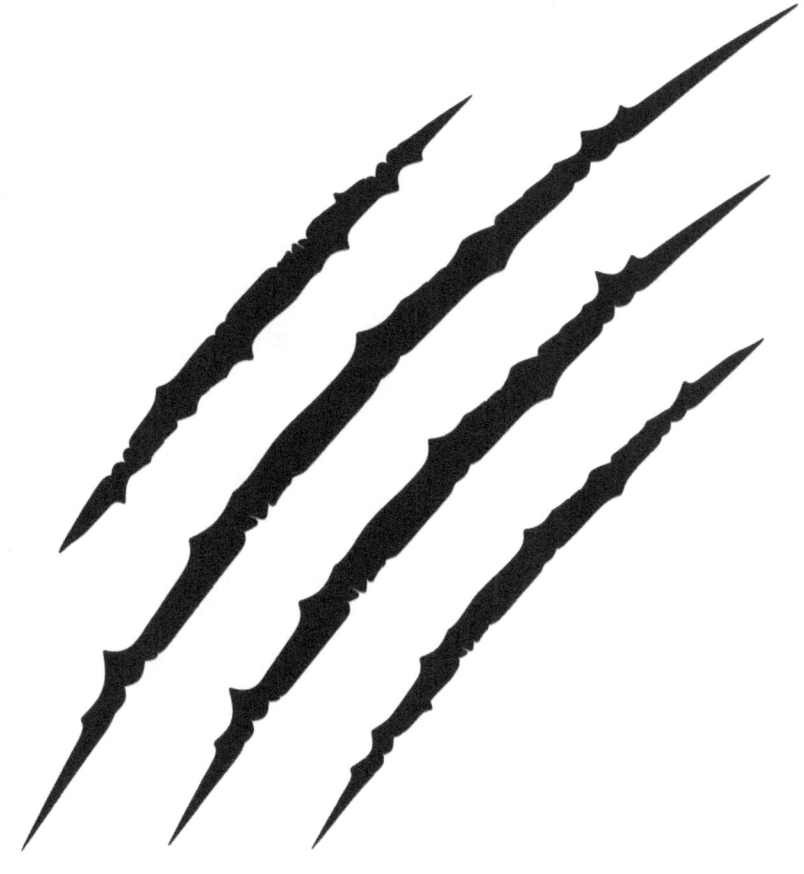

TERRITÓRIO BARILOCHE

Um romance do X-Clan

A vida é uma série de prisões.
E no final, só há morte.

Kari Zamora

Meu pai me escravizou. Me arruinou. Me vendeu. Me deixou sofrer.
Até que ele me resgatou.

Alfa Sven Mickelson, do Território Nórdico, afirma ser meu salvador, quer que eu viva e jura me proteger. Mas sei que não se pode confiar em Alfas. Tudo o que ele quer é meu vínculo de acasalamento. Me possuir. Me tornar sua.

Ninguém se importa com o que quero. Sou apenas uma boneca. Alguém para ser usada e abusada.

Então, talvez eu use este Alfa.
Ou talvez ele se torne o Alfa que sempre desejei.

Sven Mickelson

Meu destino é liderar. Dominar. Possuir. Sou um Alfa com direitos de nascença significativos e estou pronto para reivindicar o que é meu. Mas ela continua a me negar.

Ômega Kari está arrasada. Destruída. É uma mulher

abusada por aqueles em quem mais confiava. E sou o único que pode resgatá-la. Se ela me permitir.

Sinto a lutadora escondida sob seu pelo e a estou desafiando a sair para brincar. Porque quando ela o fizer, finalmente conseguirei reivindicá-la.

Então vá em frente, lobinha.
Me dê sua dor.
E juntos, queimaremos o Território Bariloche.

Nota: Este é um romance metamorfo independente com elementos do Ômegaverso e distópicos. Por favor, revise a nota da autora em busca de avisos de conteúdo, pois esta história contém gatilhos.

NOTA DA LEXI

Este livro deve ser um dos mais difíceis que já escrevi. Não foi tanto com a história que tive dificuldade, mas sim com a voz da Kari. Ela está incrivelmente destruída. E me levou a um lugar muito sombrio, talvez o mais sombrio que já visitei em minha mente. Foi uma experiência deprimente, mas floresceu em uma história de beleza e força.

Dito isto, sinto que é importante alertar aos leitores de que este livro é emocionalmente angustiante. Kari está no centro da depressão quando sua história começa, e isso fica muito nítido. Ela tem pensamentos suicidas, está abalada e sem esperança. Se você está lutando contra sentimentos tristes ou é facilmente influenciado por textos depressivos, eu reconsideraria a leitura. Ou comece na Parte II, onde se inicia sua jornada de cura.

Esta é uma história de crescimento, força e poder. Mas para que Kari se torne a loba que precisa ser, ela precisa superar seu passado.

Embora outros livros desta série contenham temas subjacentes de consentimento duvidoso, este se concentra nos aspectos estimulantes de um relacionamento de cura. Existem fortes elementos de não consentimento no passado de Kari, mas este livro se concentra mais em seu presente e futuro.

Como tal, Sven é um tipo diferente de Alfa. Ele é atencioso e meticuloso e, embora pressione Kari à sua maneira, ele é mais respeitoso do que outros Alfas neste universo. Ele é o que Kari precisa, mesmo que ela não queira admitir.

Essa história partiu meu coração. Mas, no final, a dor valeu a pena.

Espero que você goste da última parte da série X-Clan. E espero que nos encontremos novamente quando eu apresentar os territórios V-Clan deste universo.

Abraços,

Lexi

Alerta de gatilho: este livro contém material depressivo, incluindo pensamentos suicidas, cenas de automutilação e fortes sensações de desesperança. Ele pode não ser adequado para leitores sensíveis a conteúdo depressivo.

UM AVISO DE KARI

Meu mundo é um pesadelo.

Sou uma Ômega estéril, porque meu pai não queria que eu tivesse um companheiro. Então ele me transformou em uma concha para ser usada exclusivamente para o prazer masculino e atos obscuros.

Alfas me tomaram.

Abusaram de mim.

Me destruíram.

Não sei mais como confiar ou viver.

Minha história é cruel. Distorcida. Não é para os fracos.

Não existe final feliz neste universo. Apenas dor, sofrimento e troca de poder.

Talvez um dia eu escape de tudo.

Mas não será hoje.

Amanhã, provavelmente também não.

Sven Mickelson prometeu me ajudar. Não acredito nele. Sei o que ele realmente quer: uma Ômega obediente e disposta a aceitar seu nó. Ele não vai me dar escolha. Vai me tomar porque pode.

Alfas são todos iguais.

São seres sombrios e sem alma, com o desejo obstinado de procriar.

Meu pai garantiu que isso nunca aconteceria.

Então, eu só sirvo para ser usada.

Aprendi meu lugar há muito tempo.

Nunca muda.

Porque este universo não é gentil. Ele é selvagem.

Alfas são dominantes e líderes. Betas trabalham para manterem sociedades produtivas. E Ômegas são as joias valiosas, os seres raros que os Alfas tomam como companheiras para ajudar a continuar a corrida do X-Clan.

Mas essa não é a minha história.

Sou uma Ômega com útero inútil. Só há um destino para mim. E não será de devoção ou amor.

Você foi avisado.

PARTE UM

TERRITÓRIOS ESCANDINAVOS

CAPÍTULO I
KARI

MAIS UMA NOITE. *É isso. Sobreviva a ela e estará...* parei de pensar, sem saber como definir meu estado. Minha vida estava nas mãos do Alfa Enrique. Eu não estaria livre. Ainda haveria dor. Mas não poderia ser pior que o Território Bariloche.

Os sensores zumbindo nas minhas zonas erógenas sugeriam o contrário. Eles serviram como um lembrete flagrante do meu propósito neste mundo.

Uma escrava para o prazer de Alfas.

Eles não se importavam com meu bem-estar ou diversão. Somente os deles. Sempre deles.

Uivos reverberaram em minha jaula, provocando arrepios em minha coluna. Meu estômago embrulhou. Minhas coxas se apertaram. E o cheiro da minha umidade permeou o ar.

As vibrações aumentaram, forçando minha excitação e enviou raios pelas minhas veias. Queimou. Latejou e pulsou. Isso *dói.*

Mais uma noite, repeti para mim mesma, desejando que minha mente relaxasse. *Eu consigo...*

Um rosnado feroz se destacou, fazendo com que todos os pelos dos meus braços se arrepiassem. Sangue respingou no chão enquanto os Alfas brigavam. Todos tinham um objetivo em mente: *me dar o nó*.

Eles se revezariam. Um após o outro. Até que eu estivesse destruída no chão.

Esses estimuladores sensuais intensificaram meu estado a um ponto próximo do estro, inspirando todos os Alfas ao meu redor a entrarem no ciclo de acasalamento.

Quem romperia a barreira primeiro?

Ele estaria tão perdido na violência que eu poderia realmente morrer desta vez?

Haveria dois deles tentando entrar em mim ao mesmo tempo?

Estremeci, me lembrando da imagem vívida da minha irmã levando nós até a morte na semana passada. Seu companheiro foi morto, deixando-a uma pilha de ossos e carne com um único propósito: receber nós.

Fechei os olhos.

Você está viva?, me perguntei pela milésima vez esta semana. *Ou finalmente encontrou a paz?*

Muitas vezes, me perguntei como seria morrer. Seria silencioso? Suave? Gentil? Um esquecimento da escuridão? A fuga definitiva?

Não, minha loba interior rosnou, enviando uma onda de choque pela minha coluna e me trazendo de volta ao presente. Minhas pernas tremiam de necessidade, meu corpo implorava a esses Alfas que tomassem o que lhes pertencia, que me curassem.

Era uma promessa falsa. Não importava o quanto eles tentassem, eu ficaria para sempre insatisfeita por causa do que fizeram comigo.

Um nó só criava mais agonia.

Não que os Alfas tivessem notado. Eles alcançaram o êxtase, que era tudo o que importava.

Um rugido fez com que eu me enrolasse em uma bola apertada, a dança violenta chegando ao fim.

Nem me preocupei em ver quem venceu. Nem ouvi a fêmea Alfa se dirigir aos competidores para discutir o que viria a seguir.

Eu já sabia.

Eles se revezariam, do mais forte para o mais fraco, garantindo que os melhores Alfas na sala me tomassem enquanto eu ainda estava consciente.

Funcionava bem para mim no final. Os mais fortes sempre eram os mais cruéis. E eles tendiam a me nocautear primeiro.

O doce esquecimento seria meu em breve. Eu tinha apenas que aguentar. Sobreviver. Esperar.

A eletricidade zumbindo em minha pele continuou a provocar minhas reações à vida, garantindo que meu corpo proporcionasse uma entrada suave para quem me pegasse primeiro.

Meus mamilos estavam cheios de falsas evidências de interesse.

Tudo eram respostas programadas ao pré-condicionamento inerente ao meu corpo. As Ômegas nasceram para aceitar o nó, para serem as mais baixas da sociedade, para servirem como escravas do sexo.

Betas ficavam parados e não faziam nada, optando por manter os padrões sociais, fazendo o mesmo todos os dias.

E os Alfas governavam.

Bem, nem todos. Apenas os mais fortes. Os outros eram guerreiros que protegiam o rei.

Embora, pelo pouco que vi do Território de Inverno, parecia que essa colônia era composta principalmente de

Betas. O que explicava porque Alfa Enrique foi recrutado para se juntar às filas de Alfa Vanessa. Ela precisava de um Segundo, alguém para protegê-la e servir à sua disposição.

O Alfa do Território Bariloche me disse que eu seria um presente para Alfa Enrique. Ele me disse para ser uma boa Ômega e fazer tudo o que me fosse pedido. Em troca, um dia ele poderia me contar o destino da minha irmã.

Era tudo uma mentira.

Aprendi há muito tempo a não confiar na palavra de um Alfa.

Mas Alfa Enrique me deu esperança. Ele não era como os outros. Ele sempre foi... mais gentil. Apoiador. Curioso até. Ele nunca se perdeu nas fúrias alucinógenas dos outros. Ele me abraçou enquanto eu chorava.

Um zumbido de energia colocou meus instintos em alerta total quando o vidro ao redor da minha jaula começou a subir.

Está na hora, pensei entorpecida, tentando, mas sem conseguir fechar os olhos.

Os Alfas que me cercavam rugiram com intenções violentas, os instintos deles tomando conta da razão e os enviando em minha direção.

Um deles cortou as massas. Seus olhos azuis eram os de um lobo com determinação gélida. Ele destruiu todos em seu caminho, a raiva que estava gravada em suas feições fez meu coração quase parar.

Ele vai me despedaçar, percebi, notando seu tamanho e o rosnado feroz. Foi um pensamento que já passou pela minha cabeça várias vezes, mas algo neste Alfa tornava tudo ainda mais real.

Ele exalava um domínio que eu sentia no fundo da minha alma, fazendo com que minha loba choramingasse com a compulsão de se submeter imediatamente às suas necessidades e permitisse que ele fizesse o que desejasse.

Os outros machos tentaram me alcançar primeiro, mas os ossos deles se quebraram sob a ira do Alfa e os rosnados de outro.

Apertei as pernas, tanto com necessidade quanto com medo.

Não havia apenas um homem vindo atrás de mim, mas dois.

E pelo que pude ler na abordagem deles, eram iguais em força e estatura.

Se os dois entrarem em mim ao mesmo tempo... parei, incapaz de compreender a experiência. Seria diferente de tudo na minha história e me destruiria antes mesmo que eu tivesse a chance de respirar.

O rosnado de Alfa Enrique chegou aos meus ouvidos, sua fúria pela situação crescente era evidente. *Ele sabe que vou morrer.* Tentei desviar minha atenção para ele, para dizer com os olhos que aceitava meu destino, mas mãos fortes envolveram minha cintura antes que eu pudesse reunir forças para me mover.

Minha loba imediatamente ficou mole, se rendendo ao Alfa, que era muito mais forte. Ele me tinha em suas garras agora. Não havia nada que eu pudesse fazer a não ser tentar sobreviver.

Eu não sabia qual deles me segurava e lutei para não me importar. Seu calor envolveu minha pele úmida, me fazendo gemer enquanto as vibrações continuavam a forçar meu interesse.

Ele encostou minha cabeça em seu peito e correu no meio da multidão, procurando um local seguro para montar sua presa.

Fechei os olhos, desejando encontrar um lugar secreto dentro da minha mente que me permitisse escapar dos horrores que eu sabia que estavam por vir.

Mas o ar gelado encontrou minha pele quente alguns segundos depois, o que me fez abrir os olhos.

Ele pretende me dar o nó lá fora? Na neve?

Reclamei um pouco, não gostando de como seria. Provavelmente, ele me deixaria lá para morrer.

E o que aconteceu com o segundo Alfa?, me perguntei, delirando.

Eu podia ouvir os uivos e rosnados ecoando atrás de nós enquanto este Alfa corria, mas ele era rápido demais. Muito forte. Muito *dominante*.

Ele finalmente diminuiu o ritmo e me deixou tremendo em seus braços com uma mistura complicada de pavor e antecipação.

Eu precisava dele dentro de mim.

No entanto, sabia que o nó dele também poderia me matar.

Era uma combinação estonteante de desejos que provocou um gemido em meus lábios.

— Shh — ele me silenciou, o som estranho aos meus ouvidos e acompanhado por um rosnado baixo que provocou outro daqueles gemidos na minha garganta.

Ele me embalou com um braço, me segurando contra a parte superior de seu corpo enquanto a outra mão percorria meu corpo com interesse. Seus dedos imediatamente tocaram minhas partes sensíveis, me acariciando como o prêmio que ele provavelmente pensava que eu era.

O estrondo em seu peito se intensificou, sua irritação era palpável.

Algo na minha situação o irritou. Eu não estava molhada o suficiente? Ele esperava que eu implorasse? Gritasse de necessidade? O que ele...

O zumbido na minha pele lisa cessou, provocando um suspiro de choque vindo de dentro. Foi tão repentino e inesperado que fez com que pontos pretos dançassem diante dos meus olhos.

Depois, os estimuladores nos meus seios desapareceram, seguidos daquele colocado no meu interior molhado.

Ele o arrancou como se estivesse atrapalhando.

Um choque ricocheteou através de mim em um ritmo alarmante, roubando minha visão.

— Não se preocupe. Estou com você, lobinha — o Alfa me disse baixinho, as palavras reverberando em minha mente.

Eu não tinha certeza se eram reais.

Ou se as inventei.

Independentemente disso, eu só poderia dizer uma coisa para ele. *Sim, você está comigo. E é exatamente disso que tenho medo.*

Eu não sabia se expressei isso em voz alta ou não.

Provavelmente, não.

Porque, no momento em que considerei esse pensamento, já havia caído no meu cobiçado esquecimento. Um mar de escuridão. Meu estado favorito: de inconsciência.

CAPÍTULO 2
KARI

A REALIDADE me trouxe de volta à vida com um estalo nos ouvidos. Meu animal interior se agitou em confusão, o ar ao nosso redor estava estranho e cheirava a peixe.

Onde estou?

O vento rugia fora das paredes de metal, mal abafando as duas vozes masculinas próximas.

Estou viva?

Algo macio e quente envolveu meus ombros, mas eu estava presa com uma fivela de cinto em meus quadris.

Um Alfa disse algo antes de olhar para mim com olhos escuros e letais. Pisquei para ele, não tendo entendido uma palavra. A satisfação brilhou em sua expressão quando voltou a se concentrar em seu acompanhante loiro.

Eles estavam sentados em duas cadeiras de estilo executivo, rodeados de eletrônicos e *gadgets*. Uma ampla janela estava diante deles, a noite estrelada destacada pela lua.

Voando, finalmente determinei. *Estamos voando.*

13

Eu tinha acabado de fazer minha primeira viagem de avião recentemente, tendo sido transportada do Território Bariloche para o Território de Inverno. O Alfa do Território Bariloche me forçou a me transformar em loba antes de me trancar dentro de uma jaula e me deixar em um porão de carga pelo que pareceram dias.

Mas esses Alfas me enrolaram em um cobertor... e me prenderam em uma cadeira semelhante à deles.

Eu os estudei, me perguntando para onde pretendiam me levar.

Eles eram parecidos em estatura e tamanho, o domínio de ambos era palpável, o que confirmava que eram aqueles que eu temia em minha jaula.

Mas, pelo que pude perceber, eles não tinham me tocado. Apenas removeram os sensores, me envolveram em um tecido macio e me afivelaram em uma cadeira. Meus braços e pulsos estavam livres, assim como as pernas. E o cinto no meu quadril não estava travado.

Fiz uma careta. *O que está acontecendo?*

Olhei pela janela ao meu lado, notando o céu escuro. Não havia respostas escondidas além do vidro.

Contraí o nariz enquanto procurava os aromas, notando o cheiro ruim de peixe e os tons metálicos.

Examinei o espaço por um momento, sentindo mais alguém comigo. Alguém conhecido.

Snow.

A noiva de Enrique.

Seu cheiro irradiava da área de carga perto da parte traseira do avião. Eles a trancaram em uma caixa ou algo assim? Semelhante a como fui levada para o Território de Inverno?

Minha carranca se aprofundou. *Por que eles levariam Snow?* Ela era uma princesa Beta e, portanto, reverenciada. Eles pretendiam sequestrá-la para pedir resgate?

Ou talvez ela não estivesse aqui e seu cheiro estivesse apenas na minha cabeça.

Só conheci a mulher de passagem quando Alfa Vanessa me exibiu como um presente para Alfa Enrique. A princesa Beta não reagiu, mas imaginei que ela não estivesse entusiasmada com a ideia de seu noivo receber uma Ômega de presente. Minha existência só poderia ser usada para um propósito: satisfação. Porque Betas não aguentavam o nó dos Alfas. Pelo menos, não sem riscos.

Minutos se passaram em silêncio enquanto os dois Alfas na frente do avião relaxavam.

Esperei que um deles fizesse um movimento, sabendo muito bem que eles não iriam apenas me manter nesta área e sem me usar o quanto quisessem.

Mas esses minutos se prolongaram até que o avião começou a descer.

Ainda estava escuro, indicando que não fomos muito longe ou por muito tempo. Talvez uma hora de voo no total? Eu não poderia dizer, nem me importava. Estava mais interessada em saber para onde estávamos indo. O mar ocupava a vista de um lado do avião quando pousamos. Uma área de vilarejo apareceu do outro lado, com prédios modernos ao longe.

Muita neve, assim como no Território de Inverno.

Território Nórdico, imaginei, ciente dos vários Territórios do X-Clan em todo o mundo. Minha mãe me ensinou isso quando criança, me dizendo aonde ir caso algum dia eu escapasse do Território Bariloche. O Território Nórdico estava na lista, mas quem sabia se eu poderia confiar naquela informação antiga? Eu também nem sabia se estimei minha localização corretamente.

Os dois Alfas conversavam em voz baixa, as palavras vibrando no pequeno espaço.

Tentei não ouvi-los, preferindo meus pensamentos ao

debate. Mas foi difícil não perceber as nuances da conversa. *Eu.* O loiro queria saber se o moreno pretendia lutar com ele por mim.

— Você não venceria — o moreno disse em tom categórico.

— Eu sei — o outro respondeu sem perder o ritmo, me surpreendendo. Alfas raramente cediam com facilidade. E olhando entre eles, eu não tinha certeza se algum estava certo. Para mim, eles se pareciam muito.

— Então por que está me desafiando? — aquele com olhos negros letais exigiu.

— Não estou. Só quero saber se preciso me preparar para lançar o desafio.

— Que há de errado com você?

O loiro apenas olhou para o outro homem.

— Me responda, Kazek. Você vai lutar comigo por ela?

A testosterona irradiava pelo avião, chamando minha loba interior. Ela ansiava por se submeter e satisfazer a dor entre minhas coxas. Os sensores me deixaram insatisfeita. Mas, pelo menos, eles não estavam zumbindo por todo o meu corpo.

— Você sempre foi um filho da puta arrogante — o tal Kazek murmurou.

O outro Alfa não respondeu, apenas continuou olhando para ele.

— Merda, você está ferrado, cara. Nem conhece a garota. — Alfa Kazek fez uma pausa. — O problema é seu, Mickelson. Não vou te desafiar por ela. No entanto, outros provavelmente o farão.

Mickelson, repeti para mim mesma, reconhecendo o sobrenome. *Alfa Ludvig Mickelson do Território Nórdico.* Ele estava na lista da minha mãe como um Alfa em quem valia a pena confiar.

Mas, pela minha experiência, não havia tal coisa. Não neste novo mundo, ou na minha vida.

Os dois homens continuaram conversando, mas parei de ouvir e pensei em minha mãe e irmã.

A primeira morreu há mais de uma década pelas mãos do meu pai. Ela se recusou a satisfazer um de seus generais. E pagou o preço... depois que ele a fez assistir seus generais brincarem com minha irmã já destruída.

Minha mandíbula se apertou com a lembrança, meu coração doeu com a perda.

Ela está em um lugar melhor, lembrei a mim mesma, o mantra que repeti várias vezes ao longo dos anos. *Ela não está mais sofrendo.*

— Você quer a garota ou não? — Alfa Kazek retrucou, seu tom provocando um tremor em minha coluna. Alfas irritados sempre me enervaram. Quando os ânimos se exaltavam, geralmente descontavam a brutalidade em mim.

— Ela é minha — Alfa Mickelson respondeu, seu tom provocando outro arrepio dentro de mim.

Lobo forte. Macho dominante. Companheiro digno. Meu animal interior praticamente ronronou em expectativa. Mas minha parte humana sabia que não deveria avaliá-lo dessa maneira.

Eu nunca tomaria um companheiro.

Esse não era meu propósito neste mundo.

Alfa Kazek rosnou algo antes de terminar:

— Você a quer, então lute contra o Alfa do Território Nórdico por ela. Não farei isso por você.

Suas palavras me fizeram parar.

Espere... pensei que Alfa Mickelson fosse o Alfa do Território Nórdico?

Não tive tempo de considerar a questão, porque o alfa loiro já estava vindo atrás de mim. Meus membros tremiam de antecipação e medo, sabendo o que viria a seguir.

Sua mão grande encontrou a fivela na minha cintura mais rápido do que eu consegui piscar, e ele me pegou em seus braços corpulentos como se eu não pesasse nada. Um gemido suave escapou da minha garganta devido ao contato, meu corpo reagiu de maneira inata à dor que estava por vir.

Ele respondeu com um estrondo vindo de seu peito, o som me fazendo estremecer. Não foi um rosnado, mas uma reverberação suave.

Um som de aborrecimento, talvez?

Mas aquilo não estava certo.

Na verdade, era bom. O zumbido continuou em seu peito, acariciando a mim e meus sentidos e fazendo com que minha loba se acalmasse.

Mal o notei me carregar para fora do avião, minha mente e animal também focados no ritmo calmante vindo de seu peito.

Um ronronar, pensei, querendo me aconchegar nele. *Ele está... ele está ronronando.*

Minha mãe me contou sobre isso. Disse que era um som que só os Alfas podiam emitir. Ela parecia tão sonhadora quando falou sobre isso, dizendo que foi um dos poucos momentos em que realmente se sentiu em paz.

Savi também mencionou isso. Seu companheiro Alfa ocasionalmente ronronava por ela.

Mas nenhum Alfa jamais ronronou para mim antes.

— Qual é o seu nome, lobinha? — o Alfa perguntou com aquele estrondo na voz.

Engoli em seco.

— Ka-Kari. — O som saiu abafado, minha voz embargada, como se eu tivesse passado vários dias gritando.

Talvez eu tivesse.

Meu corpo não era meu. Reagia conforme as instruções, eu fazia tudo o que os Alfas mandavam, tudo na esperança de ganhar alguns momentos de silêncio a sós.

— Kari — ele repetiu, sua voz baixa ao pronunciar meu nome soou como uma carícia sensual. — Eu sou Sven.

Não era Ludvig Mickelson, então. Talvez um irmão? Ou um filho?

— Bem-vinda ao Território Nórdico — ele continuou. — Você estará segura aqui.

Segura? Quase bufei. Eu não estava *segura* em lugar nenhum.

Seu ronronar se intensificou como se ele sentisse minha dúvida, seu abraço me apertou com mais força enquanto ele me carregava com facilidade pela área tipo vilarejo, que eu agora suspeitava que fosse parte do aeroporto, e por um caminho em direção aos edifícios mais altos que vi do avião.

Uma luz suave iluminou nosso caminho, a neve tendo sido removida da calçada e empilhada sob árvores gigantes. A vegetação era diferente da que tinha em minha casa, não que eu tivesse passado muito tempo fora. Eu só me transformei em loba quando um Alfa exigiu isso. Às vezes, eles preferiam fazer o cio na forma animal.

Meu estômago revirou com o pensamento, me perguntando como esse Alfa escolheria me montar.

Ele respondeu ronronando ainda mais alto, a vibração absorveu minha pele e exigiu que eu relaxasse. Foi quase encantador. E um pouco... irritante... porque eu sabia que era tudo um método falso de me persuadir a um estado mais flexível para me comer.

— Shh — ele silenciou. — Não vou te machucar, Kari.

Desta vez, meu bufo escapou antes que eu pudesse engoli-lo.

Ele parou no meio do caminho para olhar para mim com um par de olhos hipnoticamente azuis. Seu cabelo loiro caiu sobre sua testa, forçando-o a balançar a cabeça para jogar as mechas para trás. Mas a mecha caiu sobre seu rosto mais uma vez, lhe dando um apelo quase infantil.

Só que não havia nada de *infantil* nele.

Ele era todo de linhas masculinas duras, queixo esculpido e maçãs do rosto perfeitas. Lindo, realmente. Mas a maioria dos Alfas era. Embora este também tivesse um toque lupino. Eu podia ver seu animal olhando para mim, avaliando minha aparência e adequação como companheira.

Sua besta interior logo zombaria da ideia, percebendo que eu estava destruída demais para aceitar seu nó indefinidamente.

Eu não poderia dar a ele um herdeiro. Não conseguia nem entrar em cio.

— Quando digo algo, falo sério — ele disse, capturando meu olhar. — Eu não vou te machucar, Kari. Juro.

Eu sabia que não devia acreditar nele. Então desviei o olhar. Ele poderia tentar fingir ser honroso o quanto quisesse. Poderia até fingir ser legal comigo. Eu aproveitaria isso pelo que era: uma distração até que o seu lado verdadeiro saísse para brincar.

— Tudo bem — ele murmurou. — Vou te provar com ações então.

Eu não tinha certeza do que ele quis dizer com isso.

No entanto, seu ronronar estrondoso me distraiu de tentar descobrir.

Ele retomou o ritmo e eu descansei contra seu peito, absorvendo o som e me perguntando se ele me seguiria em meus sonhos mais tarde. Seria bom ter uma noite tranquila de sono. Talvez ele ronronasse para mim depois de me comer esta noite.

Fechei os olhos, me permitindo ser embalada por mais alguns segundos.

Na verdade, eu usaria essa memória para sobreviver ao que quer que estivesse por vir.

Porque eu vi esse Alfa em ação. Sabia que a violência e o assassinato espreitavam em sua alma. Era apenas uma questão de tempo até que ele me usasse como válvula de escape.

Afinal, esse era o meu propósito nesta vida. Por que ele seria diferente?

CAPÍTULO 3
SVEN

Território Nórdico

Kari se aninhou em mim, sua forma pequena exibia mais cicatrizes do que qualquer Ômega deveria possuir. Não que as marcas fossem visíveis. Não. Eram feridas internas, que vi gravadas em suas íris azuis claras e escurecendo para sempre suas pupilas negras.

Esta mulher sofreu de uma forma que ninguém deveria. E especialmente não uma Ômega. Elas eram muito raras para serem torturadas, mesmo uma na condição dela.

Estéril, Alfa Vanessa disse. *Kari é estéril.*

Foi por isso que ela foi relegada à classe de serviço, sua existência útil apenas para um ato.

Embora isso pudesse ser verdade, não significava que ela merecesse viver dentro de uma jaula e ser usada para inspirar acasalamentos, violência e tudo o mais que tivesse sido feito com ela.

O Território Bariloche a enviou para Alfa Enrique como presente de casamento.

Que encantador.

No entanto, em vez de usá-la como pretendido, Alfa Vanessa despiu a Ômega e forçou sua excitação com vários brinquedos sensuais.

Puta merda, eu fervi. Kari teria sido destruída por aqueles Alfas voláteis e ineptos presentes. O que eu suspeitava que era o ponto principal. A infame Rainha dos Espelhos era conhecida por suas tendências sangrentas. Ela provavelmente queria ver Ômega Kari sofrer antes que Alfa Enrique terminasse o trabalho.

E ele também teria feito isso. Mesmo que fosse o único outro Alfa na sala que tinha força suficiente – tanto mental quanto fisicamente – para ajudar a garota. Ele teria se perdido na rotina depois de ver todo mundo jogar.

Balancei a cabeça, irritado de novo.

Kari se mexeu em meus braços, sua loba reagindo à minha agitação.

Eu a silenciei e fortaleci meu ronronar mais uma vez. Era um som reservado aos companheiros. No entanto, isso vinha muito naturalmente para mim, meu lobo contente e satisfeito com a fêmea em meus braços. Ele não se importava que ela fosse estéril. Ele a queria de qualquer maneira. E eu também.

Era uma sensação que nunca experimentei antes. Alguns podiam presumir que era apenas um Alfa reagindo à presença potente de uma Ômega, mas Kari não foi a primeira Ômega que conheci.

Como eu era filho de um Alfa poderoso, vários líderes de Território me procuravam com ofertas para arranjar um acasalamento para fins de aliança. Mas nenhuma das Ômegas que conheci jamais falou com meu lobo.

Pelo menos, não até que eu visse a loirinha na gaiola de vidro. E quando o cheiro dela me atingiu? Eu sabia que precisava tê-la.

Ela não deveria ser uma serva no Território Nórdico. Estava destinada a ser minha. Eu senti a verdade disso no fundo da minha alma. E meu lobo concordou de todo o coração.

Estéril, pensei novamente, franzindo a testa. *Se ela é estéril, então por que estou reagindo dessa maneira a ela?*

Porque não se tratava apenas do meu nó. Eu queria salvá-la para mantê-la como minha.

Uma reação estúpida, honestamente. Eu não a conhecia. Mas seu perfume natural serviu de farol para meu animal interior.

Mesmo quando entramos no coração do Território Nórdico, onde os aromas da alcateia aqueciam o ar, tudo que pude sentir foi o cheiro da mulher em meus braços.

— Sven — Joel disse quando me aproximei do prédio central no meio do corredor corporativo. Ele estava do lado de fora, em seu posto habitual. O Executor era um dos meus menos favoritos na equipe.

— Joel — respondi, parando enquanto ele bloqueava minha entrada.

— O que você tem aí?

Apenas olhei para ele. O cheiro de Kari forneceu resposta suficiente. Ele sabia que eu tinha uma Ômega e não ia explicar porquê.

— Onde a encontrou? — ele acrescentou antes de inspirar profundamente. Suas narinas se dilataram com interesse, provocando um rosnado do meu lobo.

Kari enrijeceu, fazendo com que me arrependesse do som de alerta que soltei. Reacendi meu ronronar para ela, o que fez as sobrancelhas de Joel se erguerem em surpresa.

Sim, você e eu, amigo, pensei. Mas não lhe dei a satisfação de responder em voz alta, em vez disso disse:

— Não tenho tempo para conversar. Abra a porta e

diga a Alfa Ludvig para me encontrar na suíte de hóspedes.

— Você quer que eu dê uma ordem a ele? — Joel parecia incrédulo.

— Não. Quero que você dê *minha* ordem a ele — retruquei. — Isso é um problema?

Os dentes de Joel rangeram quando ele abriu a porta com força.

— De jeito nenhum — ele murmurou através da mandíbula cerrada. Quando passei por ele, ele resmungou: — Filho da puta arrogante.

— Com um bom motivo — respondi para ele sem olhar. — Tenha uma boa noite.

Não pude evitar a pontada sarcástica em meu tom. Ele era meu superior em idade, mas inferior no que dizia respeito à hierarquia dos lobos. Também não por causa do papel de liderança do meu pai. Mas porque lutei e desafiei meu caminho na hierarquia. Os únicos dois acima de mim – além do meu pai – eram Kaz e Alana.

Eu não os desafiei por respeito.

Mas isso não significava que não pudesse vencê-los.

Reajustei Kari em meus braços enquanto chamava o elevador com um movimento do polegar. Ela não fez nenhum som ou qualquer tentativa de se mover quando entramos.

Depois de digitar o código especial que nos permitiria subir, coloquei-a novamente em meus braços e repeti:

— Não vou te machucar.

Ela não zombou desta vez. Decidi que isso era uma melhoria.

— Você não é mais uma escrava — acrescentei para garantir, roçando meu polegar na pele em carne viva ao redor de sua garganta. Foi preciso algum esforço para remover a coleira, e o dano em volta do pescoço sugeria que não era tirada há muito tempo. Provavelmente foi programada para se transformar com ela, funcionando, portanto, como uma espécie de rastreador. Foi por isso que a destruímos.

E também porque era errado prender uma criatura tão maravilhosa.

Ela levantou a mão até a garganta, hesitante, arregalando os olhos ao sentir sua pele.

— Por que...?

— Porque você não é mais uma escrava — repeti, enquanto as portas se abriam para a cobertura deste prédio.

O longo corredor à nossa frente tinha uma porta em cada extremidade, ambas levando a uma espécie de espaço protegido destinado a hóspedes que precisavam de um pouco mais de segurança. Somente aqueles com códigos de segurança poderiam acessar este andar. Isso também significava que Kari não poderia sair, mas os apartamentos espaçosos e a área externa deveriam satisfazê-la enquanto eu resolvia todos os detalhes com meu pai.

Saí para o corredor e fui para a esquerda, depois usei meu relógio para abrir a porta.

Kari não percebeu o que estava ao seu redor, seu foco estava em seu pescoço. Percebi o leve tremor nas pontas dos dedos enquanto ela continuava a tocar a base da garganta.

— Isso dói? — perguntei a ela.

— Sempre — ela sussurrou.

Olhei para sua garganta.

— Seu pescoço?

— Tudo. — Saiu tão baixo que um humano provavelmente teria perdido a resposta. Mas minhas orelhas de lobo captaram isso, junto com a maneira arrasada como ela disse isso.

— Está com fome? — Fui em direção à área da cozinha enquanto fazia a pergunta.

Ela não respondeu.

— Kari? Está com fome? — Tentei novamente. Eu não tinha certeza se a despensa e a geladeira estavam abastecidas, já que essa área de hóspedes raramente era usada. Eu provavelmente precisaria pegar suprimentos para ela.

Ela balançou a cabeça lentamente.

— Com sede? — ofereci.

Desta vez, ela começou a balançar a cabeça, mas acabou concordando.

Equilibrando-a com um braço, abri a geladeira com a mão oposta e encontrei um pacote de garrafas de água.

— Aqui — eu disse, pegando uma garrafa e entregando a ela.

Pequenos dedos giraram a tampa antes de despejar o conteúdo em direção aos lábios carnudos. Ela não olhou para mim enquanto fazia isso, preferindo focar na parede. Depois de alguns goles, ela parou. Mas agarrou a água como uma tábua de salvação, então não tentei tirar dela. Em vez disso, carreguei-a pela área de estar até o quarto e mostrei-lhe como acessar a área externa.

— Caso você queira esticar sua loba — expliquei antes de voltar para a sala. — Aquele banheiro deve ter tudo que você precisa. Verei o que posso fazer para encontrar algumas roupas para você também.

— Por quê?

— Para seu conforto — respondi.

— Oh.

Levei-a até a cama e a coloquei no colchão. Ela arregalou os olhos e seu pulso disparou quando ela começou a se contorcer. Levei um momento para entender a causa de seu terror repentino e quase rosnei em resposta.

— Não vou transar com você, Kari. Não assim, de qualquer maneira.

Ah, eu pretendia tomá-la. Mas não neste estado.

Embora sua suavidade definitivamente atraísse meu lobo, a corrente de medo destruiu o clima. Eu queria que ela estivesse macia e excitada. Não apavorada e sensível a sensores eróticos.

— Eu não... eu não... — Ela engoliu em seco e desviou o olhar para o chão. — Eu não entendo.

Passei os dedos pelos cabelos e considerei a situação dela. Ela passou de ser estimulada à força em uma gaiola de vidro para um quarto bastante luxuoso em poucas horas. Eu podia entender um pouco de sua confusão, dado o que Vanessa claramente pretendia realizar com aquela façanha inicial de balançar um Ômega excitada na frente de uma multidão de Alfas famintos.

Kari esperava que lutassem por ela e que a comessem.

E eu a levei direto para um quarto na chegada.

Então sua mente foi direto ao seu propósito e agora ela não entendia meu aborrecimento.

Me agachei no chão diante dela, colocando as mãos no colchão. Ela endireitou a postura, o estado de alerta brilhando em seu olhar enquanto eu a forçava propositalmente a olhar para mim em vez de para cima.

— O Território Nórdico não é como o Território de Inverno ou o Território Bariloche — garanti a ela. — Você não é escrava aqui. Você é... — Não consegui encontrar a palavra certa. Meu lobo disse *minha*, enquanto meu cérebro queria chamá-la de *convidada*. Mas nenhum dos dois estava realmente certo. — Bem, vamos descobrir o que você é. Mas você pertence aqui agora.

Um zumbido no meu pulso me impediu de dizer mais

alguma coisa. Com um giro do braço, peguei a mensagem do meu pai e me levantei mais uma vez.

— Preciso me encontrar com Alfa Ludvig para informá-lo sobre sua transferência de Território — eu disse a ela baixinho, usando o nome e o cargo do meu pai por hábito. Quase sempre me referia a ele dessa maneira perto de outras pessoas. Kaz era uma das poucas exceções a essa regra, principalmente porque ele parecia mais como parte da família para mim do que companheiro normal de alcateia.

— Tente tomar um banho e descansar um pouco — sugeri. — Voltarei para te ver em breve. E vou trazer comida também.

Ela não respondeu, então olhei para onde ela ainda segurava a garrafa de água como uma tábua de salvação.

— Ninguém vai entrar aqui, exceto eu. E talvez Alfa Ludvig, dependendo do que ele precisar. Muito poucos têm os códigos de acesso. Você está segura aqui, Kari.

Sua expressão me disse que ela não acreditou nisso nem por um segundo.

Suspirei e balancei a cabeça.

— Você verá que estou certo — prometi a ela. — Vá tomar um banho e dormir. Volto em breve.

Ela não respondeu.

Em vez de ficar parado e esperar, saí, decidindo novamente provar meu valor por meio de ações em vez de palavras. Eu não conseguia nem fingir que sabia tudo o que ela passou, mas tinha uma ideia bastante razoável de algumas coisas.

O Alfa do Território Bariloche não era conhecido por sua gentileza.

E aquela coleira em volta do seu pescoço provou ainda mais esse ponto.

Com um grunhido baixo, entrei no corredor e

encontrei meu pai esperando por mim ao lado do elevador.

— Sinto cheiro de Ômega não acasalada e de uma superabundância de peixes — ele disse a título de saudação. — Por quê?

CAPÍTULO 4
KARI

Minha loba choramingou dentro de mim quando uma nova presença permaneceu por perto. Alfa. Superior. Dominante.

Eu podia senti-lo mais do que o ver, sua presença era um farol que exigia submissão.

Sven disse que ninguém entraria nessas salas além dele e de Alfa Ludvig. O que significava que o último chegou. Mas ele não estava no cômodo. Caso contrário, eu seria capaz de ouvi-lo claramente. Em vez disso, tudo que percebi foi o burburinho baixo de vozes.

Tomei outro gole de água, me controlando para o caso de Sven ter mentido e decidido voltar para me dar o nó. Aprendi há muito tempo que era melhor sofrer durante o sexo com o estômago vazio. Sempre que comia primeiro, acabava perdendo o conteúdo do meu interior no Alfa, e isso nunca acabava bem.

Os murmúrios baixos continuaram, seus teores sugerindo que eles não se moveram.

Coloquei a garrafa na mesa e enrolei o cobertor mais apertado em volta de mim antes de me levantar. Uma espiada pela porta do quarto confirmou que eles não estavam dentro do apartamento. Então me arrastei em direção à porta principal para ver se conseguia ouvi-los com mais clareza.

Talvez revelassem seus planos para mim.

Sven disse que eu não era escrava. Ele também disse que não pretendia me comer no meu estado atual, seja lá o que isso significasse, e que nós descobriríamos meu lugar aqui.

Mas ele nunca me perguntou se eu queria estar aqui. Ou se preocupou em explicar por que me tirou do Território de Inverno. Ele simplesmente continuou me dizendo que eu estava segura.

Quase ri.

Uma Ômega nunca estava *segura* perto de um Alfa.

Quando me aproximei da porta, suas vozes ficaram mais claras para minha audição lupina. Se eu estivesse mais nutrida e fosse uma metamorfo mais forte, provavelmente poderia ter discernido as palavras antes. Infelizmente, tive que pressionar o ouvido na porta para entender o que estavam dizendo.

— ...uma escrava glorificada? — a voz mais profunda perguntou.

— Não foi isso que...

— Eu ouvi o que você disse, Sven. Ela é uma Ômega estéril e não acasalada que você deseja para si. Não é assim que funciona, e você sabe disso.

— Eu a ganhei. Portanto, ela é minha.

— Correção. Ela é *minha* — a voz profunda respondeu em um tom letal e baixo. — Tudo o que você faz reflete no Território Nórdico. E isso inclui brigar com outros Alfas por causa de uma escrava Ômega.

O silêncio caiu, provocando um arrepio em minha espinha.

— Foi a coisa certa a fazer — Sven disse depois de um instante. — Não vou me desculpar por isso.

— Não se trata de certo e errado, mas de como suas decisões impactam o Território como um todo. Se o que você me contou sobre a situação for verdade, então sim, você a conquistou de forma justa. Mas ela não é sua, Sven. Ela pertence ao Território Nórdico agora. E estará disponível para todos os Alfas.

Meu estômago revirou, meu futuro passou diante dos meus olhos.

Sven disse que eu não era uma escrava aqui. Não acreditei exatamente nele, mas tirar a coleira foi um toque gentil.

— Ela não está pronta para isso — Sven falou em um tom igualmente dominante. — Está desnutrida, exausta e aterrorizada. Sei que você pode sentir o cheiro tão bem quanto eu. Ela precisa comer e dormir. Também precisa ser examinada para determinar se é realmente estéril.

— E você quer ser o responsável por supervisionar esse processo. — Não foi uma pergunta, mas uma afirmação.

— Eu a ganhei. Portanto, deveria ser minha responsabilidade prepará-la adequadamente para o Território Nórdico.

Quase bufei. É claro que seria ele quem se ofereceria para me alimentar e me "examinar". Eu sabia o que aquilo significava. Ele me daria o nó antes dos outros. Se satisfaria e me passaria para seus amigos.

Todos os Alfas eram iguais.

Eles só se importavam com o nó. O prazer deles. A *necessidade* deles.

Nunca era sobre Ômegas ou o que queríamos. Estávamos aqui apenas para nos curvar e recebê-los.

Não me incomodei em ouvir o resto da conversa. Ouvi o que precisava saber.

Sven Mickelson era como qualquer outro Alfa que já conheci. Ele me venceu em um jogo violento e me levou para seu Território de origem. Longe de Alfa Enrique, o único lobo macho que conheço que já se importou com meus desejos.

E agora?, me perguntei. Eu estava em um lugar que não conhecia, que minha mãe afirmava ser diferente, com machos Alfa que queriam me transformar em escrava de sua própria espécie.

Sim, ele tirou minha coleira. Mas não significava nada se ele pretendia me manter nesta prisão para uso dos Alfas do Território Nórdico.

Cerrei os dentes enquanto me aventurava de volta para o quarto.

Ele mentiu para mim. Eu não tinha certeza de porque isso me surpreendeu. Ou talvez *surpresa* não fosse o termo certo. Isso... isso... bem, doeu por algum motivo. Talvez porque ele tivesse despertado um pequeno lampejo de esperança... um que minha mãe inseriu em meus pensamentos quando eu era uma menina.

Ela sempre dizia que havia Alfas decentes por aí.

Por apenas alguns minutos, quase acreditei nela.

Alfa Sven foi quase carinhoso comigo. Mas sua verdadeira face apareceu no corredor. Ele me considerava sua propriedade porque me conquistou.

E agora, ele planejava me preparar para os Alfas do Território Nórdico.

Sem dúvida, fingindo ser gentil e atencioso. Apenas para arrancar tudo quando sua necessidade surgisse.

Bem, eu não tornaria as coisas fáceis para ele. Ele tirou minha única rota de fuga ao me tirar daquela jaula. Eu deveria sofrer apenas durante a última noite. Então Alfa Enrique iria me ajudar.

Ele foi o único Alfa que manteve sua palavra.

Agora eu não tinha como alcançá-lo porque Alfa Sven me roubou. Ele estragou tudo.

Eu o odiava.

Me recusava a obedecê-lo.

E começaria por não comer.

Ou tomar banho.

Deixei o cobertor cair e olhei para baixo. Na verdade, eu daria um passo adiante.

Não seria mais humana.

Minha loba atendeu alegremente ao meu chamado, nossa liberdade de nos transformar à vontade era uma experiência única. A coleira sempre me controlou. Sem isso, eu poderia me relacionar com meu lado animal como um metamorfo deveria.

Alfa Sven, sem saber, me deu a oportunidade.

Agora eu retribuiria usando isso contra ele.

Você me quer saudável o suficiente para me dar seu nó? Boa sorte.

Cansei de ser um objeto de prazer.

Eu queria o direito de escolher. E neste ponto, escolhi a fome... e a morte.

Minha loba rosnou em desaprovação.

É melhor assim, argumentei.

Ela bufou alto, me lembrando que eu tinha me transformado. Por mim mesmo. Sem que alguém exigisse isso.

Hum.

Foi tão natural que mal senti. Normalmente, me transformar doía, quase como se meus ossos estivessem sendo forçados para o lado errado. Mas isso foi semelhante a ficar de pé.

Eu me virei, me deleitando com a sensação de estar livre. Meu pelo se arrepiou enquanto a eletricidade estática acariciava minha espinha. Eu queria correr. Brincar. Jogar.

Mas não havia outro lugar para eu ir além daquela área externa.

Trotei até a porta que Sven me mostrou e segui para fora. Então pulei até o final do pátio coberto de grama em menos de um minuto.

Bem, isso é decepcionante.

Apenas levava a outra porta, que dava para um quarto como aquele que acabei de desocupar. Uma espiada revelou uma área de estar semelhante. Então eram realmente duas suítes interligadas pelo corredor com o elevador e o pátio externo.

Voltei para fora e olhei para os galhos das árvores. Estavam presos a árvores vivas com raízes no solo e na grama abaixo, e bloqueavam principalmente o céu acima. Janelas de vidro estendidas sobre as paredes da varanda completavam o recinto, me permitindo ver o oceano e a lua além, sem arriscar qualquer tentativa de pular da plataforma para as ondas abaixo. Considerando que eu estava a pelo menos vinte andares, pude entender essa medida de segurança.

Bem, isso superava minha jaula no Território Bariloche. Mas eu sabia que não deveria me acostumar com esta prisão luxuosa.

Assim que Alfa Sven percebesse que eu não desejava seguir seus comandos, ele me jogaria em uma cela.

Assim como meu pai fez.

Minha loba choramingou um pouco com o pensamento. Então eu a distraí, entregando as rédeas aos seus sentidos animalescos.

Vá cheirar.

Vá vagar.

Vá explorar.

E talvez eu pudesse até convencê-la a destruir algumas

coisas ao longo do caminho. Como os travesseiros lá dentro.

Você não pode me enganar, Alfa Sven. Conheço o seu tipo. Então, vou tentar algo novo e não me submeter. Você não tem nada para forçar minha obediência. Então, o que tenho a perder?

CAPÍTULO 5
SVEN

Kari estava dormindo quando tentei levar comida para ela pela primeira vez. Ela rasgou as almofadas do sofá para fazer sua versão de cama. Pensei em pegá-la e levá-la para um colchão de verdade para ela se aninhar, mas a loba parecia tão fofa dormindo em sua bola peluda que eu não queria incomodá-la.

Ainda assim, teríamos que conversar sobre a bagunça que ela fez. Aquele sofá não era barato, e meu pai não ficaria satisfeito em saber que ele foi destruído por uma Ômega em modo loba.

Provavelmente, eu ficaria encarregado de arrumar tudo, já que ela era minha responsabilidade. Mas vê-la em sua forma animal fez tudo valer a pena. Ela tinha o pelo quase branco, de aparência macia que combinava com a cor natural de seu cabelo. O que era interessante para mim, porque meu pelo era castanho escuro misturado com mechas brancas e nada parecido com meu cabelo loiro acinzentado na altura do queixo.

Humm, me perguntei se os olhos dela eram azuis ou se mudaram para a forma de lobo.

Desta vez, quando abri a porta da suíte dela, foi a primeira coisa que descobri.

Azuis.

Quase sorri. Até que percebi o estado da sala.

— Que merda é essa? — murmurei.

Ela destruiu mais do que o sofá desta vez. A mesa de madeira não existia mais. O enchimento da almofada decorava várias partes da sala. Havia almofadas destruídas por toda parte. Livros reduzidos a pedaços de papel. Duas prateleiras viradas. Uma televisão quebrada. E uma série de pratos estilhaçados.

A Ômega teve um acesso de raiva.

Ela se sentou, presunçosa no meio do caos, e me lançou um olhar que implorava para que eu retaliasse. *E agora, Alfa?* suas íris brilhantes perguntaram.

Eu nem tinha certeza do que dizer.

— Por quê? — questionei. — Por que você destruiu a sala?

Ela bufou, o som sem remorso e quase irritado.

Semicerrei os olhos, tentando descobrir o que essa lobinha estava pensando. Uma rápida verificação na cozinha mostrou que ela não tentou comer nada. Então fui até o quarto, encontrei os lençóis em farrapos no chão e continuei até o banheiro.

O box estava com cheiro de limpeza, sem sinais de alguém ter usado shampoo ou sabonete recentemente. O que implicava que ela também não tomou banho.

Apenas se transformou em uma linda loba loira e destruiu metade da cobertura.

Não me preocupei em verificar o outro lado. Isso já exigiria uma limpeza significativa.

— Aqueles lençóis eram muito bonitos — eu a informei quando entrei novamente na sala. Ela não saiu do lugar, sua expressão ainda era presunçosa. — A maioria das Ômegas adoraria usá-los para fazer ninhos.

Ela mostrou os dentes para mim, rosnando baixo.

— Isso é fofo — respondi. — Quer que eu rosne também?

Ela bufou como se dissesse: *Faça o seu pior, Alfa.*

Claramente, ela queria uma reação minha. Algum tipo de reprimenda. Ou talvez estivesse me punindo por ter ido embora, tendo um ataque colossal.

Bem, eu não gostava de jogos.

Eu a ajudei a sair de uma situação ruim e era assim que ela me retribuía? Virando as costas para a minha hospitalidade?

— Se transforme — eu disse a ela. — Agora.

Ela se deitou, desviando o olhar do meu em sutil submissão. Comecei a rosnar, apenas um leve arrepio na coluna me manteve sob controle.

Doía forçar uma loba submissa a se transformar quando ela não queria, e parecia que Kari não estava com humor para ser humana hoje. Talvez ela ainda estivesse se curando. Claro, isso não explicava o estado da sala. Mas eu não conseguia nem fingir que entendia como era estar na situação dela.

Os Alfas foram feitos para cuidar dos membros mais fracos da alcateia, não para explorá-los.

Suspirando, me agachei diante dela.

— Prometi não te machucar, Kari — eu disse no tom mais suave que pude. — E vou cumprir essa promessa.

Suas orelhas se contraíram, mas ela não reagiu. No entanto, eu suspeitava que isso fosse algum tipo de teste da parte dela, uma maneira de ver até onde poderia me pressionar antes de atacá-la.

Alguns Alfas não tinham paciência.

Eu não era assim.

Estendi a mão e a passei de leve sobre sua orelha empinada, o gesto destinado a acalmar. No entanto, seu pelo tremulava com incerteza, sua ansiedade era um cheiro potente que me fez retrair e me levantar mais uma vez.

Se ela estava determinada a permanecer na forma de lobo, por enquanto eu permitiria. Contanto que ela comesse alguma coisa.

Fui até a cozinha em busca de algo apropriado para animais e encontrei uma tigela para água, depois peguei um prato para colocar um bife cru.

Ela não se moveu, manteve o corpo rígido no chão enquanto esperava pelo que eu pretendia fazer. A pobre garota me lembrava um animal de estimação maltratado, com a postura sempre vigilante enquanto antecipava o pior de todos ao seu redor.

Levaria tempo para ganhar a confiança dela, algo que infelizmente estava faltando, já que meu pai queria apresentá-la à alcateia. Ele não planejava oferecê-la, mas sim lhe dar a oportunidade de encontrar um protetor apropriado.

As ômegas exigiam sexo, assim como os Alfas. As necessidades inatas criaram um relacionamento proposital onde os Alfas podiam dar o nó e expulsar a agressividade de uma maneira satisfatória e, em troca, a Ômega se sentia segura e satisfeita.

No entanto, eu queria mais do que isso.

Desejava uma companheira e, embora a biologia pudesse afirmar que isso era impossível para Kari, meu lobo pensava o contrário.

Daí o cronograma reduzido. Eu não só precisava prepará-la para conhecer a alcateia, mas também precisava que ela estivesse pronta para concordar em ser minha.

Felizmente, eu adorava desafios. E este seria o mais gratificante de todos.

— Vou lhe dar mais um dia para se aclimatar ao novo ambiente — eu disse enquanto voltava para a sala de estar. — Mas espero que você coma enquanto eu estiver fora. — Coloquei a tigela e o prato na frente dela. — Um banho também é recomendado. — Olhei ao redor. — E tente não destruir mais nada. Isso já vai ser uma merda de limpar. Sem mencionar que é caro para substituir.

Ela não olhou para mim, mas aquelas orelhas se contraíram novamente, confirmando que ela ouviu tudo o que eu disse.

— Vinte e quatro horas — acrescentei enquanto me dirigia para a porta. — E estou falando sério, Kari. Espero que você coma. Você não vai gostar das consequências se não o fizer.

Prometi não machucá-la e não faria isso, mas também não toleraria automutilação. E isso incluía não comer de forma qualificada.

— Se não gostar de carne crua, se transforme. Tem muitas opções na geladeira. — Fiz um gesto para a cozinha.

Ela não me deu bola.

Em vez de me repetir, fui embora.

Ela teria vinte e quatro horas para mostrar melhora.

Do contrário, eu mostraria a ela como um verdadeiro Alfa reagia nessa situação. Eu suspeitava que ela não iria gostar. Mas sobreviveria. E me agradeceria por isso mais tarde.

CAPÍTULO 6
SVEN

Estudei o bife cru na neve, sabendo bem de onde veio: a varanda externa da cobertura, que pertencia a uma certa suíte de hóspedes.

Lars cheirou a carne, com a cabeça peluda inclinada para o lado enquanto captava vestígios de Ômega nas marcas dos dentes no topo.

Ele ergueu seu grande focinho preto e me prendeu com um par de olhos castanhos curiosos.

— É uma nova adição — eu disse em voz baixa. — Alfa Ludvig pretende apresentá-la em algumas semanas.

Ou dias, pensei, aborrecido.

Quando relatei o estado de Kari ontem, ele não me mostrou nenhuma clemência, afirmando que eu precisava prepará-la antes que a alcateia sentisse seu cheiro.

E ela não estava me ajudando, jogando a porcaria da comida na varanda.

Ela provavelmente pensou que ia para o oceano, pois não seria capaz de ver a pequena faixa de terra do seu ponto de vista. Parecia apenas água das janelas de vidro que revestiam as paredes do pátio externo. Ela encontrou uma das ripas de ventilação para jogar a comida fora.

Normalmente, deixávamos essas aberturas fechadas para proteger o recinto dos montes de neve. No entanto, eu as deixei abertas porque pensei que ela apreciaria o ar fresco.

Teria que corrigir isso durante minha próxima visita. Supondo que eu me lembrasse disso. Tudo o que eu conseguia focar era no meu desejo de dar meu nó e lhe ensinar uma lição de respeito.

Ômega desobediente. Eu te avisei, pequena, e você jogou minha única exigência pela janela.

Lars grunhiu, atraindo meu olhar de volta. Ele poderia perceber minha agressividade crescente.

Havia uma coisa que eu desprezava: desrespeito. Quando era um jovem Alfa, eu experimentava regularmente. Mas havia uma razão para eu ter subido na hierarquia. E Kari estava prestes a descobrir por que os lobos do Território Nórdico me consideravam quase tão superior quanto Kaz e Alana, apesar da minha idade.

— Não conte aos outros — eu disse a Lars, meu tom calmo e autoritário. Como eu era um membro de alto escalão da alcateia, ele atenderia à minha exigência. Mesmo assim, achei necessário explicar o porquê. Os subordinados ficavam mais dispostos a obedecer quando tinham uma razão válida para agir. — Ela ainda não está pronta para conhecer ninguém. — Diante de seu olhar contínuo, acrescentei: — Ela é do Território Bariloche.

Ele se encolheu visivelmente, seu lobo soltou um rosnado baixo.

— Sim, exatamente meus sentimentos. — O Território Bariloche era famoso por maltratar Ômegas. Mas ninguém nunca fez nada a respeito, porque tínhamos nossos próprios problemas para resolver.

Como manter os infectados fora do nosso território.

Os lobos do X-Clan eram imunes ao vírus zumbi, mas isso não impediu que os humanos infectados tentassem nos morder. Tínhamos sangue quente e comida em suas mentes mortas.

Cresci com esta vida, a pandemia ocorreu quase oitenta anos antes do meu nascimento. Mas outros como Kaz falavam frequentemente da vida pré-infecção.

Kari era daquela época?, me perguntei, olhando para o prédio. *Qual a idade dela?*

Talvez eu a perguntasse.

Depois que a fizesse me contar por que ela jogou um bife perfeitamente bom da merda da varanda.

Ah, é melhor você ter comido outra coisa. Qualquer outra coisa, pensei, rangendo os dentes de frustração. Talvez deixá-la por mais um dia tenha sido a decisão errada. No entanto, parecia que ela precisava de espaço.

Balancei a cabeça.

Bem, você teve seu espaço, lobinha. Quase trinta e seis horas. Porque fui obrigado a ajudar minha mãe em uma tarefa que demorou muito mais do que o esperado.

O que significava que Kari estava aqui há dois dias.

E se minhas suspeitas estivessem certas, ela não comeu nada desde que chegou.

— Faça-me um favor e limpe isso — eu disse ao Beta em forma de lobo. — Não quero que ninguém sinta o cheiro dela ainda. — Porque só encurtaria ainda mais meu cronograma.

Lars balançou a cabeça em aceitação e depois pegou a carne. Eu não tinha certeza se ele planejava comer o bife ou jogá-lo na água. Não fiquei por perto para descobrir, meu animal interior rugiu de raiva porque a Ômega desobedeceu a uma ordem clara de comer.

Dei a ela um espaço seguro para se curar e se esconder.

Uma abundância de recursos também. E ela me agradeceu destruindo a mobília e jogando um pedaço de carne da varanda.

Certo.

Hora de uma lição.

Se ela não podia cuidar de si mesma, eu faria o trabalho por ela.

Digitei os códigos necessários e em poucos minutos estava do lado de fora da porta.

O silêncio encontrou minha entrada, e uma rápida observação na cozinha provou que Kari não tocou em um único pedaço de comida. A tigela de água que deixei estava virada no carpete, onde o líquido penetrou nas fibras do tapete. Mais bagunça para limpar.

Mas eu tinha uma Ômega desobediente para punir primeiro.

Não me incomodei em chamá-la. Em vez disso, segui meu nariz e a encontrei enrolada em uma bola na varanda.

— Se transforme — exigi.

Ela não se mexeu. Nem levantou a cabeça. Mas estava acordada. Eu poderia dizer pelo arrepio em seus ombros que ela não só estava muito consciente da minha presença, mas uma parte inteligente dela também estava preocupada com o que viria a seguir.

— *Se transforme* — repeti, dando a ela mais uma chance de fazer isso de boa vontade.

Quando ela se recusou, rosnei em tom baixo e autoritário e a obriguei a retornar à forma humana apenas por força de vontade.

Ela choramingou enquanto seu corpo reagia ao meu domínio, fazendo exatamente o que eu disse a ela para fazer. A falta de alimentação era evidente, pois estava tão fraca que era incapaz de resistir.

Ossos estalaram enquanto suas pernas se estendiam, seu animal gritando de dor por ser forçado a recuar.

Então ela começou a tremer. Seu terror era um cheiro pungente que fez meu nariz se contorcer.

Ela se enrolou ainda mais, os braços envolvendo as pernas enquanto tentava se esconder.

— Kari. — O nome dela saiu da minha boca em um grunhido, fazendo-a estremecer. Então ela começou a se virar, com as pernas esticadas no chão e se abrindo no que a maioria consideraria um convite para transar.

Meu lobo se animou, curioso.

Mas o homem que há em mim reconheceu a expressão abatida de submissão.

Ela foi treinada para reagir dessa maneira, antecipar a necessidade de um Alfa no cio e apenas ficar ali e aceitá-la. Meu coração bateu dolorosamente no peito, toda a minha frustração e raiva por ela não cuidar de si mesma pulou da varanda para se juntar àquela marca de bife no chão.

Essa pobre garota passou por um inferno e previu o pior da minha raiva.

Tudo que eu queria era cuidar dela e suspeitava que nenhuma palavra a convenceria disso. Eu precisaria fazer uma abordagem diferente.

Me agachei ao seu lado e passei os braços sob seus ombros e joelhos para levantá-la do chão. Seu peso me disse o quanto estava frágil, seu estômago vazio por sabe-se lá quantos dias.

Embalando-a contra meu peito, comecei a ronronar e a levei para dentro.

Ao contrário da última vez, ela não se aninhou em mim. Permaneceu mole, com os olhos fechados como se já estivesse morta.

Pressionei os lábios no topo de sua cabeça e a levei

para o quarto. Ela não reagiu. A mulher mal respirava, já resignada com seu destino.

Mas não a coloquei na cama.

Em vez disso, levei-a para o banheiro e a coloquei na bancada de mármore. Encostei-a no espelho e estendi a mão, com medo de que ela caísse para o lado. Mas ela permaneceu sentada com os olhos e os lábios fechados.

Essa era uma Ômega que caiu em um espaço sombrio dentro de sua mente, permitindo que o Alfa fizesse o que quisesse. E não gostei dela nesse estado. Eu preferia os grunhidos desobedientes de ontem, ou mesmo o conforto silencioso que ela alcançou na outra noite, quando a trouxe aqui pela primeira vez.

Algo aconteceu. Algum tipo de mudança em sua mente que simplesmente desistiu, e eu suspeitava que ela estivesse à beira de um colapso desde que chegou. Dar espaço a ela foi a atitude errada. Não faria isso de novo.

Ela precisava de carinho e apoio para ganhar alguma confiança.

Além de um banho, pensei, olhando para a banheira.

Dado o seu estado letárgico, essa não parecia ser a melhor escolha, então liguei o chuveiro. Eu me preocuparia em alimentá-la quando ela estivesse limpa e enrolada em uma toalha aquecida.

Tirei os sapatos e as meias e fiquei apenas com a cueca boxer, depois passei os dedos pelo cabelo na tentativa de domar os fios rebeldes.

As mechas prontamente voltaram ao lugar.

Era um comprimento em que eu não conseguia prendê-lo, nem segurá-lo atrás das orelhas.

Desistindo de tentar, testei a temperatura da água e descobri que já estava aquecida, apesar do clima frio de inverno lá fora. Deixei a porta de vidro aberta, me aproximei para pegar Kari novamente, meu ronronar vibrando alto para mantê-la o mais calma possível. Mas ela não pareceu notar. Ela estava muito perdida em sua mente para perceber o que estava acontecendo.

Forçá-la a voltar à sua forma humana deve ter sido o ponto de ruptura. Doeu receber a ordem de se transformar, e algo me disse que ela me forçou a isso para que eu removesse todas as suas escolhas. Ela queria que eu fosse o vilão deste mundo e mostrasse o meu pior lado. Eu não tinha certeza de como ela se beneficiaria com isso. Talvez fosse uma forma de ela definir seu novo normal.

Passei os dedos pelos cabelos dela enquanto nos movia sob o jato quente, permitindo que a água penetrasse em seus fios loiros e pele pálida. Sua falta de movimento confirmou que ela caiu num estado de inconsciência. Ela poderia ficar lá enquanto eu cuidava dela, mas precisaria que ela saísse dessa situação para poder comer.

Equilibrando seu peso com um braço, a apoiei no peito e usei a mão oposta para lavar e enxaguar seu cabelo. Movê-la se provou ser um desafio, mas seu corpo franzino era fácil de controlar. Repeti a ação com o condicionador e depois a ensaboei por completo, movendo-a contra mim.

Nem uma vez ela se moveu sozinha.

Ela também não se preocupou em abrir aqueles lindos olhos azuis.

Sua frequência cardíaca permaneceu estável, sua respiração superficial, mas ela não estava dormindo. Apenas... vagando.

Deixei a água correr um pouco sobre nós dois, garantindo que toda a espuma fosse pelo ralo antes de desligar o chuveiro. Meu peito continuou a ronronar naquele som tranquilo e rítmico, esperando que isso a tirasse desse estado.

Mas nada parecia funcionar.

Enrolei-a em uma toalha grande e fofa, penteei o cabelo dela e me sequei, sem conseguir acordá-la.

Suspirando, sussurrei:

— Tudo bem, pequena. Você ganhou. — Ela não conseguiria comer assim, e eu não queria correr o risco piorar ao seu estado.

Então a coloquei no chão do quarto enquanto refazia a cama com lençóis limpos e peguei garrafas de água na cozinha.

Ela permaneceu mole o tempo todo, seu corpo era meu para que eu a movesse e fizesse o que eu quisesse.

Levantando-a do chão, eu a levei para a cama e nos coloquei nos cobertores. Se ela quisesse descansar, eu me deitaria com ela.

Aconchegando-a por trás, permiti que ela sentisse minha força como Alfa enquanto meu lobo jurava através do estrondo em meu peito que a protegeria neste estado enfraquecido pelo tempo que ela precisasse.

Minha, ele murmurou. *Essa Ômega está destinada a ser minha.*

CAPÍTULO 7
KARI

MINHA LOBA BOCEJOU e se esticou dentro de mim, seu contentamento irradiava através dos meus pensamentos nebulosos. Eu me senti descansada, embora fraca.

Uma sensação estranha. Não a parte fraca, mas a descansada.

E segura, percebi, sentindo meu corpo formigar com um calor estranho.

Um zumbido reverberou através de mim, aquecendo minhas veias e fez minha loba rugir de volta. Ela gostava daquele som repetitivo, a tranquilidade reconfortante que apelava aos seus sentidos mais básicos.

O que é isso?, me perguntei, procurando uma fonte em minha mente turva. *Onde estou?*

Muitas vezes acordei neste estado de confusão, inconsciente do que me rodeava e dos horrores que acabaram de ser desencadeados sobre mim. Mas eu não conseguia me lembrar de alguma vez ter me sentido tão satisfeita, como se tivesse dormido pacificamente por horas.

Depois de alguns segundos de contemplação, retirei

minha última memória tangível: a de Alfa Sven me forçando a me transformar.

Estremeci, o horror do momento arrepiou meus braços.

Mas a vibração aumentou, fazendo com que minha pele suavizasse no instante seguinte. *Eu realmente gosto desse som*, pensei com um suspiro mental. *Um estrondo lindo e hipnótico.*

Meus lábios quase se curvaram.

Mas aquela memória permaneceu em minha mente, a de Alfa Sven exigindo que eu retornasse à forma humana. Eu fui longe demais, e esse era o ponto. Eu queria que ele me machucasse. Queria provocar o Alfa para que pudéssemos acabar logo com essa dança.

Me examinar.

Me apresentar aos outros Alfas.

Ou apenas me matar.

Espere... fiz uma careta. *É por isso que me sinto tão bem? Finalmente estou morta?*

Meus olhos estavam pesados demais para abri-los, meu corpo relaxado demais para me mover.

Ah, e aquele ronronar suave me fez querer me enterrar mais profundamente no calor ao meu redor, em vez de rolar para longe dele.

Não me senti examinada ou usada. Na verdade, eu não estava nem um pouco dolorida. Apenas com fome. Algo que meu estômago confirmou ao grunhir de necessidade.

Os estômagos fazem isso quando se está morto? me perguntei, franzindo a testa.

Algo macio deslizou sobre minha pele, suavizando as rugas da minha testa antes de deslizar pelo meu rosto até o queixo.

— Você precisa comer — uma voz profunda

murmurou, as palavras ecoando com aquele estrondo viciante.

Alfa Sven.

— Estamos nesta cama há quase um dia, lobinha — ele continuou. — São três dias sem comida, e quem sabe quanto tempo antes disso. Seu estômago me diz que você também está ciente. Então abra esses lindos olhos para podermos resolver o problema juntos.

O toque suave acariciou o espaço sob meus olhos enquanto uma faixa de aço apertava meu torso. Seu dedo voltou para meu cabelo, penteando os fios de uma maneira que provocou arrepios na minha coluna.

Como...?, parei, sem saber o que queria perguntar. Não conseguia me lembrar de nada que tivesse acontecido depois que ele me fez me transformar. Eu me desliguei, antecipando o pior. Mas o cheiro de limpeza e o calor na minha pele não eram sinais de sexo.

Eu me senti... *limpa.*

E segura, pensei novamente. *Muito segura.*

Mas isso não fazia sentido. Ele estava tão bravo e exigente, seu rosnado era igual aos que eu já ouvi tantas vezes antes. *Se transforme para que eu possa te comer. Se transforme para que eu possa te dar o nó. Se transforme para que eu possa te possuir.*

No entanto, minhas coxas não estavam machucadas. Minhas entranhas não estavam doendo, exceto pelas cólicas por falta de alimento. E minha pele parecia renovada e imaculada.

Nenhuma parte de mim doía, exceto as dores da fome.

— Eu não... — Minha voz saiu rouca, minha garganta estava incrivelmente seca.

Alfa Sven se moveu, me empurrando para fora do meu refúgio de conforto e provocou um protesto baixo da minha loba. Tentei esconder, banir os sons do meu animal interior, mas o Alfa deve ter me ouvido, porque ele a silenciou em meu ouvido enquanto se movia ao meu redor.

Minhas pálpebras se recusaram a se abrir, me deixando cega para o que quer que ele estivesse fazendo.

Então uma garrafa de plástico encontrou meus lábios.

— Beba — ele ordenou, provocando outro arrepio na coluna.

Obedeci porque precisava da água. Queimou minha garganta, me fazendo estremecer. Ele ronronou em resposta, claramente satisfeito com minha aquiescência.

O que foi que aconteceu?

Alfas não faziam isso. Eles não se importavam comigo depois de me comer. Eles me deixavam encharcada com seus sêmens para o próximo macho encontrar.

Mas os cobertores debaixo de mim eram tão macios.

E esse macho era *gostoso*. Ele me lembrava do sol, seu calor absorvendo minha pele e me envolvendo em um mar de proteção que ameaçava dominar minha loba. Ela queria se perder nele, aceitar sua força e implorar para que ele nunca fosse embora.

Isso deve ser um truque, pensei. *Algum tipo de jogo.*

O plástico foi afastado da minha boca, e seu polegar capturou uma gota do meu lábio. Então ele se moveu novamente, e desta vez meus olhos se abriram para me permitir vê-lo se estender por cima de mim para colocar a garrafa na mesa de cabeceira ao nosso lado.

Ele estava sem camisa e seu cabelo loiro estava bagunçado e com pontas estranhas. Seu ronronar ecoou de novo quando ele voltou para sua posição na minha frente, sua cabeça compartilhava o mesmo travesseiro que a minha. Ele estava com um braço embaixo de mim, o antebraço era como uma faixa de fogo na parte inferior das minhas costas.

Eu estava nua, um fato que não me surpreendeu, considerando o que provavelmente fizemos nesta cama.

Mas não senti o cheiro da minha umidade ou do seu sêmen. Os lençóis estavam limpos, com uma camada sutil de água e sabão. O aroma masculino de Alfa Sven também me cercava, sua marca em minha pele era de suor e *homem*.

Mas não da maneira que normalmente experimentei.

Ele me marcou de uma maneira estranha, com um toque estranhamente terno.

Alfa Sven acariciou meu queixo com o polegar, atraindo meu olhar para o seu.

— Você está pronta para comer alguma coisa?

Minha loba acenou com a cabeça dentro de mim, me implorando para aceitar sua oferta. No entanto, eu sabia o que viria depois da comida, e só porque não conseguia me lembrar da nossa primeira sessão de cio não significava que não me lembraria da segunda. Especialmente se ele me fizesse comer. Era difícil escapar para minha mente quando meu corpo exigia que eu expulsasse o conteúdo do meu estômago.

Seus olhos azuis brilharam, sua expressão ficou sombria.

— Ah, entendi. — Ele se afastou, e seu ronronar me deixou enquanto rolava para fora da cama até a ponta dos pés.

O animal dentro de mim chorava com a perda de contato enquanto minha mente lutava para encontrar outra fuga antes de começarmos o que quer que fosse novamente.

— Acho que vamos fazer isso da maneira mais difícil — Alfa Sven declarou, caminhando em direção à porta.

Merda, eu preciso...

Espere. Por que ele não está nu?

Suas costas musculosas se estreitavam em uma cintura fina, sua pele era lisa e clara até a cueca boxer preta.

Olhei boquiaberta para seu traseiro firme.

Então ele desapareceu pela porta sem dizer mais nada.

Lutei para pegar os lençóis, movendo a mão mais devagar do que eu gostaria, graças à falta de energia, e finalmente levantei o tecido para revelar o que eu já sabia. *Estou nua.*

Mas ele não estava.

Ele estava me abraçando enquanto usava roupas íntimas.

Que Alfa faz isso?

Deixei cair os cobertores e virei de costas para olhar para o teto. *Ele não...? O que ele...?* As perguntas inacabadas giravam em minha cabeça, minha mente incapaz de determinar uma resposta apropriada.

Pela primeira vez na vida, tentei lembrar o que um Alfa fez comigo. Mas meu cérebro se recuava a cooperar. Eu desligava assim que terminei minha obrigação. Então acordei quente, confortável e segura em seus braços. Eu não conseguia me lembrar da última vez que me senti assim.

Talvez antes do meu primeiro estro. Quando minha mãe teve permissão para passar um tempo comigo e minha irmã. Eu me senti completa. Inocente. Feliz.

Minha irmã tinha acabado de encontrar seu companheiro e minha mãe estava muito esperançosa.

Até meu pai matar o Alfa de Savi.

E me tirar da minha mãe para me apresentar ao meu novo propósito e vida como Ômega.

Meu estômago se revirou quando me lembrei da dor de ser roubada do meu lugar seguro e jogada na masmorra para ser destruída, usada e espiritualmente dilacerada.

Talvez fosse esse o propósito deste jogo: me mostrar um

vislumbre de segurança, apenas para arrancá-la de mim. Mas para que fim? O que Alfa Sven ganhava ao me aplacar em um momento, para me destruir no seguinte?

Eu já fui arrasada.

Espancada.

Dominada.

Ele poderia fazer qualquer coisa comigo, e eu permitiria. Ele poderia me matar e eu nem reagiria. Por que me preocupar com o ronronar, com os banhos ou com... meu nariz se contorceu com os aromas florescentes no ar... *comida?*

A menos que ele soubesse que isso me manteria acordada depois. Para experimentar qualquer lado sombrio que ele possuísse.

Considerei me transformar para minha forma animal, para me esconder do que quer que ele pretendesse, mas seus passos reverberaram pela suíte, me alertando de sua aproximação.

Meu coração quase parou de bater. *Se eu chamar minha loba, então...*

— Não — ele disse, entrando no quarto. — Não quero te machucar, Kari. Mas vou te forçar a voltar a esse estado e fazer você comer.

Pisquei para ele, alarmada. Como ele sabia do meu plano?

— Posso sentir sua energia vibrar em minha pele — ele explicou, lendo novamente minha expressão, pensamento ou energia, e respondeu à minha pergunta não formulada.

Eu não tinha certeza de como me sentia por ele estar tão sintonizado comigo que conseguia tirar as palavras da minha cabeça.

Ele colocou uma bandeja sobre a cama, os pratos em cima continham comida suficiente para alimentar um exército de filhotes. Meu estômago roncou de excitação, e fez minha loba andar ansiosa dentro de mim, morrendo de vontade de comer alguma coisa.

Mas nós duas sabíamos o que viria a seguir.

O que significava que eu só poderia comer um pouco, ou me arrependeria seriamente mais tarde.

Sempre era assim, me deixando em um estado perpetuamente enfraquecido. No entanto, eu preferia morrer de fome a regurgitar todas as minhas refeições durante ou depois do sexo.

— Está mais escuro nesta época do ano, então o café da manhã sempre parece apropriado. — Ele começou a apontar os itens da bandeja, descrevendo cada prato.

Havia ovos, salmão defumado, vários queijos e um prato de legumes fatiados. Nada disso parecia apetitoso quando considerei o resultado pretendido desta experiência.

Alfa Sven notou minha relutância com uma sobrancelha levantada.

— Vou começar a te alimentar se você não pegar um garfo e fizer isso sozinha.

Tensionei a mandíbula, uma parte de mim querendo negá-lo apenas por princípio.

Foi uma reação fútil, que com certeza me renderia uma sentença de morte, e ainda por cima dolorosa. Mas não pude evitar. Eu sabia o que viria a seguir e não queria estragar meu humor anterior.

Parte de mim queria pedir a ele que ronronasse novamente e que me deixasse voltar a dormir em seus braços, só por mais alguns minutos de paz.

Supondo que isso tenha sido tudo que fizemos. Mas dado o que eu sentia, parecia o único cenário provável. Um macho do tamanho de Alfa Sven deixaria hematomas e marcas por toda a minha forma muito menor. Se ele tivesse transado comigo, eu seria capaz de sentir isso.

Principalmente porque ele disse que eu só dormi por um ou dois dias.

Três dias aqui, pensei, lembrando o que ele disse. *Sim, eu iria...*

— Kari. — Meu nome saiu em um grunhido de advertência.

Lentamente, me me sentei e me encostei na cabeceira da cama. Então peguei um talo de aipo e o mastiguei.

Sua mandíbula tremeu, mas ele não disse nada. Apenas assistiu.

Depois de engolir, peguei outro e ele semicerrou os olhos.

Os movimentos continuaram por mais três rodadas antes de ele segurar meu pulso.

— Não sei que jogo você está jogando, Ômega, mas você precisa de mais do que comida de coelho.

— Você trouxe o prato de legumes — apontei baixinho.

Ele arqueou as sobrancelhas com meu comentário.

— Isso é só uma guarnição. Coma o salmão.

— Então me dê o salmão em vez de uma bandeja de opções — respondi, sem saber de onde minha coragem veio. Era o tipo de tom que eu costumava falar com minha irmã quando éramos mais jovens e mais confortáveis. Não era o tipo de resposta que já dei a um Alfa antes.

Recuei por instinto, só então me lembrando da tábua de madeira nas minhas costas. *Merda.* Baixei os olhos enquanto eu murmurava um pedido de desculpas, mas era tarde demais. Alfas não apreciavam a desobediência. Eles matavam Ômegas por menos.

Alfa Sven segurou meu queixo e fechei os olhos, aceitando meu destino.

— Olhe para mim — ele disse, severo.

Então vai ser assim, pensei, resignada. Forçada a assistir meu castigo. E agora que eu tinha um pouco de comida no estômago, provavelmente permaneceria coerente durante tudo.

Claro, era o que eu merecia. Eu sabia que era melhor não falar o que pensava.

— Kari — ele retrucou, a impaciência ecoando em meu nome, o que me fez levantar os olhos.

Olhos tempestuosos me encaravam quando ele se ajoelhou ao meu lado na cama, sua expressão feroz.

— Não vou te machucar. — As palavras foram um soco nos meus sentidos, sua irritação provocou arrepios na minha pele. — Mas também não vou deixar você *se* machucar. Então você vai comer até eu ficar satisfeito.

Ele me soltou, apenas para ocupar o espaço ao meu lado e colocar a bandeja em suas coxas enormes. Eu me sentia tão pequena na presença dele, seu tamanho diminuía o meu em pelo menos dois para um.

Isso não era novidade para mim, mas seus belos traços tinham uma gentileza que faltava em outros Alfas. Isso não o tornava menos masculino, mas mais fácil de olhar. Ele não tinha a severidade bárbara que muitos dos Alfas do Território Bariloche possuíam. Ele parecia quase majestoso. Piedoso. De outro mundo.

— Olhar para mim desse jeito não vai te tirar dessa, linda — ele murmurou, curvando os lábios carnudos para um lado. — Embora eu não me importe de ter seus olhos em mim.

Pisquei, confusa. Então percebi que estava admirando-o há um tempo, apenas estudando os planos de seu rosto e apreciando o elegante corte quadrado de sua mandíbula. Em vez de parar, continuei minha leitura, notando os fortes tendões de seu pescoço e o volume de seus ombros.

A maioria dos Alfas tinha músculos sólidos. Sven não era exceção. Mas suas veias não se projetavam como as dos outros, seus braços eram mais elegantes e atléticos, em vez de intimidadores.

Ele interrompeu minha leitura trazendo um garfo à minha boca. Abri a boca para ele porque não havia outra escolha. Um sabor defumado tocou minha língua, minha loba rosnou em aprovação pela evidente alta qualidade da carne.

Já fazia muito tempo que eu não me entregava a mais do que restos de comida. Esse tipo de culinária provavelmente perturbaria meu equilíbrio interior, me deixando mais enjoada do que o normal quando ele me tomasse mais tarde. Mas não pude evitar o gemido de aprovação ao engolir, porque realmente tinha um gosto delicioso.

Ele ronronou, soando como uma carícia hipnótica que me embalou em um estado passivo. Parei de me preocupar em ficar enjoada mais tarde, optando por aproveitar o momento pelo tempo que durasse. *Só preciso ter certeza de que valha a pena*, pensei, saboreando. Eventualmente, meu estômago começou a protestar, meu apetite era pequeno e não refinado devido aos anos sem comer.

Alfa Sven não me pressionou, em vez disso ele mesmo terminou a comida enquanto mantinha aquele som calmante em seu peito. Então ele colocou a bandeja no chão e me observou.

Meu coração afundou, meu corpo já consciente do que viria a seguir.

Eu queria pedir mais tempo, pelo menos alguns minutos para digerir a comida antes de começarmos, mas sabia que não deveria.

Então, me deitei e abri as pernas como me ensinaram a fazer e esperei.

Alfa Sven apreciou a vista antes de se esticar ao meu lado e se apoiar no cotovelo.

— Não vou transar com você neste estado, Ômega — ele disse. — Você não pode lidar comigo ainda. Então pode relaxar.

Franzi a testa. *O quê?*

Ele acariciou meu queixo com os dedos, seu ronronar se intensificou enquanto ele tocava a inclinação do meu pescoço até o esterno para traçar uma linha entre meus seios.

— Não vou mentir para você, Kari — ele murmurou, descendo as pontas dos dedos até minha barriga para circundar meu umbigo. — Meu lobo já te reivindicou. Portanto, pretendo te fazer minha. Mas não farei isso até que esteja forte o suficiente para me receber.

Estremeci, sem saber como responder a isso. Não havia escolha aqui. Ele me queria, então me teria. Assim como todos os Alfas. E quando se cansasse de mim, me entregaria para outra pessoa.

Eu costumava sonhar com fuga. Com correr. Encontrar minha própria vida em outro lugar. Ou simplesmente morrer sozinha na floresta.

Talvez eu pudesse revisitar esses desejos aqui. Ele me deu uma gaiola bastante grande para ficar, além de comida que poderia me permitir ganhar força para correr.

O que aconteceria se eu quebrasse as janelas da varanda e pulasse no mar? Isso me mataria com o impacto? Ou minha loba seria capaz de me curar? No meu estado atual, eu morreria. Mas se eu continuasse comendo e recuperasse algumas das minhas tendências naturais de metamorfo, poderia ser capaz de sobreviver.

E fazer o quê?, me perguntei, pensando no ar frio lá fora. *Me tornar um cubo de gelo?*

O toque de Alfa Sven desceu até meu monte raspado e chegou ao meu quadril. Um toque tão suave, suas mãos explorando um corpo que ele já decidiu que pertencia a ele por quanto tempo desejasse.

A constatação contorceu meu interior, reacendendo meu ódio por todos os lobos e pela mão cruel que o destino me deu.

Mas eu não podia negar que as pontas dos dedos evocavam um certo calor sob minha pele, que combinava perfeitamente com as profundas reverberações vindas de seu peito.

Ele estava me levando a um estado submisso, destinado a ceder à sua vontade. Eu não era forte o suficiente para lutar, então absorvi a força que ele oferecia e permiti que minha mente sonhasse com alternativas. Para considerar outra saída.

Alfas me usaram durante toda a minha vida.

Que mal teria usar este agora?

Parecia justo, considerando tudo o que suportei. Se ele quisesse me fortalecer para tomá-lo, eu permitiria. Quando a oportunidade se apresentasse, eu usaria esse poder renovado a meu favor.

E fugiria.

CAPÍTULO 8
KARI

Acordei ao lado de um cobertor de calor, minha mente lutando para lembrar quando adormeci. Alfa Sven me acariciou pelo que pareceram horas, suas mãos explorando meu corpo, mas nunca me tocando em nenhum lugar verdadeiramente íntimo, apesar de minhas coxas abertas.

Ele apenas aqueceu minha pele, me provocando com uma sensação de segurança e calor que minha loba desejou durante toda a minha vida. Embora minha mente soubesse que não deveria cair em seus truques, não pude negar o conforto de sua presença.

Abri os olhos e me vi com a cabeça apoiada em seu peito. Seus braços fortes estavam em volta de mim enquanto ele continuava emitindo aquele som baixo e incrível. Ele estava ronronando sem parar há dias, ou assim parecia. Era viciante, hipnótico e um som do qual eu sentiria muita falta quando isso terminasse.

Seus dedos pentearam meu cabelo enquanto ele dizia:

— Está na hora de comer de novo.

Quase gemi. Este homem era obcecado por comida. Senti como se tivesse comido há dez minutos, mas o leve ronco em meu estômago me disse que já fazia muito mais tempo. Talvez até um dia inteiro. O tempo era indescritível aqui neste ninho de calor e ronronados calmantes. Em algum momento, movi os cobertores para criar uma espécie de parede, como se estivesse tentando nos prender nesta cama para que nunca pudéssemos sair.

Ele pressionou os lábios no topo da minha cabeça enquanto tentava se desembaraçar do nosso casulo. Rosnei de aborrecimento, mas seus movimentos romperam minhas barreiras cuidadosamente elaboradas.

O Alfa fez uma pausa e eu murmurei em aprovação, me aninhando mais profundamente nas vibrações de seu peito.

— Você não vai me distrair de alimentá-la, Kari — ele avisou.

Eu o ignorei, sem saber o que ele quis dizer, e continuei a me pressionar contra seu corpo duro para encontrar o contentamento que experimentei antes de ele se mover.

Ele suspirou e me puxou para si novamente, depois passou as pontas dos dedos pela minha coluna. Foi o paraíso. Ou talvez o inferno. Porque eu sabia que não ia durar e, a cada instante, eu antecipava o pior.

Mas quanto mais ele me segurava, mais eu relaxava. Então estendi a mão para consertar o cobertor que ele tocou ao tentar sair e fechei os olhos mais uma vez.

Minutos se passaram.

Talvez horas.

E o grande Alfa tentou me desalojar novamente.

Eu rosnei.

Desta vez, ele rosnou de volta.

Minha loba choramingou.

Ele beijou minha testa e se afastou, apesar dos meus protestos, me deixando no forte que criei. Foi estranho, mas natural. Reconheci os sinais de ninho, algo que testemunhei em outras Ômegas, mas nunca havia experimentado.

Eu nunca tive meu próprio espaço, nem acesso a tantas roupas de cama luxuosas. Minha cela parecia mais uma jaula no Território Bariloche. As únicas vezes em que me deixaram sair era quando um Alfa me queria em uma cama, e essa cama nunca era minha.

Esta também não é, pensei, franzindo a testa.

Mas isso não me impediu de afofar um dos travesseiros e colocar os cobertores onde eu queria mais uma vez. Deixei um espaço para Alfa Sven. O que era estranho, porque ele não pertencia ao meu ninho. No entanto, gostei da forma como o cheiro dele marcava os lençóis. E seu calor também.

Estava dando os retoques finais na minha parede quando ela se abriu e revelou Alfa Sven e outra bandeja de comida. Ele a colocou dentro, me fazendo rosnar de aborrecimento. Peguei a bandeja e joguei-a no chão com um grunhido baixo de advertência.

A comida não vai para o ninho!, gritei com ele em minha mente.

— *Kari.* — A fúria jorrou dele em uma onda palpável que perturbou minha loba interior. Mas não recuei. Ele tentou sujar meu espaço com *peixe* e, funguei, *bife*.

Olhei para ele, sem me importar que a comida agora estivesse decorando o chão. Melhor no tapete do que em meus lençóis.

— Você vai *comer* — ele exigiu.

Eu bufei. Isso não tinha nada a ver com o fato de eu comer e tudo a ver com ele desrespeitar nosso ninho.

— Estou falando sério — ele disse, seu tom gelado e seu ronronar há muito desaparecido. — Chega dessa besteira de automutilação.

Ele queria falar sobre maldade? Ele tentou colocar *comida* no meu *ninho*.

— Você é um Alfa terrível. — Ele deveria saber que não podia destruir um espaço tão querido. *Meu espaço.* Algo que nunca tive antes. Talvez isso fizesse parte do seu jogo, esse desejo de me fazer sentir em casa apenas para me lembrar que eu não estava nem em casa nem segura, e inteiramente sob seu controle.

Meu coração acelerou.

Sim.

Esse era o objetivo desta lição. Ele me permitiria sentir alguns dias de conforto só para acabar com isso...

— Um Alfa terrível? — Sua ira atingiu meus sentidos, acalmando meu tumulto interior por um segundo.

Eu o chamei assim? Não conseguia me lembrar. Estava muito focada no meu ninho e na situação e... *por que estou agindo assim?* Nunca fui territorial antes. E eu sabia que não deveria considerar esta cama minha, muito menos fazer um ninho.

— Eu te dei banho, te alimentei, ronronei para você, te ofereci calor e proteção e você acha que sou um *Alfa terrível?* — Sua voz se transformou em um rugido que me fez encolher dentro do ninho e chamar minha loba por instinto. Pelos brotaram em minha pele, me transformando em meu estado animal mais rápido do que eu esperava.

Por causa da alimentação, percebi.

Eu já estava me sentindo mais forte, e Alfa Sven mal me deu muito mais do que conforto e comida.

Um grunhido furioso seguiu minha transformação, o Alfa mais irritado do que eu já tinha visto.

— Você vai se transformar agora mesmo — ele ordenou. — Ou não vai gostar das consequências, Kari.

Merda. Eu realmente o deixei furioso. Tipo, muito mais do que das outras vezes. E ele iria me destruir agora.

Pulei do ninho, com medo de que ele pudesse me agarrar e me prender.

O que foi a coisa errada a fazer, porque ele se lançou em minha direção com um rosnado, seu lobo brilhando em seus olhos. Eu não apenas o insultei, mas também provoquei seus instintos predatórios.

Isso era ruim.

Muito muito ruim.

Corri para a área de estar, tentando fugir, e derrubei vários itens no caminho. Ele rugiu atrás de mim, então paralisou ao lado do sofá, com a atenção voltada para a porta.

Meus pelos se arrepiaram quando um perfume doce tocou minhas narinas.

Ômega.

Concorrência.

Não gosto.

A reação veio da minha loba interior, seu rosnado sendo respondido imediatamente por Alfa Sven enquanto ele marchava em direção ao quarto e vestia jeans e camisa, antes de se dirigir para a porta principal.

Rosnei, irritada por ele estar me trocando por outra Ômega, mas paralisei quando ele disse:

— *Pare.*

A porta se fechou atrás dele.

Meu animal interior se revoltou, furiosa por ele ter me cortado para ficar com outra mulher. Enquanto isso, minha cabeça girava confusa, tentando descobrir o que aconteceu e por quê.

Eu criei um ninho.

Ele tentou sujá-lo.

Eu joguei a comida no chão.

Então o chamei de Alfa terrível.

E agora ele me deixou para ficar com outra mulher.

Me sentei, piscando, tentando resolver o caos emocional que irrompia em minha psique. Ele me deixou. Isso não era uma coisa boa? Minha loba não concordava. Parte de mim queria entrar no quarto e destruir a segurança que ele me ajudou a criar lá. Enquanto isso, outra parte de mim queria entrar lá e chorar no meu porto seguro.

Eu... estraguei tudo.

Mais ou menos.

Talvez.

Eu não consegui descobrir. Alfa Sven não agia como os lobos que eu conhecia. Ele... ele me ofereceu comida. Santuário. *Ronronar.*

E agora ele estava me punindo brincando com outra Ômega. Outra escrava? Ele possuía várias?

Contraí o nariz, o cheiro ainda forte. Foi então que percebi que ele ainda não tinha ido embora completamente. Ele estava parado no corredor do lado de fora da porta, assim como fez outro dia com Alfa Ludvig.

O zumbido de vozes atingiu meus ouvidos, fazendo-os se contorcer de irritação com o som doce e doentio de... espere... eu reconheci aquele tom.

Snow Frost.

Mas ela era uma Beta, não Ômega.

Ela estava acompanhada de alguma Ômega?

Cheirei o ar, procurando, e só encontrei o perfume da competição misturado ao do meu Alfa.

Arqueei as sobrancelhas. *Meu Alfa? Uau, não, não, não. Não é nada meu.*

Um resmungo em meu peito surgiu em desacordo quando minha loba respondeu, *Meu Alfa.*

Sacudi meu pelo, tentando recuperar minhas faculdades mentais, porque claramente perdi a cabeça. Então acomodei meu traseiro novamente em uma pilha de almofadas rasgadas. Isso podia ficar bem no meu ninho. Talvez...

A porta se abriu e o cheiro de competição flutuou no ar, arrancando um rosnado da minha loba. *Concorrência!*

— Ainda não terminamos esta conversa — Alfa Sven disse, seus olhos azuis pousando em mim. — Considere isso uma dádiva de tempo, Ômega. Agora você tem pelo menos duas horas para corrigir sua atitude.

Minha atitude? pensei para ele, bufando. *É você quem está flertando com outra Ômega no corredor!*

— Você vai comer enquanto eu estiver fora — ele continuou.

Comida? Isso não tem nada a ver com comida, resmunguei. Não que ele pudesse me ouvir já que eu estava na forma de lobo, mas ele poderia ser capaz de ler os pensamentos dos meus olhos como fez antes. *E aonde você vai por duas horas? Vai brincar com sua nova Ômega?* Só de pensar nisso, meus arrepios aumentaram em resposta. Uma reação totalmente irracional, mas nada nesta situação era racional.

— Morrer de fome não é uma opção — ele retrucou, claramente incapaz de ler minha mente desta vez. Ou talvez sua nova Ômega estivesse atrapalhando seu julgamento.

Eu te odeio.

— Vou te alimentar à força como fiz ontem — acrescentou, fazendo uma pausa. — A escolha é sua, Ômega.

Ele considerava essa experiência como uma alimentação forçada? Em que momento ele me obrigou a fazer alguma coisa? Ele levou o garfo aos meus lábios e eu fiz o resto.

Espere um segundo. Agora você está me distraindo com sua obsessão por comida. Olhei para ele. *Não se trata de comida, seu Alfa idiota.*

Ele colocou as mãos nos quadris.

— Duas horas — ele disse. — Coma, tome banho e esteja na forma humana quando eu voltar.

Por quê? Assim você pode me usar como substituta depois de brincar com sua nova Ômega?, exigi, sem saber de onde vinha toda essa fúria dentro de mim, mas mesmo assim me entregando. Nunca me senti possessiva por causa de um Alfa e não tinha ideia de porque me senti assim com ele. Talvez porque ele foi gentil comigo por alguns minutos, depois de uma década de tormento.

Porém, há algo diferente nele, pensei, contemplando isso enquanto ele se agachava na minha frente para encontrar meu olhar.

— Fui tolerante por causa da sua situação. Isso vai terminar quando eu voltar, e esse comportamento será severamente corrigido. — Ele pronunciou as palavras lentamente, como se achasse que de outra forma eu não as entenderia.

Isso me fez querer rosnar para ele, mas em vez disso, segurei seu olhar para mostrar que não estava com medo. Ele poderia me corrigir agora se isso significasse não sair com a outra Ômega.

O que há de errado comigo?, me perguntei, delirando com essa mudança bizarra entre nós. Uma vontade repentina de atacá-lo e morder seu ombro me deixou tonta e incapaz de responder.

Meu, minha loba se enfureceu.

Por quê?, exigi em resposta.

Alfa Sven se levantou de maneira abrupta. Seu aborrecimento era como um chicote em seu rastro que só provocou ainda mais meu desejo. *Não vá embora*, minha loba queria que eu dissesse. *Você deve ficar aqui. No meu ninho.*

Pare, implorei. *Pare com essa loucura.*

— Converse um pouco com ela, sim? — ele pediu, me confundindo ainda mais.

Ele poderia sentir a necessidade da minha loba de marcá-lo? Ele estava me dizendo para manter tudo sob controle?

Claro que ele iria querer isso. Como uma Ômega estéril, eu não poderia reivindicá-lo, ou vice-versa. Toda essa situação era...

— Preciso garantir que Kazek não mate metade do Território — ele acrescentou do corredor, me fazendo franzir a testa por dentro.

O quê?

O som do elevador se fechando agitou minha loba. Ele acabou de sair com aquela Ômega, garantindo que eu saberia exatamente o que ele pretendia fazer nas próximas duas horas.

Rosnei, derrubando a mesa de centro ao meu lado e saltei em direção à porta, pronta para subir nas paredes do corredor.

Mas paralisei no corredor ao ver Snow Frost parada diante de mim.

Ela era a fonte do perfume Ômega.

CAPÍTULO 9
KARI

MEU ANIMAL interior rosnou em reconhecimento e aborrecimento por conhecer nossa concorrente. Uma princesa real. Uma ex-Beta. *Como você se tornou Ômega?* eu queria questionar. *E o que você quer do meu Sven?*

Ele não é meu!, gritei de volta para mim mesma.

Puta merda, estou delirando. Estou ficando louca por causa desse homem.

Snow rosnou de volta para mim, o som igualmente feroz e com uma pontada de preocupação.

— Não estou no clima, Kari — ela disse. — Mas estou feliz em ver que você está bem.

Fiz uma pausa, atordoada com suas palavras. *Você está feliz por eu estar bem?* Por quê? Mal nos conhecíamos. Eu era um presente para o seu noivo. Uma Ômega para ele dar nó porque Snow não conseguia... mas ela é Ômega agora. Eu podia sentir seu cheiro. Assim como senti o de outro Alfa incrustado em sua pele como uma reivindicação.

Ela entrou pela porta, tendo claramente encerrado nossa conversa, e começou a explorar o lugar.

Eu a segui, curiosa e um pouco irritada por ela sentir

que poderia invadir meu espaço. *O espaço não é meu*, me corrigi pela milésima vez enquanto ela investigava a cozinha. Havia outra bandeja de comida lá, uma que eu suspeitava ter sido feita para Alfa Sven desfrutar depois que ele terminasse de me alimentar.

Ops.

— Uau — ela murmurou, admirando a geladeira.

Segui seu olhar, sem saber o que ela achou tão impressionante.

Então ela olhou para as marcas de garras que eu deixei na mesa de jantar, algo que fiz outro dia em meu esforço para redecorar a suíte, e então entrou no meu quarto.

Hum.

Invoquei minha forma humana, querendo dizer a ela para ficar longe do meu ninho.

— Tudo bem... — ela disse e se virou para mim quando terminei de me transformar.

— O que está fazendo? — questionei, meu tom um pouco mais agressivo do que pretendia. Mas ela estava muito perto do meu ninho.

— Tentando encontrar a área externa que Alana mencionou — ela respondeu.

Eu não tinha certeza de quem era *Alana*, então tudo que pude fazer foi dizer:

— Ah. — Balancei a cabeça e mostrei a ela a porta no fundo da sala que dava para o pátio externo. — É uma estufa — eu disse, observando as árvores. — Suponho que seja razoável para uma cela. — O que me deixou pensando por que ela estava aqui. Eu a senti no avião outro dia, mas pensei que poderia ser minha imaginação. E eu tinha me esquecido dela por completo desde que cheguei.

A lembrança me fez perguntar por que ela entrou no avião. Ao que ela respondeu:

— Por que você não disse a eles que eu estava lá?

Pisquei e admiti que não tinha certeza se ela era real ou não. Então olhei ao redor e acrescentei:

— Ainda não estou convencida de que *isso* seja real.

Era tudo tão estranho e estranho para mim, e minha inclinação para reivindicar Alfa Sven deixou esse ponto ainda mais claro.

Pelo menos, ele não saiu com uma Ômega, me consolei.

Então quase rosnei porque isso não deveria me apaziguar. Eu deveria odiá-lo.

— Eles não são bons homens — falei, mais para mim mesma do que para Snow. — *Ele* continua mentindo. Me enganando. Mas eu sei das coisas. Tudo o que os Alfas fazem é caçar e destruir, e não vou deixar que ele me destrua.

Pronto. Eu falei. Isso tornava tudo verdade.

Então por que meu queixo está balançando?

Ah!

Engoli a vontade de gritar e dei um passo para longe dela, apenas para enrijecer quando os sons dos Alfas uivando à distância ecoaram em meus ouvidos. Ah, não. Ah, não, não, não! Eu conhecia esse som. *Batalha. Destruição. Agressão. Puta merda.*

Os Alfas do Território Bariloche frequentemente se envolviam em atos violentos entre si para extravasar a agressividade, e procuravam uma saída para se acalmarem mais tarde.

Está acontecendo.

Eles estão vindo.

Sven me deixou aqui... porque ele pretende me apresentar de maneira adequada agora.

Meus joelhos dobraram quando cheguei o mais perto que pude de um canto, cobri a cabeça com os braços, enquanto começava a me balançar. *Vai ficar tudo bem. Eu não comi hoje. Vou sobreviver à dor.*

Puta merda, eu não deveria tê-lo afastado. Eu deveria... eu deveria... eu não tinha certeza. Eu não tinha certeza de nada!

A voz de Snow ecoou ao meu redor, mas não conseguia ouvi-la por causa dos uivos. Eles estavam com tanta raiva. Tão violentos. Tão selvagens.

A Ômega ao meu lado começou a falar.

Eu não entendi, suas palavras eram sem sentido quando misturadas com os rosnados abaixo.

Mas depois de alguns minutos, suas declarações começaram a ser registradas. Ela disse algo sobre Alfa Enrique, que ele planejou matá-la fazendo com que meus lábios se curvassem.

Alfa Enrique nunca faria isso, pensei. *A menos que fosse para protegê-la.*

Talvez ele soubesse que ela era Ômega e planejasse acabar com seu sofrimento antes que outros pudessem usá-la como fizeram comigo e com Savi?

Ela continuou contando que entrou no cio depois de chegar, algo sobre supressores que escondiam sua verdadeira natureza. O que explicava seu cheiro de Beta.

Então ela me contou sobre Alfa Kazek, como ele a reivindicou. E agora ele estava sendo punido por tomar uma Ômega sem permissão, um ato que me confundiu ainda mais. Não era permitido que os Alfas tomassem sem permissão? Ou será que foi por que ele a reivindicou sem a aprovação do Território Alfa?

— Acho que é por isso que estão uivando — ela concluiu. — Ele disse que eu seria capaz de ouvir, mas não de vê-lo.

Eu não tinha certeza de quem era *ele* ou o que exatamente ela queria dizer. Mas a explicação me acalmou um pouco, porque implicava que isso não tinha nada a ver comigo.

Tem a ver com ela.

Senti meu sangue gelar, porque isso era quase pior. Ela não parecia entender o que iria acontecer com ela a seguir. Snow era inocente e não sabia o destino do qual Alfa Enrique tentou salvá-la.

Pobre Snow.

Já não a considerava uma rival, mas uma colega.

Um Alfa começou a falar abaixo, sua voz alta provocou arrepios em meus braços. Ele parecia grande. Poderoso. *Aterrorizante.*

Então reconheci a voz dele no avião. *Este deve ser o Alfa Kazek dela.* Ele falou seu nome meio segundo depois, seguido de sua posição, confirmando que era ele.

Continuou explicando quem tomou como companheiro: *Snow Frost, do Território de Inverno.* Rosnados seguiram esse anúncio, os lobos desaprovaram. Mas ele permaneceu implacável, dizendo que estava pronto para os desafios. Então ele avisou que duelaria até a morte antes de se submeter e concluiu com:

— Acolho seu sangue em minhas mãos.

Eu tremi.

— *Esse* é o seu companheiro?

— Ah, sim. Esse é Alfa Kazek.

Empalideci.

— Ele parece assustador.

Ela não respondeu, mas percebi a concordância em suas feições. De repente, me senti feliz por ter sido Alfa Sven quem tentou me nutrir, e não Alfa Kazek.

— O que acontece com você se ele perder? — perguntei com a voz baixa.

— Serei reivindicada por um novo Alfa — ela sussurrou de volta.

Isso não fazia sentido.

— Mas se ele morrer, o vínculo quebrado vai te destruir. — Olhei para ela, ciente do que isso faria com Snow. Porque vi isso acontecer com minha irmã. — Os vínculos deveriam ser inquebráveis.

— Inquebráveis? — ela repetiu, seu tom confirmando que ela não tinha ideia do que estava por vir.

Quando Alfa Kazek perdesse... ela se tornaria escrava. Uma Ômega destruída, sendo passada de um lado para o outro, provocada e comida até que ela ansiasse pela morte. E apenas um Alfa gentil daria isso a ela.

Dos quais, só conheci um. *Alfa Henrique.* Ele já tentou salvá-la e falhou. Assim como não conseguiu me salvar.

Porque eu fui levada antes que ele tivesse chance.

— Sim — sussurrei, confirmando o vínculo inquebrável. — Eu costumava acreditar que meu pai me arruinar foi uma bênção, porque Alfas não reivindicam Ômegas defeituosas. Não criar vínculo significa que minha alma nunca estará conectada a outra. Mas descobri da maneira mais difícil que os Alfas podem me destruir de uma maneira totalmente diferente.

— Seu pai arruinou... — Suas palavras foram cortadas em um suspiro agudo, seus olhos cor da meia-noite se arregalaram de pânico quando ela caiu no chão e se enrolou em posição fetal.

Meus olhos se encheram de lágrimas, com as lembranças de minha irmã caindo exatamente na mesma posição, tantos anos atrás, em minha mente.

Seu companheiro... ela sente seu companheiro...

— Snow — murmurei, sem saber como ajudá-la, mas me sentindo obrigada a tentar. Os uivos lá fora aumentaram, a agressividade furiosa açoitava meus sentidos e me faziam querer cair e me esconder ao lado dela. Mas tive que ser forte para ajudar minha nova colega. Era tudo o que tínhamos. Tudo o que eu poderia fazer.

Fiquei com ela, sussurrando ocasionalmente seu nome e tentando oferecer conforto. Ela gritou, e sua agonia atingiu meu coração. A cena continuou, e era estranhamente familiar. Meu coração se partiu por ela, por minha irmã, por minha mãe. Por todas as Ômegas que sofreram.

Minhas bochechas estavam úmidas, meus pulmões doíam por falta de ar.

Snow finalmente se acalmou, seus ombros suavizaram e não tremeram mais. *Muito cedo*, pensei. *Muito cedo para desenvolver aquele olhar morto.* Minha irmã levou meses para chegar a esse estado. Ela gritou, chorou e tentou se matar muitas vezes. Mas Snow... ela se acalmou rápido demais. E os uivos lá fora também diminuíram.

O que está acontecendo?, me perguntei, olhando ao redor e tentando discernir a mudança na atmosfera.

— Snow? — sussurrei. — V-você está...? — Não consegui terminar, sem saber o que perguntar. *Bem* parecia uma palavra muito fraca. Claro que ela não estava...

— Estou bem — ela disse com a voz rouca, sua voz deteriorada por causa de todos os gritos.

Olhei boquiaberta para ela, chocada com a recuperação milagrosa. Isso significava que seu Alfa sobreviveu? Ele seria usado contra ela? Para forçar sua submissão e conformidade?

Não ousei perguntar, sua postura e comportamento me diziam que ela estava machucada o suficiente. Permaneci ao seu lado, oferecendo a ela o pouco de força que tinha, tentando criar um vínculo.

Então paralisei quando uma presença forte provocou o limite da minha psique.

Alfa entrando.

Dominante.

Poderoso.

Feroz.

Minha loba imediatamente assumiu o controle, me transformando em forma animal e ignorando a reestruturação dos meus ossos. Eu não poderia deixar ninguém tocar em Snow neste estado. Ela estava muito frágil. Quem quer que fosse, poderia lidar comigo em vez disso. Eu aceitaria. Eu seria o saco de pancadas da agressividade deles.

Snow se enrolou em uma bola apertada, aterrorizada.

E eu fiquei diante dela, pronta para enfrentar quem entrasse.

Era um homem loiro, alto, de ombros largos e a cara de Alfa Sven. *O pai dele*, percebi com um grunhido. *Você não vai tocar nela!* Minha loba disse a ele, assumindo uma posição defensiva.

Ele rosnou em repreensão, claramente não se divertindo com minha postura.

E isso foi o suficiente para mandar meu animal correndo para o canto, minha necessidade de me submeter uma razão avassaladora. *Eu te odeio*, pensei para ele, me enrolando como uma bola. *Eu odeio todos vocês!*

— Não torne sua punição pior do que já é, Ômega — ele respondeu, com um tom de advertência.

Minha loba choramingou e tentou desaparecer na parede. Eu queria chamá-la de covarde. Mas não consegui. Este era o Alfa do Território Nórdico. A idade que irradiava dele me intimidava, assim como seu ar de superioridade.

Pude ver onde Alfa Sven ganhou seu próprio poder.

Esses dois eram forças da natureza contra as quais eu não tinha chance. E eu disse isso a ele me enrolando o mais apertado que pude.

Ele me observou por um momento, depois mudou seu foco para Snow.

E começou a ronronar.

O som não era o mesmo de Alfa Sven e irritou minha loba, porque não era ele quem eu queria ouvir. Eu queria meu Alfa, aquele com quem minha loba se sentiu confortável nos últimos dias.

Estou muito encrencada.

CAPÍTULO 10
SVEN

Fiquei no corredor, esperando que meu pai terminasse a conversa com *Winter*. A princesa Ômega mudou seu nome de Snow Frost para Winter depois que Kazek a reivindicou. Uma ação adequada, que eu sabia que ele solicitou. Era típico dele sugerir uma nova identidade para apagar a antiga.

Felizmente, ele parecia estar quase sob controle do lado de fora. Quando Winter me contou sobre o castigo que meu pai organizou, fiquei preocupado com meus companheiros de alcateia. Soltar Kazek assim foi um movimento perigoso, mas vê-lo andar pelo campo com aqueles passos agitados me disse porque meu pai orquestrou isso.

Kazek só tinha uma falha: ele duvidava da própria capacidade de liderar. Ele falhava em se ver da mesma forma que os outros, sempre presumindo que a alcateia o considerava mais um vira-lata do que um Alfa digno.

Este teste provaria o que meu pai já sabia: a alcateia respeitaria a afirmação de Kazek.

Alguns dos Alfas mais famintos tentaram lutar com ele,

principalmente porque não eram maduros o suficiente para ignorar a chance de desferir sua agressividade. Mas eles caíram rapidamente e se submeteram instantaneamente.

Seriam três longos dias para Kaz enquanto ele esperava para se reunir com sua companheira.

E meu pai pretendia mantê-la aqui com Kari.

Suspirei, me encostando na parede. Eu o avisei na subida que Kari ainda negava comida e participava de atividades que promoviam automutilação. Ele não ficou feliz e me disse para resolver isso.

Então, me disse para esperar aqui enquanto falava com Winter.

Ele não queria que nossa energia dominasse as Ômegas. Também suspeitei que ele queria avaliar Kari por si mesmo, já que ainda não a conhecia oficialmente.

Você é um Alfa terrível.

Suas palavras reverberaram em meu crânio, o soco atrás delas batendo em meu coração repetidamente. Ela parecia tão feroz e irritada quando proferiu essa afirmação, como se minha presença em sua vida a afrontasse.

A maior parte da minha fúria se transformou em confusão porque fiz tudo que um Alfa deveria fazer por ela, exceto dar o nó. Foi por isso que ela me atacou? Por que eu ainda não transei com ela?

Tensionei a mandíbula.

Ela não estava pronta para mim, seu corpo frágil estava muito enfraquecido pela falta de comida e pelos maus-tratos. Eu não a aceitaria neste estado. Ela teria que lidar com isso. Era meu trabalho como Alfa monitorar seu desenvolvimento e garantir seu conforto. Se isso significasse que ela me consideraria terrível e me odiaria por cuidar dela, então que assim fosse.

Embora isso tivesse um impacto severo na minha

capacidade de reivindicá-la se ela não me escolhesse de volta. O que era um problema, já que agora tínhamos menos de três dias para resolver as diferenças entre nós.

— *Assim que os testes terminarem, organizaremos uma celebração para nossas mais novas adições ao Território Nórdico e finalizaremos a reivindicação de Kazek* — meu pai anunciou ao Território há menos de uma hora.

Sussurros sobre a presença de Kari ecoavam pelas fileiras, seu cheiro era impossível de esconder. Especialmente quando eu parecia usá-lo como um perfume na pele. Vários Alfas tentaram me perguntar sobre ela, mas meu pai os afugentou quando me disse para acompanhá-lo até as suítes de hóspedes.

A notícia de sua localização agora se espalharia pelo Território, pois todos saberiam que esta área só poderia ser usada para um propósito: proteger alguém precioso.

Agora havia duas Ômegas aqui, exigindo a necessidade de um guarda. Eu pretendia assumir esse papel, mas suspeitei que Alfa Alana estaria ajudando. Ou ela poderia ficar do lado de fora com Kaz para garantir que ele não machucasse ninguém gravemente. Ele demonstrou uma quantidade impressionante de controle quando Joel o irritou mais cedo, mas isso não significava que não iria explodir depois de alguns dias sem sua companheira.

Puta merda. Kaz tem uma companheira, pensei, maravilhado, soltando um suspiro. Agora sua urgência para que eu saísse do avião com Kari fazia sentido. Previ que precisaria lutar com ele por ela, mas ele me deixou ir. Eu deveria saber que era por seus próprios motivos.

Me afastei da parede ao sentir meu pai se aproximar da porta, esperando qualquer ordem que ele me desse.

Ele entrou no corredor e fechou a porta atrás de si antes de levantar uma sobrancelha.

— Você não mencionou a nova decoração.

Pigarrei.

— Bem, eu disse que ela tem sido difícil e se recusa a comer.

— Ela também está tentando te irritar, talvez para provocar sua raiva na esperança de que você a machuque ou a mate.

Olhei boquiaberto para ele.

— O quê?

— Claramente, ela é suicida, Sven. Não sei o que aquela fêmea passou, mas sua loba está se tremendo toda no pátio agora. Embora ela tenha, de maneira admirável, tentado proteger Winter. Durou apenas um segundo, mas é o esforço que conta.

Fiz uma careta.

— Proteger a Winter de quê?

— De mim — ele respondeu. — Ela teme os Alfas.

Bem, isso eu já tinha determinado.

— E você quer libertá-la no Território.

— Não, quero apresentá-la ao Território para que ela veja como é a vida aqui antes de tomar qualquer decisão duradoura — ele retrucou. — Não vou permitir que ninguém a corteje nesse estado. *Incluindo você.*

— Ela já é minha — respondi, sem perder o ritmo. — E você não será capaz de impedir meu lobo de reivindicá-la.

Ele me olhou de forma calculista.

— Você pode ser meu filho, mas ainda sou seu Alfa.

— Embora eu respeite isso, estou lhe dizendo que ela é minha. Eu cuidarei dela. Vou curá-la. E quando ela estiver pronta, eu a cortejarei. — Não havia nada que ele pudesse dizer ou fazer que me dissuadisse. Meu lobo se decidiu dias atrás, e eu não negaria meus instintos.

— Ômegas estéreis não podem ser reivindicadas — ele me lembrou em voz baixa.

— Meu lobo diz o contrário. — Ela podia não ser capaz de conceber. Ela podia nem conseguir entrar em cio. Mas havia algo nela que me chamava e eu me recusei a ignorar isso.

— Então espero que seu lobo esteja certo — ele respondeu. — Veja o que você pode descobrir sobre a esterilidade dela nos próximos dias. Conversaremos antes da celebração e determinaremos o que é melhor para sua apresentação.

— Você não tem dúvidas de que o Kaz vai vencer.

Ele bufou.

— Claro que não. É ele quem duvida de si mesmo. Todo mundo sabe que ele é mais do que capaz.

— E você está usando a situação como uma forma de ensinar isso a ele.

Ele apenas sorriu.

— Nunca gostei da Rainha dos Espelhos. Talvez Kazek faça algo a respeito.

— Com o empurrão apropriado, acho que ele poderá.

Meu pai me estudou por um momento.

— Hum, sim. Ele poderá mesmo. — Algo me dizia que ele estava falando mais de mim do que de Kaz agora. Mas ele não deu mais detalhes, apenas foi até o painel da parede para digitar uma série de números enquanto dizia: — Vou mandar Alana cuidar da Winter, pois suspeito que você estará muito ocupado com a Kari.

Ele entrou no elevador assim que chegou e me encarou mais uma vez.

— Há uma linha tênue entre ser gentil e firme. Domine isso e você a dominará. — Ele apertou um botão, fazendo com que as portas se fechassem e acrescentou baixinho: — Boa sorte.

CAPÍTULO 11
KARI

As PALAVRAS de despedida de Alfa Ludvig passaram pela minha mente.

— *Alfa Kazek estará com fome quando terminar o desafio, e não me refiro à comida. Então se prepare, Ômega. Ele será exigente e implacável e exigirá total obediência.*

Snow não pareceu entender o que ele quis dizer, se mantendo com os ombros curvados enquanto permanecia em uma postura submissa muito depois de ele ter partido. Voltei para minha forma humana com a intenção de avisá-la. Mas quando ela olhou para mim, pude ver a determinação em seus olhos. Ela não estava arrasada ou assustada. Estava forte e pronta para enfrentar o futuro que estava por vir.

Eu vi minha irmã em sua expressão, a irmã que morreu quando nosso pai matou seu companheiro.

Pelo bem de Snow, eu esperava que seu Alfa sobrevivesse.

Embora eu não tivesse certeza de que isso seria muito melhor para ela no final. Talvez ele fosse possessivo e se recusasse a compartilhar, então tudo que ela teria que fazer seria aceitar o nó dele pela eternidade. Talvez ele desenvolvesse sentimentos e ronronasse por ela.

Minha mãe costumava dizer que era possível um Alfa amar e valorizar sua Ômega.

No entanto, eu nunca testemunhei isso. Pelo menos não no Território Bariloche.

Snow desviou o olhar de mim, sua rejeição evidente. Ela queria ficar sozinha. Eu entendia essa necessidade, então a deixei no pátio e debati meu próximo passo.

Alfa Sven queria que eu tomasse banho, comesse e estivesse na forma humana quando ele voltasse. Seria sensato da minha parte obedecer, principalmente para que eu pudesse estar em condições razoáveis para ajudar Snow se ela precisasse de mim.

Éramos colegas agora.

Como sua colega, eu devia a ela estar ao seu lado se o pior acontecesse.

Os vínculos entre dois lobos uniam as almas, garantindo que o par sentisse a dor um do outro. Foi por isso que minha irmã nunca se recuperou de verdade. Cada vez que eu a via, ela tinha uma expressão vítrea nos olhos, como se sua alma tivesse morrido há muito tempo e tudo o que restasse fosse seu corpo.

Os Alfas não se importavam. Eles gostavam de ter uma boneca destruída em suas camas. Foi por isso que muitas vezes desempenhei o mesmo papel, escolhendo me esconder dentro da minha mente enquanto eles buscavam prazer entre minhas coxas.

Estremeci, sentindo meu estômago revirar ao pensar em Snow sofrendo um destino semelhante. Eu não a conhecia. Não devia nada a ela. Mas, como colega Ômega, senti pena. Faria o meu melhor para ajudá-la de qualquer maneira que pudesse, porque sabia o que era estar sozinha neste mundo.

Não havia ninguém lá para me ajudar. Nunca houve. Aceitei esse destino há muito tempo, mas Snow não precisaria fazê-lo.

Eu nunca esperei pela sobrevivência de um Alfa antes, mas esperava que Kazek vencesse. Na verdade, para garantir que Snow mantivesse suas faculdades mentais.

Com um estremecimento, me ajoelhei para pegar a bandeja no chão ao lado da cama e fiz o possível para tirar os itens do carpete e colocá-los de volta nos pratos designados. Então comi um pouco dos alimentos frios, ignorando o apelo pouco higiênico da comida e me forçando a terminar o máximo que pude para satisfazer Alfa Sven.

Fechei os olhos enquanto mastigava, minha imaginação evocando a refeição de ovos e salmão que compartilhamos ontem. Fingi que era o garfo dele, não meus dedos, tocando meus lábios enquanto me alimentava com o bife.

Não parei até que meu estômago protestasse.

Então me levantei e caminhei de maneira obediente até o chuveiro para tomar banho.

Só quando abri a porta de vidro é que percebi que Alfa Sven estava ali, me observando. Ele tinha uma expressão de dor no rosto que não entendi muito bem. Ele estava chateado por eu ainda não ter tomado banho?

Pulei para dentro do cômodo, percorrendo a parede de mármore com as mãos para localizar o registro. Uma explosão gelada atingiu minha pele, fazendo meu maxilar apertar, mas não ousei me afastar. Não queria aborrecê-lo ainda mais. Ele me disse para comer e tomar banho antes de ele voltar, e já estava aqui antes que eu pudesse terminar.

Se ele me punisse agora, eu não seria capaz de ajudar Snow, e isso...

Sua grande mão se fechou em volta do meu pescoço, me arrancando do jato frio e me puxando contra seu peito duro e quente. Ele tirou a roupa novamente, ficando apenas com a boxer enquanto se aproximava de mim com a mão livre para fazer algo no registro.

— Esquerdo — ele sussurrou em meu ouvido. — O esquerdo é de água quente. Direito é fria.

Meus dentes batiam com violência demais para que eu pudesse responder, então apenas assenti.

Ele não me soltou, mas em vez disso, me levou lentamente de volta para baixo da água quente. Então seu braço envolveu a parte inferior das minhas costas, em uma espécie de abraço.

Ficamos assim por vários minutos, sem dizer nada. Os arrepios em meus membros desapareceram gradualmente, o líquido quente acalmou uma dor que eu não percebi que estava lá.

Alfa Sven beijou minha têmpora antes de pressionar a boca em meu ouvido novamente.

— Você não precisava comer do chão, mas obrigado por se alimentar.

Tremi, sentindo os olhos se encherem de lágrimas.

Eu não entendia esse Alfa, o que ele queria de mim ou por que ele era tão gentil comigo. Isso estava bagunçando minha mente e confundindo minha sensibilidade.

Eu queria cair nele de alívio, implorar para que ele ronronasse novamente e pedir-lhe que apenas me abraçasse. Mas também queria que ele transasse comigo e acabasse logo com isso. Porque isso era tudo que os Alfas realmente queriam. Todas essas outras gentilezas sinceras apenas assombrariam meus sonhos por uma eternidade de dor.

O que só me fez chorar mais porque eu queria aproveitar isso, mas estava com medo de me entregar demais.

Alfa Sven me pegou quando meus joelhos dobraram, sua força me manteve em pé enquanto ele ronronava contra meu ouvido, me acalmando da maneira que um lobo dominante deveria fazer.

Eu o odiei por isso.

Mas um pedacinho de mim também o adorava e queria ficar assim para sempre. Se entregar à sua proteção e poder, e nunca mais cair nas mãos de predadores cruéis.

De repente, entendi o que minha irmã sentia por Joseph. Ele foi uma fera para ela, um Alfa possessivo e adorador de sua Ômega. Ele prometeu destruir o mundo por ela. Mas foi enganado, subjugado e, mais tarde, morto.

— Ele nunca teve chance — sussurrei para mim mesma. — Ninguém jamais foi contra ele.

— Quem? — Sven perguntou em um estrondo.

— Meu pai. — Minha voz era quase inaudível. Quase me perguntei se eu estava falando ou se era apenas uma fantasia na minha cabeça. Por que eu me daria ao trabalho de contar alguma coisa a esse Alfa? O que ele poderia fazer? — Está feito. Ele o matou.

— Seu pai?

Balancei a cabeça, cedendo ao desejo estranho de falar. Para expressar as atrocidades da minha vida. Para... chorar, gritar, reclamar e delirar. Só que minha voz não era nada alta, mas suave e inequivocamente falha quando eu disse:

— Ele matou o companheiro de Savi. Alfa Joseph prometeu o mundo a ela, e meu pai o matou por isso. — Meu coração trovejou, o mundo se quebrando em gotas de água através dos meus olhos úmidos.

— Por quê?

— Competição — murmurei, inclinando minha cabeça para trás para olhar para ele, para que ele entendesse. — Alfa Carlos não gosta de competição. Ele mata a todos. Mas nunca de forma justa. Pelo menos foi o que observei. — Ele trapaceia.

Assim como o fez com Alfa Joseph.

Uma faca na parte inferior das costas.

Um lobo morrendo no chão.

Alfa Sven paralisou, me tirando da imagem violenta e me forçando a focar nas belas linhas de seu rosto.

— Alfa Carlos é seu pai?

Assenti, curvando os lábios para o lado.

— Ele me criou. Tudo de mim. Cada detalhe. — Pressionei a palma da mão no abdômen como se quisesse mostrar a ele as cicatrizes profundas. — Ele garantiu que eu nunca teria uma companheiro, então não poderia haver outra ameaça como Alfa Joseph.

Devo ter adormecido, pensei. *Por que outro motivo eu falaria sobre essas coisas?*

Por causa de Snow.

A energia restaurada tocou meus membros, me lembrando do meu propósito renovado: proteger minha colega.

— Ela é uma Ômega agora? Snow? — Eu ainda não entendia isso muito bem.

Exceto que ela mencionou algo sobre supressores. Eu nunca os tomei. Mas, às vezes, os Alfas do Território Bariloche os usavam... para... para... fazer Ômegas...

Concentre-se, pensei, saindo da espiral da memória. *Concentre-se em Snow. Ela precisa que eu seja forte agora.*

— Snow é uma Ômega agora — repeti, não como uma pergunta, mas como uma afirmação.

Alfa Sven me estudou por um momento, como se

estivesse tentando entender minha mente. Talvez ele já tivesse confirmado minha pergunta. Caso sim, eu não o ouvi.

— Sim — ele respondeu. — E ela escolheu um novo nome também. Winter.

— Oh. — Considerei suas palavras, apaziguada pela distração. — É um bom nome para ela. — Sua pele era pálida como a neve, mas seu cabelo era escuro como a noite. Winter, que significava inverno, fazia sentido. Era um nome forte para minha colega.

Mas isso não será suficiente para salvá-la, pensei, entorpecida.

— Eu... espero que o Alfa dela sobreviva. — Era uma verdade dura, que eu nunca tive a intenção de expressar em voz alta. Eu odiava todos os Alfas. Eles eram criaturas vis e cruéis que pegavam... pegavam... pegavam.

Tensionei a mandíbula e fechei os olhos com força.

Ômegas precisam de Alfas para sobreviver. Era uma exigência eterna, uma necessidade intrínseca. E eu odiava isso. Mas para Snow... *Winter*... eu poderia aceitar. Seu Alfa tinha que viver para que ela tivesse qualquer chance nesta vida agora.

— Kaz vai ficar bem — Alfa Sven murmurou. — É o resto do Território que deveria temer por suas vidas agora.

— Por quê? — gaguejei, distraída com seu comentário.

— Porque ele é um filho da puta determinado e um dos Alfas mais ferozes que já conheci.

Meu estômago embrulhou. *Pobre Winter*.

— Talvez ela... — Não. Eu não poderia dizer isso. — Ela precisa dele agora para sobreviver. — Sem ele, ela ficaria louca... assim como Savi.

Minha garganta se moveu em meio a um soluço silencioso, meu coração partido por ambos. Uma foi regulamentado para uma vida de purgatório sem companheiro, e a outra sofreria a eternidade com um.

As Ômegas nunca tinham escolha. Sempre éramos apenas propriedade.

— O que você quer dizer, Kari? Por que ela precisa dele para sobreviver?

Olhei para ele, assustada com as perguntas. Ele não entendia o que isso significava? Alfa Kazek destruiu Ômega Winter por toda a eternidade ao reivindicá-la.

— O vínculo — murmurei, minha visão ficou turva com a tristeza que essas duas palavras inspiraram. — Ele... destrói uma Ômega quando o Alfa morre. Minha irmã... — Engoli em seco e desviei o olhar para sua clavícula. — Eu nem sei se ela está viva. Ele prometeu me contar se eu fosse para o Território Nórdico. Mas então você... você me levou.

Franzi a testa, e minha mente girou com indecisão. Eu não tinha certeza do que me levou a começar a falar, mas agora não conseguia parar.

— Alfa Enrique deveria me ajudar. Mas você estragou tudo. E eu deveria odiá-lo por isso, porque agora eu nunca saberei o que aconteceu com minha irmã. Eu nunca serei livre. Eu serei sempre usada, obrigada a receber o nó, descartada e *machucada*.

— Te ajudar? — ele repetiu, sua voz distante em meus ouvidos. Como se eu estivesse correndo por um túnel.

Mas eu nunca poderia escapar. Tudo isso era real. Não sonho. Apenas destino.

Ainda assim, balancei a cabeça, respondendo como se estivesse hipnotizada pelo Alfa diante de mim.

— Ele é o irmão gêmeo de Joseph — admiti, pensando em Enrique. — Ele prometeu me salvar. — Minhas palavras saíram em um sussurro, mas meu coração se partiu quando percebi que isso nunca aconteceria agora.

Eu estava à mercê desse novo Alfa, esse Alfa que eu não entendia com seus toques ternos e seu ronronar estrondoso.

Mesmo agora, ele me segurava como se eu fosse especial.

Como se eu significasse algo para ele.

Como se ele não quisesse que eu fosse destruída.

— Mas é tudo mentira — eu disse a mim mesma. — Tudo é mentira.

— O que é mentira?

— *Você* — eu o acusei, fechando as mãos, com um desejo estranho de bater nele. — Isso. *Tudo*. E não entendo por que você está fazendo isso!

Quase desmaiei sob a onda de angústia que se seguiu, afrouxei as mãos quando percebi que não havia mais forças para sobreviver neste mundo. Eu mal conseguia ficar de pé... não conseguiria nem lutar contra Alfa Ludvig... não conseguiria... não conseguiria proteger Winter ou a mim mesma.

Porque esses Alfas me transformaram em nada. No entanto, aquele que me segurava continuava ameaçando minha determinação. Ele me provocou com a noção de esperança, e eu não sabia por que ele se importava.

— Já estou destruída, Alfa. Já sou uma boneca. Eu já estou disposta. Porque me dar esperança só para... só para... — Não consegui encontrar as palavras certas, meu coração se partiu no peito enquanto uma nova onda de lágrimas inundava minha visão.

— Só para quê?

— Para me dar um nó — murmurei e minhas pernas cederam por completo.

Ele me levantou em seus braços, me embalando contra seu peito grande enquanto eu chorava sob o calor do chuveiro. Chorei por mim mesma. Por Savi. Por minha mãe. Pelo futuro de Winter. Por minha própria vida. Eu chorei... e chorei... até que fui reduzida a uma poça de soluços em seus braços.

E me senti... *bem*. Uma libertação que eu não sabia que desejava. Uma que eu precisava para poder respirar novamente.

Mas não entendi o ponto. Eu não entendia por que ele continuava me abraçando e me permitindo chorar.

Ele não disse nada por muito tempo, apenas ronronou, me abraçou e me protegeu do mundo.

Um momento de paz envolto em agonia. O final perfeito para minha vida torturante.

Exceto que ele não tentou me matar ou me machucar. Ele apenas... *ronronou*.

Quem é você? quase perguntei.

Mas ele falou primeiro, uma declaração que só um Alfa expressaria.

— Ômegas precisam do nó — ele disse baixinho. — Por que você não iria querer o meu?

Acasale logo comigo, quase implorei, querendo que essa angústia entre nós acabasse. A esperança era inútil. A bondade era perigosa. E, no entanto, me encontrei dizendo a verdade, minha vontade tão destruída que não consegui mais encontrar forças para me esconder.

— Dói — admiti. — É doloroso dentro de mim. É... — parei, exausta e sem pensamentos. Por que me preocupar em explicar isso? Ele não se importaria. Eu estava perdendo tempo e fôlego, prolongando o inevitável e, de alguma forma, me enfraquecendo ainda mais ao longo do caminho.

Talvez eu estivesse errada. Talvez não estivesse totalmente destruída. Não até agora. Não até que um Alfa me apresentou um pouco de bondade. Um presente que eu nunca mais receberia. Uma memória que eu guardaria para sempre, embora detestasse minha própria existência.

— Ele prometeu me ajudar — choraminguei, pensando em Alfa Enrique. — E agora não sei onde estou ou o que esperar. E não consigo descobrir como agradar você de maneira adequada.

— Você falar me agrada — ele sussurrou em meu ouvido. — Quero saber mais sobre porque dói receber o nó.

— Por quê? — perguntei contra seu peito. — Os Alfas não se importam. Eles ficam no cio. — Outro pensamento me ocorreu logo depois disso, um que me deixou paralisado. — Você quer que doa? — Eu tinha acabado de dar a ele a informação que ele desejava para finalmente me dar o nó? Ele me comeria com mais força, sabendo que isso me colocaria em um estado perpétuo de agonia?

Ele rosnou em meu ouvido, e o som provocou um arrepio de pânico em minha coluna.

— Eu prometi não te machucar, Ômega. E não machuquei, certo? O que te fez pensar que eu iria querer te machucar?

Minha garganta parecia estar cheia de pedras enquanto eu tentava me forçar a engolir. Mas não havia saliva suficiente na minha boca para obedecer.

— Alfas... *machucam.*

— Nem todos.

Eu balancei a cabeça. Ele não entendia.

— Machucam, sim.

— Eu, não. — Ele passou os dedos pelo meu cabelo, puxando minha cabeça para trás e me forçando a encarar seus olhos azuis brilhantes. — Me dê três dias.

Fiz uma careta.

— Três dias? — A mudança de assunto me tirou da

minha névoa mental, apenas para me afogar em um mar de confusão. — Três dias para quê?

— Me dê três dias para provar isso a você. Me deixe mostrar como é a vida comigo. Então partiremos daí.

Eu pisquei.

— Por quê?

— Porque eu quero você.

Certo...

— Então me tome. — Foi simples e direto. Eu não iria impedi-lo.

Ele balançou a cabeça.

— Assim, não. Eu quero que você seja minha.

— Até quando?

— Para sempre.

Meus lábios se moveram sem emitir som, sua declaração não fazia sentido.

— Mas... mas sou estéril. Ele me tornou estéril. Eu não posso ter um companheiro.

— Quem fez de você estéril?

— Alfa Carlos... m-meu pai... — Eu odiava chamá-lo assim, mas era o papel dele na minha vida. — Ele... depois de Joseph... ele se certificou...

— Que você não pudesse ter um companheiro — Alfa Sven terminou por mim. — Esterilizando você.

Assenti e meu lábio tremeu ao me lembrar da dor do procedimento. Mas a pior parte era a agonia residual cada vez que um Alfa me dava o nó.

— Parecem agulhas... o nó... pulsa... e... — Estremeci, meus ombros se curvaram. Eu precisava parar de falar, mas me ouvi acrescentando: — O nó vai muito fundo. Isso afeta tudo o que ele fez comigo.

— E os Alfas não sentem?

Balancei a cabeça.

— Eles gostam demais para notar.

— Puta merda — ele murmurou. — Há quanto tempo?

— Desde sempre — admiti. Passei por vários cios sozinha enquanto meu pai preparava o procedimento. Ele testou primeiro em outras Ômegas, querendo garantir a taxa de sobrevivência antes de me submeter ao tratamento.
— Eu tinha dezesseis anos. — Não que isso importasse, mas senti necessidade de dizer em voz alta.

— Quantos anos você tem?

Considerei a questão.

— Vinte e quatro? — Era um palpite. Parei de comemorar aniversários há muito tempo. — O tempo não tem sentido.

— O tempo é tudo — ele rebateu. — Você vai me dar três dias? Para mostrar que nem todos os Alfas são cruéis?

— O que acontecerá depois de três dias?

— Você vai conhecer os outros no Território Nórdico.

Meu coração despencou. Ele falou sobre me manter para sempre, o que aparentemente durava apenas três dias.

— Oh.

— Não é bem assim, Kari. Alfa Ludvig, que é um Alfa muito melhor que seu pai, quer te apresentar a todos os lobos da nossa alcateia. Ele quer fazer de você parte do Território Nórdico.

— Para estar disponível para todos os seus Alfas — sussurrei, lembrando o que ele disse naquela primeira noite. — Eu entendo.

— Acho que não — Alfa Sven respondeu, acariciando minha bochecha. — Você só estará *disponível* para eles se quiser e, dado o que acabou de me contar sobre receber o nó, não acho que estará.

Fiz uma careta.

— Não entendo.

— Sim, eu percebi isso — ele murmurou antes de pressionar os lábios na minha testa. — Mas usarei nosso tempo juntos para tentar explicar melhor e mostrarei como os Alfas podem ser diferentes. Começaremos terminando este banho.

CAPÍTULO 12
SVEN

FORAM NECESSÁRIAS VÁRIAS HORAS RONRONANDO, acariciando e comendo para acalmar Kari o suficiente para ela dormir. Ela se aconchegou em seu ninho, com o cabelo espalhado sobre os travesseiros em um leque de mechas loiras. Passei os dedos por eles por um momento antes de mudar um pouco para focar em meu punho.

Um movimento com o pulso deu vida ao relógio, a tecnologia programada especificamente para minha genética. Ele se transformava comigo e só respondia ao meu toque e comando. Abri uma tela de mensagem em branco e um teclado abaixo dela. Então, em silêncio, digitei uma mensagem para meu pai enquanto ficava de olho em Kari com minha visão periférica. Ela estava apagada, com o nariz pressionado no meu peito enquanto se perdia no meu ronronar.

Contei todos os detalhes da nossa conversa e perguntei se poderíamos providenciar para que um médico avaliasse suas declarações sobre o procedimento que seu pai a infligiu.

Só de digitar isso, senti meu maxilar tensionar

novamente. Minha ira era intensa e exigia que eu reagisse. No entanto, engoli esse desejo, ciente de que o que Kari precisava agora era de um Alfa terno, não irritado.

Alfa Carlos é o pai dela, digitei como assunto do e-mail. Isso chamaria a atenção imediata do meu pai. Porque certamente capturou a minha.

Eu nunca conheci o Alfa do Território Bariloche, mas conhecia sua reputação brutal.

Ele sujeitou a própria filha a uma vida de servidão, *esterilizando-a*. Cerrei os dentes, sentindo meu lobo eriçado sob minha pele. Ela disse que doía receber o nó, o que sugeria que o que ele fez não era permanente.

Se ele tivesse removido o útero, ela teria se curado com o tempo. Talvez até tivesse crescido novamente, dadas as nossas tendências imortais. Porém, paramos de envelhecer e crescer por volta do nosso vigésimo quinto ano. Então, se ele a mutilou quando era adolescente, ela poderia não ter conseguido regenerar o órgão porque sua imortalidade ainda não teria surgido.

Seja qual fosse o caso, ela precisava ser avaliada clinicamente. Mas não hoje. Precisaríamos trabalhar até chegarmos a esse ponto. Eu estabeleceria um pouco de confiança primeiro e partiria daí.

Revisei minha mensagem, acrescentando uma nota no final, solicitando que Alana trouxesse alguns suprimentos essenciais, como mais comida, e cliquei em *Enviar*.

Kari não se mexeu, seus lábios carnudos se entreabriram enquanto ela dormia de forma pacífica contra mim. Eu me ajustei, me curvando um pouco mais em direção a ela, e passei os braços com firmeza em suas costas.

Ela soltou um longo suspiro, pesado com os tormentos de seu passado. Então ela acariciou meu peito novamente, como se me pedisse para aumentar o volume do meu ronronar. Beijei o topo de sua cabeça e agradeci, lhe dando as vibrações que sua loba ansiava, e fechei os olhos para descansar com ela.

A Ômega começou a se mexer várias horas depois, fazendo com que meu lobo passasse do estado de sono para o estado de alerta em um instante. Eu não tinha certeza do que aconteceria quando ela acordasse e queria estar pronto para ela.

Uma vibração sutil em meu pulso me disse que havia uma comunicação perdida, provavelmente uma resposta de meu pai, mas não me arrisquei a abri-la. Eu queria dar toda a atenção a Kari, caso ela começasse a chorar novamente.

No entanto, quando seus olhos se abriram, estavam azuis cristalinos cheios de apreensão, não de tormento. Ela estudou meu rosto por um momento, olhou para meu peito e depois rolou um pouco de costas em uma óbvia necessidade de espaço.

Eu não a segui, apenas continuei a emitir um ronronar baixo e a soltei. Ela não tentou se afastar do meu braço sob seus ombros, e sua lateral ainda estava alinhada com meu torso enquanto eu permanecia de lado. Seus olhos percorreram o ninho, e uma carranca marcou sua testa ao encontrar um de seus lençóis ligeiramente dobrado por seus movimentos.

Ela estendeu a mão para alisar a borda, depois começou a reorganizar outros cobertores enquanto eu observava, ficando de joelhos para colocar todos os lençóis no lugar exatamente como queria. Arqueei a sobrancelha quando ela escorregou da cama, e me apoiei no cotovelo para vê-la desaparecer no banheiro.

Kari voltou depois de um minuto com nossas toalhas de banho e minhas roupas de ontem, e ainda em silêncio, as colocou em seu refúgio seguro em pequenos recantos que ela claramente criou para as peças.

Tudo foi feito em silêncio e sua expressão era de severa concentração.

Me abaixei de volta para o meu lado, esperando para ver o que ela faria a seguir.

Ela passou os dedos pelas bordas, verificando cada peça, depois se acomodou ao meu lado e pressionou o nariz no meu peito. Eu nunca experimentei esse lado de uma Ômega antes, mas meu lobo estava totalmente envolvido dentro de mim, protegendo-a enquanto ela trabalhava e ronronando em gratidão por incluí-lo em seu espaço.

— Este é meu primeiro ninho — ela sussurrou. — Posso ficar com ele por um tempo?

— Você pode mantê-lo por quanto tempo quiser — garanti a ela.

Ela assentiu, satisfeita. Esperei que ela dissesse mais alguma coisa, mas Kari parecia contente em ficar em silêncio. Pelo menos, até que seu estômago nos informasse sobre sua necessidade de comer.

— Você tem preferência alimentar? — eu a perguntei.

Ela enrijeceu em resposta, fazendo meus instintos dispararem.

— Kari, você tem que comer — eu disse, com a voz um pouco mais severa do que pretendia. Mas eu não repetiria o que aconteceu ontem. — Por favor, não me faça alimentá-la à força.

Ela permaneceu em silêncio por um longo momento, agitando meu lobo.

— P-podemos comer no outro quarto? — Sua pergunta foi muito baixa, me fazendo lembrar uma pena flutuando no ar e roçando minha orelha por pouco.

Fiz uma careta e me apoiei no cotovelo para olhar para ela enquanto ela rolava de costas.

— Outro quarto?

— O-ou fora do ninho? — ela gaguejou, parecendo um pouco confusa e assustada ao mesmo tempo, como se esperasse que eu gritasse com ela por perguntar isso.

Estudei-a por um momento, a compreensão percorrendo minha mente.

— Foi por isso que você jogou a bandeja no chão ontem? Por que eu a coloquei no ninho?

Ela engoliu em seco, assentindo de maneira sutil.

— S-sim. Eu... sinto muito. Eu não quis dizer, ou não... sinto muito. — Ela desviou os olhos para o lado em uma demonstração de clara submissão, e sua voz caiu para um sussurro no final.

Acariciei sua bochecha e trouxe seu foco de volta para mim.

— Não se desculpe pelo meu erro — eu disse a ela no tom mais gentil que pude. — Sinto muito por não respeitar seu ninho. Não farei isso de novo.

A declaração dela sobre eu ser um *Alfa terrível* de repente fez sentido. Ela não quis dizer isso da maneira como eu interpretei. Ela só quis dizer isso no calor do momento, que tentei estragar algo especial para ela ao não perguntar antes de colocar algo em seu porto seguro.

Ela me olhou boquiaberta, sugerindo que nunca ouviu um Alfa se desculpar antes.

Estava disposto a apostar que havia muitas coisas que ela nunca experimentou com um Alfa, considerando tudo o que ela me contou.

Desviei o olhar para sua boca enquanto me perguntava se ela já foi beijada adequadamente. Um estrondo profundo dentro de mim me incentivou a descobrir, não perguntando, mas tomando.

Ignorei o instinto, ciente de que ela ainda não estava pronta.

Mas então sua pequena língua rosa escapou para umedecer seu lábio inferior.

Lentamente, levantei meus olhos para os dela e encontrei sua loba olhando para mim através de pupilas dilatadas. Sua respiração falhou quando a sugestão sutil de seu batimento cardíaco aumentou entre nós.

Interesse, meu animal interior reconheceu. *Interesse mútuo.*

Um beijo não faria mal. Podia até ajudar. Porque eu iria mostrar a ela como um verdadeiro Alfa tratava sua Ômega pretendida. Eu não era um daqueles covardes do território em que ela nasceu, que tinham que atormentar e machucar uma escrava. Não, eu era um Alfa digno de seu lobo.

Passei o polegar em seu lábio, avisando-a da minha intenção.

Suas íris diminuíram enquanto sua loba continuava a me observar com uma intensidade que senti em minha alma. Inclinei a cabeça de forma gradual, olhando em seus olhos o tempo todo, e pressionei a boca na dela.

Ela respirou fundo, seus lábios se abriram por impulso, mas não assumi o controle de imediato. Eu a deixei inspirar. Eu a deixei saborear nosso abraço. Eu a deixei existir. Eu a deixei experimentar a sensação sem a língua. Um encontro suave de bocas destinado a atrair e expressar adoração.

Kari não retribuiu meu beijo de imediato, seu corpo estava totalmente imóvel sob o meu, como se esperasse que eu fosse forçar algo dela.

Mas depois de um instante, ela relaxou e seus lábios encontraram os meus com mais firmeza.

Passei os dentes em seu lábio inferior, roçando a textura carnuda e testando suas reações. Ela abriu a boca, desta vez não para expirar, mas para permitir que sua língua acariciasse o lugar que meus dentes tinham acabado de deixar.

O tempo todo, ela sustentou meu olhar, com as pupilas dilatadas e sedutoramente excitadas.

Ela levantou a mão para meu pescoço, seu toque hesitante enquanto ela roçava minha pele em seu caminho até meu cabelo. Ronronei enquanto ela passava as pontas dos dedos pelos meus fios, penteando-os de uma forma semelhante ao que eu fiz com ela inúmeras vezes durante a nossa noite juntos.

Kari me beijou novamente, desta vez com um pouco mais de intensidade enquanto sua loba assumia o controle e conduzia suas ações. Senti o animal se agitar sob sua pele, precisando se deleitar com minha presença e aceitar o que eu tinha a oferecer.

Era o instinto natural de uma Ômega se submeter a um Alfa.

Mas não era isso que eu queria aqui.

Eu queria sua participação voluntária e ansiosa, e o movimento de sua língua contra meu lábio me disse que eu consegui. Mesmo que fosse a loba dela, mais do que a mulher, reagindo a mim, isso demonstrava nossa compatibilidade.

Toquei sua língua com a minha, então lentamente penetrei em sua boca para começar uma dança sensual destinada a apagar todo e qualquer homem que tivesse vindo antes de mim.

Esta fêmea era minha.

E eu queria que ela soubesse o que isso significava.

Ela fechou os olhos, cedendo ao nosso beijo e permitiu que seu corpo conduzisse sua mente. Ronronei mais alto, garantindo que ela sentisse minha aprovação, e a entreguei a um beijo acalorado destinado reivindicar, mas sem deixar marcas. Sem danos. Sem machucá-la. Mas garantindo que ela sentisse minha promessa de mais, minha promessa de mantê-la, minha necessidade de declará-la como minha.

Um gemido baixo escapou de sua garganta, não nascido de medo ou dor, mas de uma necessidade intrínseca que ondulava através de mim e acendia um fervor em meu lobo.

Eu a queria mais do que desejava qualquer coisa ou qualquer outra pessoa em minha existência. Esta mulher reivindicou algo tão profundamente dentro de mim que ninguém jamais seria capaz de me tocar novamente, porque eu sabia que ela era tudo para mim.

Uma inclinação tão bizarra e insana. No entanto, meu lobo sempre foi teimoso e infalivelmente focado. Impulsivo, até, mas sempre com um propósito lógico.

E esse propósito agora era Kari.

Tudo o que eu fizesse deste segundo em diante seria por ela, por nós, pelos nossos lobos.

Meu abdômen se contraiu enquanto sua umidade permeava o ar, sua excitação era um afrodisíaco em minha língua que engoli com um beijo. Eu não a tomaria. Hoje, não. Nem mesmo amanhã. Não até que ela estivesse pronta. Mas eu daria o que ela quisesse.

Ela deslizou os dedos em minha nuca, cravando as unhas em minha pele, enquanto tentava me puxar para mais perto. Ela abriu as coxas em boas-vindas e eu me acomodei entre elas por instinto, com meu pau duro e pronto contra seu calor.

Minha boxer funcionou como uma barreira, me impedindo de fazer algo que não deveria. No entanto, isso não a impediu de se arquear em minha direção, seu suspiro baixo se transformou em gemido, enquanto a carne sensível pressionava meu pau.

— Kari — avisei, passando os dentes por seu lábio mais uma vez.

Ela soltou um grunhido adorável em resposta, então paralisou embaixo de mim, como se não pudesse acreditar que permitiu que aquele som passasse por seus lábios.

Sorri contra sua boca, então mergulhei minha língua dentro para acariciar a dela mais uma vez. Ela não retribuiu o abraço com o mesmo entusiasmo, seus movimentos ficaram mais rígidos, como se ela estivesse tentando controlar sua loba.

Em vez de pressioná-la ainda mais, passei o nariz em sua bochecha e pressionei os lábios em sua orelha.

— Nada de comida no ninho — murmurei. — Regra reconhecida e compreendida. Me avise se tiver mais regras. — Mordi seu lóbulo e fiquei de joelhos entre suas coxas lindamente abertas.

Ela olhou para mim, com as bochechas coradas e o peito arfando com o esforço. Então seu olhar caiu para minha virilha e suas narinas dilataram.

Permaneci assim por um momento, permitindo que ela estudasse cada centímetro do meu tronco e a parte inferior do meu corpo. Um interesse renovado se acumulou entre suas pernas enquanto seu corpo se preparava para minha entrada.

Mas em vez de aproveitar seu estado de excitação, me abaixei para dar um beijo no centro de seu monte. Ela estremeceu sob meu toque, agarrando os lençóis de cada lado de seus quadris.

— Se precisar de prazer, me fale — sussurrei contra sua carne aquecida. — Vou te agradar com minha língua. — Demonstrei com uma única lambida, saboreando-a e gemendo enquanto engolia a essência deliciosa.

Meu lobo andava dentro de mim, precisando de mais.

Mas quando ela não respondeu, pelo menos não com

palavras, e eu me sentei novamente. Uma pontada de medo espreitava nas íris azuis, mas seu lindo rubor permaneceu, assim como as pupilas dilatadas.

Definitivamente interessada, pensei.

Eu poderia trabalhar com isso.

Mais tarde.

Ela precisava de comida primeiro.

— Pizza — decidi, precisando de uma distração antes de devorá-la. — Todo mundo gosta de pizza.

Parte de seu medo se transformou em confusão.

Em vez de explicar, manobrei cuidadosamente para fora do ninho sem perturbar sua arrumação e fui em direção à porta.

— Me encontre na cozinha — eu disse a ela. — Comeremos lá.

E se você quiser, aproveitarei você como sobremesa.

CAPÍTULO 13
KARI

Meu coração não parava de bater com força.

O que é que foi isso? pensei, perplexa enquanto apertava minhas coxas e rolava para o lado. *Por que eu reagi assim?*

Eu já havia experimentado excitação antes. Mas nunca assim. Nunca com toques suaves.

E aquele beijo...

Toquei meus lábios, acariciando o lugar onde seus dentes roçaram minha pele. Formigou, a lembrança de sua marca invisível guiando minha carne e minha mente.

Foi... foi... *bom.*

Assim como a lambida entre minhas coxas.

Ah, caramba... um espasmo se contraiu em meu ventre e minha necessidade aumentou quando me lembrei da sensação de seu queixo contra minha área sensível. E sua língua.

Eu queria mais.

Eu queria menos.

Eu queria gritar.

Eu queria chorar.

Eu não conseguia decidir de cima para baixo ou da

direita para a esquerda. Minha mente era uma profusão de sensações e desejos estranhos que nunca imaginei que fossem possíveis. Alfas não me seduziam. Eles usavam brinquedos ou coisas vibrantes para estimular minha carne e então acasalavam. Às vezes, eu gozava, mas nunca por opção.

No entanto, Sven me fez querer ter um orgasmo apenas para me divertir.

O que está acontecendo comigo?, me perguntei, olhando ao redor do meu ninho e percebendo que o fortaleci com as roupas dele. Eu via este espaço como *nosso*, não apenas meu.

Isso é perigoso, decidi. *Muito perigoso.*

Porque provocou um vislumbre de esperança e perguntas que começavam com: *e se...?*

Engoli em seco. Não. Eu não podia me dar ao luxo de sonhar.

Mas ele queria três dias, dos quais passei a maior parte do primeiro descansando em nosso ninho. O que incluiria o resto do nosso tempo juntos? Mais lambidas? Beijos? Toques suaves? Ronronar?

Estremeci. Mesmo que tudo fosse um estratagema ou algum jogo distorcido, eu teria lembranças para guardar nas horas mais sombrias depois.

Ou talvez elas me atormentassem, me mostrassem como poderia ter sido a vida para outra Ômega.

Uma Ômega como Winter.

Paralisei, meus sentidos em alerta máximo. Então, uma única cheirada no ar me disse que ela ainda estava aqui. *Ela está bem?*, me perguntei, a preocupação apertando meu estômago.

Alfa Ludvig avisou-a de que ela tinha setenta e uma horas para se preparar para o que viria a seguir. *Alfa Kazek vai estar com fome quando terminar o desafio*, ele avisou. *E não me refiro à comida.*

Curvei os lábios para o lado. Eu precisava ver como ela estava.

Saindo do ninho, fui em busca da minha colega e a encontrei no pátio, dormindo em uma bola apertada de pelos brancos.

Um Alfa uivou ao longe, fazendo com que os pelos dos meus braços se arrepiassem, mas Winter pareceu suspirar de contentamento e se encolher ainda mais na cama de roupas rasgadas que ela criou.

Uma presença calorosa atrás de mim me fez girar, pronta para defendê-la. Sven ergueu as mãos em uma demonstração de paz e deu dois passos para dentro antes de inclinar a cabeça para que eu o seguisse.

Ele ainda usava a boxer, mas estava com uma camisa em uma das mãos.

Eu o segui, com os olhos na peça, curiosa para saber para que ele pretendia usá-la.

Fechando a porta suavemente atrás de mim, me aproximei dele e paralisei quando ele puxou a camisa pela minha cabeça.

— Alfa Alana me trouxe algumas roupas — ele disse em voz baixa, para não perturbar a loba adormecida lá fora. — Achei que você poderia querer pegar algumas emprestadas.

O algodão fazia cócegas nas minhas coxas, a camisa mais parecia um vestido no meu corpo menor.

Ele puxou meu cabelo da nuca, depois passou os dedos pelas mechas antes de colocá-las atrás das minhas orelhas.

— A pizza está no forno.

Este Alfa era muito estranho. E ele tinha obsessão por comida.

Ele puxou a mecha de cabelo pendurada perto do meu peito e começou a andar de costas em direção à sala de estar. Eu o segui por instinto, faminta pelo que ele pretendia.

Mas quando chegamos ao quarto, um novo cheiro tocou meu nariz e minha loba se eriçou com um rosnado irritado.

Fêmea alfa.

— Alana — ele disse antes que eu pudesse me envergonhar perguntando. — Ela é a terceira em comando do meu pai. E, aparentemente, tem uma queda por limpar coisas. — Ele apontou para a sala de estar impecável, o sofá e a cadeira parecendo novos.

Mas não foi isso que fez minhas sobrancelhas subirem até a linha do cabelo.

— Seu pai tem uma general?

— Ele tem quatro, na verdade. Mas os outros três são Betas. Alana é a única Alfa. Ela também é uma Executora, não uma general. No entanto, suspeito que ela vai se tornar a segunda do meu pai quando Kazek assumir o Território de Inverno. — Ele franziu a testa. — Supondo que ele aceite o trabalho.

Pisquei para ele, atordoada com a informação. Nenhum Alfa jamais falou comigo dessa maneira, como se quisesse que eu soubesse algo além de como receber o nó corretamente.

Eu também nunca ouvi falar de mulheres sendo permitidas nas fileiras gerais. Alfa Vanessa era a única exceção notável, mas ela adquiriu esse papel por causa de sua relação familiar com Alfa Carlos. Tecnicamente, ela era minha tia. Não que eu fosse chamá-la assim.

— Alana é sua irmã? — perguntei.

Sven bufou.

— Não de sangue, mas ela age como se fosse minha

irmã mais velha às vezes. O mesmo com Kaz. Os dois gostam de testar meus limites.

— Testar seus limites? — repeti, sem entender.

— Limites alfa — ele reformulou. — Eles têm uma tendência a me deixar em ninhos de zumbis e cronometrar minhas fugas.

Meu queixo caiu. Isso parecia *horrível*.

— Por quê? — perguntei, incapaz de evitar o suspiro em meu tom.

Ele encontrou meu olhar, com os olhos brilhando.

— É a maneira deles de testar minha coragem. E ajudou a me preparar para os desafios do Território Nórdico. Alfas têm tudo a ver com hierarquia e, às vezes, a idade pode ser um fator discriminatório.

Eu o estudei.

— Idade? — Não pensei em perguntar isso a ele antes. Ele era grande, forte e Alfa. Por que sua idade importaria para alguém?

— Tenho vinte e cinco anos — ele disse, seu tom me desafiando a insultá-lo. — Alguns lobos pensam que o domínio é uma questão de experiência. Minha fera interior e eu discordamos.

— Ah. — Achei que isso fazia sentido. Alfa Joseph era mais jovem. Mas não foi por isso que meu pai o venceu numa luta.

Um sinal sonoro soou na cozinha, fazendo com que Sven se afastasse de mim. Eu o segui, o aroma vindo do forno me deixou com água na boca.

Ele tirou uma pizza gigante, com queijo e carne por cima.

Arregalei os olhos ao ver.

— Eu não como pizza desde... — parei, meu coração batendo miseravelmente no peito.

— Desde quando?

— Desde... minha mãe — sussurrei, incapaz de continuar. Ela fez pizza para mim e para Savi algumas vezes, sendo a favorita dela uma de batata e milho com pedaços de salsicha.

Este parecia ter um tipo diferente de carne, os círculos de um vermelho profundo e me lembrando bacon.

Ele não me perguntou sobre minha mãe, em vez disso, falou:

— Eu não tinha certeza de que tipo você gostaria, então optei por calabresa e presunto.

— Não sei se já comi dessa antes — admiti. Presunto, sim. Calabresa, não. E não na pizza.

Ele abriu uma gaveta e tirou um objeto com uma roda de metal na ponta, de aparência afiada.

— Que sabor você já comeu?

— Salsicha, batata e milho — murmurei.

Ele fez uma pausa, olhando para mim. Então ele olhou para a pizza e inclinou a cabeça.

— Hum. Seria interessante experimentar. Talvez eu faça amanhã.

Meu peito doeu com o pensamento.

— Posso ajudar — ofereci antes que pudesse voltar atrás.

Ele olhou para mim, com um sorriso em seus olhos azuis.

— Acho que gostaria disso.

Balancei a cabeça, aliviada por tê-lo agradado. Provocou uma sensação de calor em minhas veias que ajudou a aliviar a dor que irradiava do meu coração e acalmou consideravelmente meus nervos.

Ele cortou o queijo e a massa, criando fatias. Então colocou uma em um prato para mim antes de pegar uma segunda fatia para si.

Sven abriu a geladeira e tirou uma tigela de cubos de

carne. Examinei-os, curiosa para saber o que ele pretendia fazer com aquilo. Ainda não estavam cozidos.

— Para Winter — ele explicou antes de sair da sala.

Quase o segui, meu instinto de proteger meu companheiro estava em desacordo com a confiança inata da minha loba em Alfa Sven. Ela não estava nem um pouco preocupada com ele se aproximar da outra Ômega, totalmente satisfeita com a ideia de ele cuidar de Winter. Ela estava mais preocupada com o retorno imediato dele, o que ele fez, porque ela não gostava da ideia de compartilhá-lo com ninguém.

Ele traçou o polegar na minha testa, suavizando minha pele.

— Você está carrancuda — ele murmurou. — Por quê?

— Minha loba está me confundindo — admiti.

— Como assim?

— Ela está sendo... possessiva.

— Comigo? — ele adivinhou, com um sorriso em sua voz. — Isso é bom, porque meu lobo também se sente possessivo com você.

— Por quê?

— Porque você é minha — ele respondeu, levando nossos pratos para a mesa da sala de jantar. — Quer água ou algo doce?

Eu estava muito ocupada olhando para ele para responder isso.

Então ele escolheu água para nós dois e depois colocou a mão nas minhas costas para me guiar até a mesa.

— Suas marcas de garras são uma decoração interessante — ele refletiu enquanto me acomodava em uma cadeira.

Eu ainda estava boquiaberta, olhando para ele quando Sven se sentou à minha frente.

— Você não pode me reivindicar. Sou estéril. — As palavras saíram antes que eu pudesse contê-las. — Não entendo o que é tudo isso. Eu sou... não sou uma Ômega disponível. Sou uma escrava.

— Você é uma ex-escrava — ele corrigiu. — E você é minha Ômega.

— Por quê? Por que eu?

Ele me considerou por um momento e deu de ombros.

— Meu lobo diz que você é nossa. Então você é.

— E se minha loba discordar? — retruquei.

— Ela não vai.

Eu pisquei. *Isso... Como...? Mas...*

— Coma — ele instruiu. — Podemos discutir isso mais tarde.

— Discutir o que mais tarde? — perguntei, um pouco irritada. — Você já decidiu por nós dois.

— Sim, decidi, mas vou gostar de convencê-la a concordar.

— E como você pretende fazer isso? — questionei. Porque claramente esse Alfa era louco. Por que estávamos discutindo isso? Não poderia haver futuro aqui. Era perigoso até mesmo considerar isso. Ômegas inférteis não podiam entrar no cio, o que significava que não podíamos procriar e, portanto, não podíamos ter companheiros. Obviamente, ele sabia disso. Então por que...

— Acho que vou começar te adorando com a minha língua — ele disse, interrompendo – e *aniquilando* totalmente – meus pensamentos.

— Hum, o quê?

— Minha língua — ele repetiu, seus olhos cintilaram quando ele encontrou e sustentou meu olhar. — Acho que é assim que vou começar nosso cortejo.

Cortejo? repeti para mim mesma. *Língua?*

Minha pele esquentou com o pensamento.

— Você não pode aceitar meu nó, mas isso não significa que não possamos brincar de outras maneiras — ele continuou. — E acredite em mim, Ômega, tenho uma imaginação excelente.

— Eu... — engoli em seco. — Não posso aceitar seu nó? — Eu era uma Ômega. Claro que eu poderia aceitar o nó dele. Essa era a razão da minha existência.

— Ainda não — ele respondeu. — Não até que você tenha sido avaliada por um médico. Prometi não te machucar, Kari. E você disse que receber o nó dói. Então, minhas mãos estão atadas.

Olhei boquiaberta para ele.

— Você... você não vai me dar o nó?

— Ah, eu vou, Ômega. Mas somente quando for seguro fazê-lo. — Ele apontou para a comida intocada no meu prato. — Coma. Você precisa ficar forte. Discutiremos mais sobre isso amanhã.

CAPÍTULO 14

SVEN

Kari me observou com cautela, como se esperasse que eu a atacasse a qualquer momento. Sua desconfiança inerente me irritou.

Foi por isso que acabei não lambendo-a como sobremesa depois de comermos pizza.

E também porque me abstive de tocá-la de forma muito íntima durante os dois dias que se seguiram.

Compartilhamos seu ninho todas as noites. Mas mesmo isso exigiu certo esforço. Ela sempre tirava a camiseta e ficava deitada no centro com as pernas abertas, esperando que eu a tomasse. Cada vez, eu a movia para o lado para abrir espaço para mim, depois a puxava para perto com um ronronar e a abraçava até que ela finalmente sucumbisse ao sono.

Não discutimos minhas reivindicações sobre ela. Nem a provoquei com minha língua ou meu beijo. Foi uma experiência insuportável, que exigiu uma resistência intransponível de minha parte, mas não tive escolha. Não poderíamos seguir em frente até que eu ganhasse sua confiança.

Infelizmente, estávamos em nossas últimas horas e eu não estava nem perto desse ponto.

Passei a maior parte do tempo conversando com ela como qualquer outra loba. Isso pareceu funcionar bem antes da nossa refeição de pizza no outro dia, então me esforcei para replicar aquela camaradagem fácil. Ela parecia receptiva a isso, até optando por se abrir um pouco sobre a mãe e irmã enquanto preparávamos a pizza de batata, milho e salsicha juntos.

Mas então meu pai apareceu para verificar Winter e ela. Kari se fechou completamente. Ela mal tocou na pizza depois disso, e passei a maior parte da noite juntos ronronando enquanto ela dormia de maneira intermitente em meus braços.

Enviei uma mensagem para ele na manhã seguinte, dizendo para que não aparecesse sem avisar novamente. Ele respondeu com uma concordância rápida, dizendo que conversaríamos hoje, após a cerimônia de reivindicação.

Kari não estava nem perto de estar pronta para enfrentar o bando. Tentei contar a ela sobre o Território Nórdico nos últimos dias, inclusive falando sobre a estrutura detalhada e como a hierarquia funcionava. Parecia um bom ponto de partida, já que as generais a intrigaram outro dia. Ela ouviu e fez algumas perguntas, mas senti sua hesitação e preocupação durante cada conversa.

Ela estava com medo de acreditar em mim.

Com medo de confiar.

Com medo de permitir que qualquer gota esperança tocasse seu espírito.

Eu não poderia culpá-la. O pouco que ela me contou sobre sua história confirmou que sua vida foi um horror após o outro. Ela falou sobre a mãe no passado, sugerindo que ela não estava mais viva. E já confirmou que não sabia o destino da irmã.

Meu pai estava tentando descobrir o que podia, mas o Alfa do Território Bariloche não era um de nossos aliados.

Peguei a frigideira para colocar os ovos mexidos em um prato e coloquei-o sobre a mesa ao lado da salada de frutas que Kari preparou. Ela lavou todas as frutas antes de preparar a salada, com movimentos meticulosos e perfeitos, como se tivesse medo de cometer um único erro.

O último item foi o salmão que defumei no forno, e coloquei ao lado dos ovos.

Kari se sentou, mas antes que eu pudesse evitar, um alerta apareceu acima do meu pulso. Ela arregalou os olhos quando o rosto do meu pai apareceu.

— Alana está indo libertar a Winter — ele disse sem cumprimentá-la. — Fique com a Ômega Kari por enquanto. Entrarei em contato hoje à noite.

Franzi a testa, confuso com a mudança de planos. Ele me disse ontem mesmo que me queria na cerimônia de reivindicação.

— Está tudo certo?

— Feromônios — ele respondeu.

— Ah. — Kaz devia estar agitado. Ele não queria arriscar que eu absorvesse o cheiro e o levasse de volta para Kari. — Entendido.

Ele deu um aceno de cabeça e desligou a chamada.

— Como isso aconteceu? — Kari perguntou, olhando boquiaberta para o ar acima do meu pulso. — Ele pode...? Ele...? — Seus olhos se arregalaram e ela olhou para seu próprio braço. — Eu...?

— É o meu relógio — expliquei, mostrando o dispositivo em meu pulso. — É geneticamente programado para mim e meu lobo. Assim posso me transformar com ele ou, neste caso, mantê-lo escondido, se quiser. Mas é como um computador em miniatura ligado ao meu DNA.

Ela piscou para mim como se tivesse crescido cinco cabeças em mim.

Divertido, me sentei em frente a ela e puxei a tela principal para começar a mostrar como o relógio funcionava e o que fazia. Estávamos no meio das inscrições primárias quando Alana chegou para buscar Winter.

— Existe uma razão pela qual eu não poderia simplesmente levá-la até o elevador? — perguntei a título de saudação.

— Sim, Alfa Ludvig quer que eu a torture primeiro — Alana respondeu.

Os olhos de Kari se arregalaram, me fazendo rosnar.

— *Alana.*

— O quê? É verdade. E o Kaz merece. Ele deu minhas roupas para ela vestir, Sven. É uma ação idiota. — Ela revirou os grandes olhos azuis e jogou o rabo de cavalo loiro por cima do ombro. — Você vai notar que todas as roupas que eu te dei são suas. De nada.

Ela acenou para Kari antes de passar pela mesa e sair para a área da varanda. Kari começou a se levantar, com os pelos arrepiados.

— Ela não vai machucar a Winter.

— Ela acabou de dizer...

— Eu sei o que ela disse, mas não foi sério. A Winter não gosta da Alana, porque ela já dormiu com Kazek. Então Alfa Ludvig enviou Alana aqui de propósito, sabendo que sua presença puniria Winter. Ele não está muito satisfeito com ela, por ter entrado de maneira furtiva no avião. — E meu pai estava procurando todos os métodos que pudesse para puni-la sem arriscar nenhum dano físico a ela. — Juro que ela não vai machucar a Winter.

Assim que eu disse isso, um rosnado veio da varanda, seguido por um baixo de alerta da Alfa.

Kari saltou, pronta para interceder, quando Winter entrou em forma de lobo. Ela mostrou os dentes para Alana, o que fez a Alfa sorrir.

— Ah, eu gosto de você — ela disse.

Winter estalou a mandíbula, afirmando claramente que o sentimento não era mútuo.

— Mantenha suas garras para você, querida. Não quero o seu Alfa. Ele é todo seu.

Winter grunhiu como se quisesse sugerir que não acreditava em Alana.

O que, claro, divertiu ainda mais a alfa.

— Vejo você na cerimônia de boas-vindas mais tarde? — ela perguntou ao passar por mim, piscando brevemente para Kari com uma pergunta óbvia em seus olhos.

— Sim — respondi. Ela me veria. Mas não Kari, se eu pudesse.

Alana assentiu.

— Bom. Bem-vinda ao Território Nórdico, Ômega Kari. Todos estão ansiosos para conhecê-la.

Kari paralisou, me fazendo gemer por dentro.

— Tchau, Alana — eu disse entre dentes.

Ela apenas sorriu e abriu a porta para Winter.

— Fora, pequena Ômega.

A pequena Ômega estalou as mandíbulas novamente, ganhando outro rosnado baixo de Alana.

— Estou permitindo isso porque entendo a necessidade de marcar seu território. Mas não force.

Winter cerrou a mandíbula visivelmente e saiu correndo porta afora com Alana em seu encalço. A porta bateu atrás dela, deixando Kari carrancuda na mesa. Ela ainda estava de pé, com os punhos cerrados ao lado do corpo.

— Para onde ela a está levando?

— Para Alfa Kazek.

— Antes ou depois de torturá-la?

— Ela já está torturando-a — falei. — A presença dela aqui irrita a loba de Winter.

Kari olhou para mim.

— Eu não entendo.

— Como você se sentiria se eu dissesse que transei com Alana? — perguntei a ela, genuinamente curioso para saber como ela reagiria.

Ela não me decepcionou, suas bochechas ficaram vermelhas enquanto seus olhos se estreitavam.

— Por que você transaria com ela? Você me tem.

Foi necessário um esforço genuíno para não sorrir com essa resposta.

— Não foi isso que perguntei.

— Bem, não gosto da sua pergunta.

— E é exatamente assim que Alana está torturando Winter agora — falei.

Kari apenas continuou a olhar para mim.

— Eu não quero que você transe com a Alana.

Certo, então estávamos presos nisso. Não pude evitar a risada baixa que escapou, o que era claramente a coisa errada a fazer, porque Kari rosnou, colocando as palmas das mãos sobre a mesa e se inclinando para frente.

— Ela não pode receber o nó. Eu *posso*.

— Linda, esse não é o ponto. — Estendi a mão para segurar sua mandíbula, mas ela pegou minha palma entre os dentes e mordeu. Com força. Arqueei as sobrancelhas. — Você acabou de me marcar?

Ela arregalou os olhos, as manchas vermelhas ficaram pálidas em um instante enquanto ela olhava para minha mão e depois de volta para mim.

— Oh... eu... — Seus joelhos cederam quando ela caiu

no chão em uma pose de súplica. — M-me desculpe, Alfa. Eu... eu não sei o que deu em mim. Eu... eu apenas *reagi*.

Um eufemismo.

Ela acabou de me reivindicar à sua maneira.

E meu lobo estava se envaidecendo dentro de mim. Mas ele não gostou da posição dela no chão.

Me afastei da mesa e caminhei até onde ela permanecia curvada com a testa tocando o chão.

— Kari — murmurei, me agachando diante dela. — Você não precisa se desculpar ou se curvar. Eu não estou com raiva. — Passei os dedos por seu cabelo, depois segurei um pouco dos fios para puxar sua cabeça para trás quando ela não fez nenhum movimento para sair do chão.

Seus olhos se encheram de lágrimas, sua mortificação era evidente.

— Eu estava tentando explicar como Alana está torturando Winter — eu disse baixinho. — Ômegas são muito territoriais com seus Alfas, assim como os Alfas são possessivos com suas Ômegas. É particularmente ruim no início de um vínculo, o que significa que Winter não suporta estar na presença de Alana, porque ela é uma das ex-amantes de Kazek.

Tecnicamente, ela era apenas uma amiga de transa, mas eu não queria usar esse termo com Kari.

— Vamos, lobinha — eu disse, passando a palma da mão em volta de seu pescoço para puxá-la do chão. — Nós dois precisamos comer e vou terminar de explicar como funciona meu relógio.

Seu olhar foi para minha mão e para as marquinhas de dentes em minha palma. Usei propositalmente a outra mão para guiá-la do chão.

— Você quer dar um beijo para sarar? — ofereci, tentando aliviar o clima.

— B-beijar? — ela repetiu.

— Sim, Kari. Minha mão — eu disse, estendendo-a para ela.

Ela não fez nenhum movimento para beijar a marca, apenas me olhou, surpresa. Mas percebi um lampejo de satisfação em seus olhos, sua loba feliz por ter cravado os dentes em minha pele.

Com um aceno de cabeça, deixei a mão voltar para a lateral do corpo.

— Sente-se e coma, Kari.

Ela obedeceu depressa, se sentando e pegando o garfo.

Suspirando, voltei para minha cadeira e coloquei a comida, agora fria, em nossos pratos.

Comemos em silêncio por um tempo, então terminei a explicação sobre a tecnologia em meu pulso. Era um dispositivo avançado que facilitava a comunicação tanto dentro do nosso Território como com os aliados do Território. Enquanto eu mostrava as imagens e a vigilância, percebi que ela se endireitou e voltou ao álbum que chamou sua atenção.

Com um sorriso, trouxe à tona a foto do meu irmão mais velho com um lobinho nos ombros.

— Esse é o Ander — eu disse. — E esse é o filho dele, Joaquim. Embora, eles o chamem de Quim. É o homônimo da língua da região de Andorra: o catalão.

Eu não tinha certeza se Kari me ouviu. Ela estava muito ocupada estudando a foto.

Então mudei para outra que mostrava Ander com sua companheira Ômega e o filho deles.

— Essa é Katriana — eu disse a ela. — Companheira do meu irmão.

Kari se inclinou para frente como se fosse tocar a imagem. Então seus grandes olhos azuis encontraram os meus.

— Ela está... ela está sorrindo.

— Sim, e acho que ela está grávida de novo. — Eu não tinha certeza porque Ander não confirmou, mas ele estava um pouco mais rabugento do que o normal em nossa última ligação. — Na verdade, ainda não tive a oportunidade de conhecê-la, mas espero fazê-lo em breve.

— Mas... mas ela está sorrindo. — Kari olhou novamente para a foto. — Ela parece feliz.

— Imagino que seja porque ela *está* feliz — respondi, estudando-a. — Você disse que Savi tinha um companheiro. Ela não era feliz?

Kari considerou por um momento.

— Sim. Ela era. — Ela curvou os lábios quando mordeu a bochecha. — Ele a fazia se sentir segura.

— Como um Alfa deveria.

Seu olhar ficou distante por um segundo, sua expressão endureceu. Então ela olhou para a imagem novamente, provocando conflito em suas feições. Depois de um longo momento, ela pigarreou e se concentrou na minha mão.

— Sinto muito.

Eu sorri.

— Bem, eu não.

Ela franziu a testa.

— Você realmente não está bravo. — Não era uma pergunta, mas uma afirmação.

Fechei os aplicativos na tela translúcida e encontrei seu olhar cauteloso.

— Não, Kari. Estou emocionado. — Não era mentira. — Meu lobo está se se envaidecendo dentro de mim agora, satisfeito por você tê-lo reivindicado.

— Eu não o reivindiquei.

— Claro — murmurei. — Terminou de comer?

Quase parecia que ela queria discutir, mas pensou melhor e então assentiu.

Deixei que ela refletisse sobre tudo o que aprendeu

enquanto eu limpava a cozinha. Quando terminei, ela não tinha saído da mesa e tinha uma ruga na testa que indicava uma reflexão profunda.

— Este é o nosso terceiro dia — ela falou em tom casual.

— Sim.

— O que acontece depois?

— Você vai conhecer o Território — eu disse a ela. Supondo que eu não pudesse mudar a opinião do meu pai, de qualquer maneira.

— E depois?

— Você será recebida no Território Nórdico como uma Ômega sob nossa proteção. — Envolvi a mão em seu pescoço novamente. — Vamos tomar banho. Meu pai vai ligar em breve para uma reunião e preciso estar pronto.

— Você vai me deixar aqui? — ela sussurrou.

— Por um tempo, sim. — Passei o polegar em seu queixo, enquanto minha outra mão permanecia em sua nuca. — Mas voltarei para te levar à cerimônia mais tarde.

— Para onde irei depois disso? — Foi uma pergunta quase silenciosa, seus olhos se encheram de lágrimas novamente.

— Ainda não sei, Kari — admiti. Eu não tinha certeza se meu pai pretendia que ela ficasse aqui ou se tinha outras acomodações em mente. Uma vez que ela fizesse parte do Território Nórdico, seria considerada um membro querido. Ninguém ousaria tocá-la sem o seu consentimento ou bênção.

E eu também mataria qualquer um que tentasse.

Kari assentiu, seu lábio inferior tremeu ligeiramente.

— Está bem.

Pressionei os lábios em sua testa.

— Vai ficar tudo bem, lobinha — prometi a ela. — Você vai ver.

Ela não respondeu, sua falta de fé em mim ficou evidente mais uma vez.

Com um suspiro, levei-a para o quarto.

Talvez a cerimônia fosse uma boa experiência para ela. Ela finalmente entenderia como nosso mundo funcionava aqui e começaria a se curar de verdade. Porque estava claro que eu não conseguiria lidar com essa parte sozinho. Não até que ela confiasse em mim.

O que, nesse ritmo, pode levar anos para acontecer.

Meu lobo se arrepiou dentro de mim, chamando minha atenção de volta para a marca de mordida em minha mão.

Ou talvez seja mais cedo do que penso, pensei com um sorriso interior enquanto acariciava as reentrâncias com o polegar. Curaria em breve. Mas, por enquanto, eu gostaria de sua pequena reivindicação.

Minha doce loba, pensei. *Um dia eu vou te morder também. Eu juro.*

CAPÍTULO 15
KARI

Alfa Sven se vestiu em silêncio, colocando primeiro a calça jeans e depois um suéter. Quando ele começou a calçar um par de botas, meu coração disparou.

É isso, percebi. *Ele está me deixando para sempre*.

Depois desta noite, eu seria entregue aos outros Alfas. E nosso tempo aqui terminaria.

Era exatamente como eu temia: fiquei viciada em seu ronronar, em sua presença, em seu cheiro. As memórias me assombrariam por toda a vida quando eu retornasse à minha existência infernal.

Pelo menos o companheira de Winter sobreviveu. Ela ainda tinha uma chance de viver.

Mas eu, não.

A marca curada na mão de Alfa Sven provou isso. Eu não poderia reivindicá-lo, assim como ele não poderia me reivindicar. Não que eu tivesse o direito de tentar.

E ele nem estava bravo.

Ele... ele foi perfeito. Ele me abraçou. Me manteve aquecida. Me fez sentir segura. Me mostrou o que um Alfa poderia ser. Embora eu ainda não entendesse seu objetivo, estava na ponta da minha língua implorar para que ele ficasse.

Seu relógio ganhou vida como antes, desta vez com uma mensagem que ele apagou antes que eu pudesse lê-la. Não notei o dispositivo antes, a faixa se misturou à sua pele de uma maneira que eu não sabia que era possível. Mas supus que a tecnologia mágica teria que existir se ele podia transformar aquilo para a forma de lobo.

Ele terminou de amarrar as botas e se levantou, saindo da cama.

Me deixando.

Deixando nosso ninho.

Este lindo momento de paz.

— Alfa — sussurrei, não pronta para o fim.

Eu estava sentada no meio do colchão, protegida pela parede de lençóis que ainda tinha o cheiro dele.

Ele se virou, arqueando a sobrancelha lentamente.

— Você tem permissão para me chamar de Sven.

Franzi o nariz. A informalidade parecia errada, mas estranhamente certa também. *Sven.*

— Alfa Sven.

Ele contraiu os lábios.

— Não preciso do título. Estou muito consciente do meu status, lobinha. — Ele se abaixou para colocar cuidadosamente as palmas das mãos no colchão dentro do nosso ninho e pressionou os lábios na minha bochecha. — Não sei quanto tempo isso vai demorar.

Meu estômago embrulhou com as palavras e a implicação por trás delas. Eu nem tinha certeza para onde ele estava indo ou se planejava voltar. Nossos três dias acabaram. Agora eu conheceria os outros Alfas. E eu sabia o que viria a seguir.

Ele prometeu me mostrar como os Alfas poderiam ser

diferentes e conseguiu. E agora ele pretendia tirar isso de mim.

Eu não entendi.

Fiz algo errado? Eu o desagradei?

Dei acesso ao meu corpo todas as noites, mas ele não me tomou. Apenas ronronou para mim e me abraçou. Eu deveria fazer mais? Assumir o controle? Oferecer prazer a ele?

Algumas Ômegas imploravam abertamente. Ouvi através das paredes finas, em casa, especialmente durante os ciclos de cio. Mas nunca fui de cair de joelhos por um Alfa.

No entanto, eu faria tudo o que Sven pedisse se isso significasse apenas mais algumas horas de paz.

Ele me pediu três dias. Falou sobre *para sempre*. Alegou que eu era sua.

Então por que está indo embora agora?

Ele percebeu que eu não era boa o suficiente? Finalmente entendeu que não poderia reivindicar uma Ômega estéril?

Ou perdi uma deixa em algum lugar? Ele pediu um beijo mais cedo. Talvez fosse isso que ele queria: que eu demonstrasse interesse. Abrir as pernas à noite não era suficiente. Ele precisava de mais do que uma boneca.

Eu poderia ser isso para ele? Isso o encorajaria a me manter? Ficar aqui em vez de se preparar para o evento mais tarde? Eu conseguiria convencê-lo a não me entregar aos outros Alfas?

Tenho que tentar, percebi. *Tenho que fazer algo para que ele fique comigo.*

Ele começou a se afastar de mim, do nosso ninho, da segurança deste momento, e eu reagi. Eu o agarrei, afundando os dedos em seu cabelo enquanto o puxava de volta para mim, meus lábios reivindicando os seus em um beijo.

Não me deixe.

Não estrague isso.

Farei qualquer coisa, tudo, serei o que você precisar! Mas fique. Por favor. Por favor, fique.

As palavras eram um caos em minha mente, o tom era de desespero e necessidade.

Os últimos dias foram um presente e uma maldição. Uma nova forma de tortura. Uma maneira de me apresentar a uma vida que eu nunca soube que existia, apenas para arrancá-la e me jogar de volta aos lobos, literalmente.

Eu não queria embora. não queria que isso acabasse. Eu só o queria. E lhe mostrei com a boca que lhe daria a minha própria vida se isso significasse apenas mais alguns minutos de paz.

— Kari. — Sua voz era um estrondo que vibrou em meu peito.

Eu o silenciei com a língua, fazendo exatamente o que ele fez comigo outro dia, só que com mais força e desespero.

Eu não tinha ideia do que estava fazendo, então deixei minha loba liderar, dando a ela as rédeas do meu corpo e permitindo que ela mostrasse o que eu desejava. *Ele. No meu ninho. Para sempre.*

Era um desejo perigoso, uma esperança estranha, um sonho que eu nunca soube que possuía.

Este Alfa era gentil. Protetor. Queria dar a ele tudo de mim em troca de um pouco mais daquela atenção e carinho. Lágrimas escorreram dos meus olhos, minha mente era um labirinto de desejo e advertência.

Ele me atingiu de uma maneira que nunca imaginei, tocando meu coração e o deixando em pedaços.

Não me deixe, repeti com meu beijo. *Não me faça conhecer o bando. Não me entregue. Fique comigo. Por favor.*

Suas mãos embalaram meu rosto, senti seu rosnado em minha alma.

Mas ele usou sua força para me empurrar para trás, seu olhar era duas poças de calor.

— Tenho que ir — ele murmurou. — Sinto muito, Kari. Eu ficaria com você se pudesse.

Meu peito se abriu, minha respiração me deixou em uma lufada. *Demorei demais.* Eu já perdi meu prazo e agora não havia nada que pudesse fazer para incentivá-lo a ficar.

— Por favor — consegui resmungar, minha voz era uma exalação de som e falta de determinação.

Seus lábios roçaram os meus em uma carícia gentil, um adeus suave, um sussurro do que poderia ter sido.

— Não vou demorar — ele prometeu. — Voltarei em breve e discutiremos a cerimônia desta noite, certo?

Minha esperança cintilou e queimou dentro de mim, os fios finos se desenrolando e desaparecendo em cinzas.

— Certo — murmurei, sem querer dizer isso.

Porque eu não queria falar sobre a cerimônia.

Não queria me juntar ao bando dele. Nem queria ficar disponível para os Alfas. Eu queria ficar aqui, no meu porto seguro.

No entanto, quando ele beijou o topo da minha cabeça e saiu sem dizer mais nada, percebi o quanto fui tola. Sven disse para lhe dar três dias para demonstrar como os Alfas poderiam ser. Ele nunca prometeu permanecer assim. E eu sabia que não deveria esperar que ele fizesse isso.

Eu era uma Ômega infértil.

Não poderia ter um companheiro. Toda aquela conversa sobre eu ser sua era apenas seu lobo sonhando com um futuro com alguma outra mulher.

Não comigo.

Eu tinha que comparecer à cerimônia hoje à noite. Conhecer outros Alfas. Estar disponível para o nó deles.

No entanto, me sentei aqui neste ninho, desejando um destino diferente. Desejando uma fantasia que nunca se concretizaria.

O que estou fazendo?, pensei, olhando para os lençóis e percebendo como tudo estava errado, como eu não pertencia àquele lugar, como permiti que meus instintos dominassem minha mente.

Eu sabia que não deveria ter feito isso.

Alfas não eram confiáveis. Eles usavam as Ômegas. Eles as destruíam. Davam o nó nelas. Tudo isso era um jogo distorcido, um castigo cruel que eu nunca entenderia.

Porque não importava mais.

Nosso tempo acabou. Eu o usei para guardar memórias que levaria comigo para sempre, e agora... agora eu tinha que enfrentar a próxima fase.

Engoli em seco, minha visão ficou embaçada sob uma parede de lágrimas não derramadas. *Quem eu me tornei? Como cheguei aqui?*

Apenas uma semana atrás, senti uma onda de esperança ao ir para Alfa Enrique.

Mesmo assim, me sentei em uma cama macia, cercada pelo cheiro de outro homem.

Agarrei sua camisa, puxando-a pela cabeça, e a joguei no chão. *Chega.* Eu não cairia mais em seus truques. Não seria esse tipo de loba. Não me permitiria acreditar que Alfas podiam ser gentis. Eu me lembraria de sua verdadeira natureza. Eu seria a Ômega que meu pai criou.

Estéril.

Inútil.

Uma escrava.

Com um grito, arranquei os cobertores da cama e joguei-os no chão. Mas não era suficiente. O cheiro estava por toda parte, a atração para recriar a segurança das minhas paredes era forte e quase avassaladora.

Minha loba choramingou, me implorando para voltar, consertar aquilo, me esconder em meu ninho e esperar o retorno de Alfa Sven.

Qual o objetivo?, exigi, e um soluço saiu do meu peito. *Ele vai nos apresentar aos Alfas e deixar que eles nos comam!*

Ela rosnou em minha mente, negando as palavras.

Mas eu estava longe demais para ouvi-la. Encerrei esse jogo. Essa fraude. Essa horrível e perversa demonstração de bondade.

Não mais.

Pulei da cama, olhando para a pilha retorcida de lençóis. Senti como se estivessem acenando para que eu voltasse, para reconstruir, para ser o que uma Ômega deveria ser.

Mas eu não era essa Ômega.

Eu não sou nada.

Sou apenas uma ferramenta para o nó.

Uma Ômega sem companheiro.

Quantas vezes meu pai me contou meu propósito? Como pude me esquecer disso tão facilmente?

Quase ri. Meu peito estava inflamado de ódio e desespero. *Não há esperança para você aqui, Kari*, pensei, a voz interior profunda e lembrando a do meu pai. *Você é fraca. Uma Ômega. Uma coisa para ser comida.*

Lágrimas caíram do meu queixo trêmulo, a sala girou enquanto eu corria em direção à porta.

Tinha que destruir isso... essa esperança... essa hesitação em meu coração que me dizia para respirar e pensar. Eu não queria pensar. Queria desaparecer. Para não sentir nada. Para não saber o que estava para acontecer. Para me tornar a boneca que meu pai criou.

Sem vida.

Destruída.

Morta.

Um grito ficou preso na minha garganta quando entrei na cozinha, com os olhos nas facas. Peguei duas e corri de volta para o quarto, mirando no ninho, precisando destruí-lo e a tudo que ele representava.

Eu não tinha permissão para sentir. Não tinha permissão para possuir esse sonho, essa fantasia, essa vida irreal.

Segurança não existia.

Alfa Sven não era meu.

Eu pertencia a todos os Alfas, não apenas a um. Sem acasalamento. Sem amor. Sem vínculo. Apenas uma coisa para ser marcada e *usada*.

Eu pretendia usá-lo.

Mas falhei. Em vez disso, caí neste estado inaceitável.

Não mais. Eu terminei. Nós terminamos.

Com um grito, esfaqueei o colchão repetidas vezes, as duas mãos trabalhando para destruir o cheiro e nosso ninho. Mas não foi suficiente. Ainda permanecia, as memórias embutidas em meu coração e alma, e me deixaram de joelhos na bagunça.

— Morra! — gritei, precisando que o ninho desaparecesse, que esse sentimento me deixasse em paz, me levasse de volta ao estado catatônico e me afogasse no silêncio.

Perdi a noção do tempo.

Espaço.

Continuei esfaqueando. Esfaqueando. *Esfaqueando.*

Perdi as facas, a confusão de penas e lençóis rasgados engolfando-as em uma nuvem fofa que cheirava a Sven.

Mais lágrimas caíram, minha visão foi coberta por uma cachoeira de cor e dor. Desabei na bagunça com um soluço, precisando que aquilo acabasse, precisando não sentir, apenas focar na sensação aguda bem no fundo que me prendia ao presente.

Isso me lembrou da cirurgia, uma dor diferente de qualquer outra que senti há muito, muito tempo. Pior que o cio. Pior do que uma mordida ocasional.

Agarrei meu abdômen, gritando de dor, e pisquei com a sensação pegajosa em minha pele. Levantando minha mão, notei a cor vermelha profunda.

Eu quebrei alguma coisa? me perguntei, tonta, minha visão saindo de foco.

De repente, me senti incrivelmente tonta. E enjoada. *Muito, muito enjoada.*

Pressionei a palma da mão na boca e a outra na barriga, enquanto me enrolava como uma bola para tentar acalmar meu coração acelerado. A pontada piorou, meu corpo estremeceu em resposta e provocou um gemido baixo em minha garganta.

Ah, Deus... eu não conseguia respirar. A dor cortante subiu para o pulmão, me forçando a endireitar as pernas e rolar de costas.

Eu não consegui ver.

A escuridão me envolveu. Mas não foi o tipo bom que entorpecia meus pensamentos. Não, senti cada grama de tormento percorrer minhas veias.

Eu... acho que estou morrendo, percebi em uma onda de compreensão. *Finalmente vou experimentar a verdadeira paz?*

Pisquei. Ou pensei que sim.

Meu coração falhou quando meus lábios se curvaram.

Não, sussurrei para mim mesma. *Já experimentei a paz. Com Alfa Sven.*

Um desejo moribundo.

Uma memória moribunda.

Um lindo... momento... de esperança.

Algo que levaria para o túmulo. Supondo que me

considerassem digna de um enterro. Imaginei meu corpo sob um grande abeto, cercado por neve e gelo.

Alfa Sven estava ao meu lado, sua grande mão segurando meu rosto, sua expressão triste.

Sim, sussurrei para mim mesma. *Esta é a verdadeira fantasia. Ter um Alfa que se importa o suficiente... para estar ao meu lado... mesmo na morte.*

Adormeci com esse sonho na cabeça.

Uma parte de mim esperando nunca mais acordar.

E outra parte... de luto pela perda de um Alfa que eu realmente queria que fosse meu.

Talvez na próxima vida.

Ou talvez apenas nos meus sonhos.

Acho... acho que poderia ter te amado, Sven. Obrigado por me dar paz. Obrigado... pelos nossos três dias.

CAPÍTULO 16
SVEN

Fiquei ao lado do meu pai enquanto Kaz conduzia Winter para longe do campo. Seus olhos escuros estavam vidrados de paixão enquanto ele ronronava de contentamento por ter reivindicado oficialmente sua fêmea. Perdi a maior parte, pois fui atrasado pelo beijo inesperado de Kari.

Ela tinha um gosto tão bom, mas o desespero que emanava dela me manteve sob controle. Eu não a aceitaria nesse estado. Nem entendi o que causou isso.

Passamos os últimos dias nos conhecendo, e nenhuma vez ela se agarrou a mim daquele jeito. Estava ansioso para voltar para ela e descobrir o que provocou seu comportamento. Embora eu suspeitasse que não gostaria do motivo, o que explicava essa estranha sensação em meu peito.

Esfreguei com o punho, desejando que o desconforto desaparecesse. Mas só piorou. Como se algo estivesse errado e eu não conseguisse descobrir o que causou isso.

Uma noção fútil.

Mas não impediu de irritar meu lobo. Ele rondava

dentro de mim, ansioso para voltar para a fêmea que considerava sua companheira.

Flexionei a mão e olhei para o local onde ela me mordeu algumas horas atrás, contraindo meus lábios nas laterais. Pelo menos até que outra pontada atravessou meu coração.

— O que foi? — meu pai perguntou baixinho, com o foco nos membros da alcateia que se dispersavam. Isso não impedia sua constante consciência das pessoas ao seu redor. Era uma característica que eu admirava nele e esperava aperfeiçoar algum dia.

— Sinto que algo está errado — admiti. Como ele era meu pai e Alfa do Território, nunca escondi nada dele. Foi por isso que fui sincero e claro sobre minhas intenções de reivindicar Kari. — Ela estava muito — fiz uma pausa, pensando no termo certo — *emotiva*, não exatamente triste, mas pegajosa, quando saí. E não me pareceu bem.

— Pegajosa como?

— Ela me implorou para ficar.

Ele olhou para mim com uma sobrancelha arqueada.

— Isso é uma melhoria.

— Sim, mas não parece certo. — E esse era o problema. Ela queria que eu ficasse, o que deveria ter feito meu lobo se alegrar e se envaidecer. Em vez disso, ele estava andando inquieto, me pedindo para voltar correndo para ela.

Ele me encarou com a expressão pensativa.

— Não parece certo de que maneira?

Pensei em como expressar o que estava sentindo.

— Eu deveria estar satisfeito por ela ter mostrado progresso ao querer que eu ficasse. Mas tudo o que sinto é uma dor profunda de pavor. Como se algo estivesse realmente errado. — Esfreguei o peito novamente, estremecendo quando meu lobo rosnou dentro de mim, sua paciência diminuindo. — Meu lado animal exige que eu vá até ela. Ele está preocupado com alguma coisa.

As íris azuis do meu pai tremeluziam com o lobo, as pupilas dilatadas.

— Você a mordeu?

Fiz uma careta.

— Não. Mas ela me mordeu mais cedo.

Ele ergueu as sobrancelhas.

— Ela te mordeu?

— Fiz uma pergunta hipotética a ela, que respondeu mordendo minha mão. Foi o resultado de sua possessividade inata. — Algo que me agradou profundamente, mas agora parecia perturbador.

Algo está muito errado, concluí, olhando para o prédio a apenas um quarteirão de distância. Dei um passo em direção a ela sem pensar e balancei a cabeça para me conter.

No entanto, meu pai começou a se mover.

— Vamos.

— Mas a cerimônia...

— Está terminada — ele interrompeu. — Todos vão terminar de se dispersar e voltarão para casa para se prepararem para o banquete.

Balancei a cabeça e o segui, meu lobo me implorando para correr.

— Você disse que o pai dela é o responsável pelo que aconteceu com ela — ele disse enquanto acelerávamos o passo. — Ele não deve ter tornado a infertilidade dela permanente, o que explica a insistência do seu lobo de que ela pertence a você.

— Já tive esse pensamento — admiti. Porque senti desde o início que ela era minha, mesmo sabendo que ela era estéril.

— Então ela te morder pode ter iniciado um vínculo sutil — ele continuou como se eu não tivesse falado.

Meu coração acelerou com suas palavras, meu lobo ainda mais agitado que antes.

— Então isso significa... — Meu ritmo acelerou, o instinto assumindo o controle.

— Você está sentindo algo através do vínculo. É assim que você sabe que algo está errado.

Eu estava correndo quando meu pai terminou, seus pés se moviam com a mesma rapidez ao meu lado. Ele tinha mais de quinhentos anos e normalmente conseguia me vencer em uma corrida, mas não hoje.

Cheguei primeiro ao prédio, entrei e chamei o elevador com o relógio. Meu lobo exigiu que eu subisse as escadas, mas acabaria me demorando no final.

As portas se abriram quando me aproximei, com meu pai logo atrás de mim enquanto eu digitava o código do andar dela.

A cada segundo que passava, sentia um pavor crescente dentro de mim.

— Você deixou alguma coisa pontiaguda na suíte? — meu pai perguntou enquanto uma tela pairava sobre seu pulso com o número de contato do médico da alcateia aparecendo logo acima de seu polegar.

— Você acha que ela se machucou?

— Eu avisei que ela era suicida — ele rosnou. — Você deixou objetos pontiagudos na suíte?

— Sim — sussurrei, minha postura de repente instável. — Eu... eu não pensei...

— Claramente — ele retrucou, digitando o código do andar dela.

Cerrei os punhos.

— Ela tem garras — sibilei. — Não posso tirar isso dela.

Ele olhou para mim.

— Talvez seja por isso que a prenderam, para manter sua loba sob controle.

A ideia me enfureceu.

— Eles a prenderam para torná-la escrava.

As portas se abriram antes que ele pudesse responder. Não que eu estivesse mais com vontade de ouvi-lo. Corri na frente, o familiar aroma metálico deixou meu lobo louco dentro de mim.

Era forte.

Potente.

E denso no ar.

Ah, Kari, o que você fez?

Corri pela porta e pela sala de estar, seguindo o cheiro...

Me deparei com uma cena que fez meu coração parar.

Sangue.

Penas.

Lençóis rasgados.

E uma Ômega nua desmaiada no centro de um colchão mutilado.

Ela destruiu nosso ninho. Ela... ela se esfaqueou *em nosso ninho.*

Um gemido de dor deixou meus lábios quando caí de joelhos ao lado dela. A faca estava profundamente cravada em seu abdômen, o ângulo provavelmente cortando um de seus pulmões.

— Puta merda — murmurei, minhas mãos vagando sobre ela. — *Puta merda!*

— Não puxe — meu pai disse com urgência.

— Não brinca — retruquei para ele. — Essa é a única coisa que a mantém viva!

Se ela tivesse puxado a lâmina, teria inundado os pulmões. E embora os lobos pudessem sobreviver, apenas os mais fortes sobreviveriam ao afogamento no próprio sangue.

Considerando que ela fez isso consigo mesma, duvidei que ela tentasse lutar contra. Ela acolheria bem a morte.

Em nosso ninho.

Meu lobo rosnou de fúria e depois gemeu ao ver sua pele pálida. Ela parecia tão frágil e destruída.

Toalhas caíram ao meu lado, meu pai entrou em modo de cura. Usei-as para cobrir a área ao redor da ferida e tentei ajudar a estancar um pouco do sangramento.

— Doutor Pal...

— Ele já está a caminho — meu pai interveio. — Ronrone para ela. Dê a ela sua força. Se certifique de que ela saiba que você está aqui.

— Isso vai ajudá-la? — perguntei, olhando para a mulher pequena. — *Ela tentou se matar em nosso ninho.* — Isso não poderia significar muito sobre o nosso futuro juntos. Meu ronronar poderia ser a última coisa que ela queria agora.

— Ela é sua ou não? — meu pai questionou.

Meu lobo rosnou com a implicação de suas palavras, sua postura ainda decidida de que esta fêmea pertencia a ele. Mesmo que ela estivesse destruída e preferisse a morte a ser sua companheira.

— Você me disse há três dias que é seu trabalho cuidar dela e curá-la. Então, assuma o controle ou saia do meu caminho.

Havia momentos em que eu amava meu pai e momentos em que o odiava. Este era uma mistura dos dois.

Cerrei os dentes e me concentrei em Kari. Não na carnificina que a rodeava ou nos sentimentos que esta cena evocava, mas na Ômega que eu considerava minha.

Seu coração batia instável em meus ouvidos, sua

respiração estremecia fora de sua forma pequena. Entrei na confusão com ela, tomando cuidado para não empurrar seu ferimento, e permiti que ela sentisse meu calor. Minha proteção. Minha força. Meu *ronronar*.

Disse a ela sem palavras que estava aqui, que a ajudaria. E lutei contra a vontade de considerar o que aconteceria a seguir.

Tudo o que importava era sua sobrevivência.

Ela precisava saber que eu não desistiria tão facilmente. Meu lobo era um Alfa teimoso que se recusava a abandonar um desafio.

Ela era minha, gostasse ela ou não.

Os segundos se transformaram em minutos e então uma nova presença chegou. Meu pai falou com o médico em voz baixa, alertando-o para não me distrair do meu processo. Eu estava garantindo que seu espírito sobrevivesse enquanto o médico cuidava de seu corpo.

Era uma dança delicada. Exaustiva. Enlouquecedora. Comovente.

Mas fiz isso por ela, segurando sua mão enquanto uma equipe de médicos chegava para movê-la com cuidado. Tirando o cabelo do rosto dela quando entramos no elevador. Protegendo-a quando saímos do prédio. Bloqueando a visão de seu rosto e sua forma mutilada enquanto caminhávamos para os alojamentos médicos do Território Nórdico. Ronronando mais alto enquanto a equipe médica a levava para a sala de cirurgia. Garantindo que minha respiração rivalizasse com a dela enquanto operavam. E passando uma toalha fria na sua testa depois que a levaram para o quarto.

Não demorou muito, a ferida não era tão profunda quanto eu pensava.

Disseram que a lâmina entrou com força, mas não o suficiente para causar danos sérios. Com sua genética de lobo e as técnicas médicas avançadas, ela acordaria nas próximas horas e estaria curada em um dia.

No entanto, isso se referia apenas às suas feridas físicas, não às emocionais.

Eu estava com raiva. Atormentado. Confuso. E uma infinidade de outras emoções.

Mesmo assim, nunca parei de ronronar por ela.

Coloquei-a acima da minha própria turbulência, precisando que ela soubesse que eu ainda estava aqui, que não a deixaria sofrer sozinha.

Só que meu pai tinha outros planos para mim. Ele chegou arrumado para as festividades desta noite e pendurou uma bolsa na porta do quarto dela.

— Você vai participar — disse. — Vou cuidar dela enquanto você se troca.

— Não vou deixá-la.

— Vai — ele rebateu. — Mas só por uma hora.

Eu olhei para ele.

— Minha presença não é necessária.

— Pelo contrário, é muito necessário. Kazek tomou uma companheira Ômega. E não qualquer companheira Ômega, mas Snow Frost. Alfa Vanessa enviou uma comunicação para todos ouvirem, e preciso de você lá para se solidarizar com Kazek.

Meu queixo tremeu.

— Você está me punindo.

— Não preciso te punir, Sven. Você já passou por bastante hoje. Presumo que você saiba que não deve deixar objetos pontiagudos perto da sua *pretendida* agora.

Foi preciso esforço para não dar um soco na cara dele. Principalmente porque ele estava insinuando que o que aconteceu com Kari foi minha culpa. E embora, sim, parte da culpa definitivamente estivesse sob meus pés, ela escolheu se machucar.

— Não vou prender a loba dela — falei, abrindo o zíper da sacola de roupas. — Não me importa o quanto ela seja suicida, separá-la de seu animal não é a solução. — Na verdade, parecia que isso era parte da culpa por tudo isso. Ela não confiava em seus instintos de loba.

Bem, não, a menos que eu os provocasse. Como a mordida reivindicativa na minha mão. Mas, por outro lado, ela parecia viver perpetuamente em sua cabeça, constantemente temendo os outros, apesar do óbvio estar bem na sua frente.

A loba de Kari parecia gostar de mim, pelo menos o suficiente para motivar suas reações. Foi sua loba quem construiu seu ninho. Sua loba que me mordeu. Sua loba que me beijou há apenas algumas horas.

Não Kari, a pessoa.

— Ela ficará em observação aqui até você voltar — meu pai disse, interrompendo meus pensamentos. — Já falei com o dr. Palmer, e ele acha que ela não vai acordar na próxima hora. Então ela nem vai notar que você se foi.

— Foi você quem me disse para ronronar para ela — murmurei, tirando a camisa e iniciando o tedioso processo de vestir uma roupa formal.

— E você o fez. Agora ela está se recuperando. Talvez seja sensato deixá-la fazer a última parte sozinha, para que possa pensar no que fez.

Pensei nisso enquanto trocava o jeans pela calça social. Minha mãe provavelmente escolheu o conjunto todo preto, sabendo que combinaria com meu humor. Supondo que ela soubesse o que tinha acontecido hoje. Meus pais raramente guardavam segredos um do outro, então era provável.

— Você não quer que eu esteja presente quando ela acordar — finalmente respondi, pensando em sua estratégia. — Ela sentirá minha presença nos aromas, mas saberá que fui embora. E você quer dar a ela um momento para pensar em me perder e minha proteção.

Seus olhos azuis não revelavam nada. No entanto, ele disse:

— Agora você está pensando como um Alfa.

— Estou sempre pensando como um Alfa — retruquei. — Eu sou a porra do seu filho.

— Um Alfa do Território — ele corrigiu. — As melhores lições são aquelas ensinadas sem muito envolvimento.

— Suponho que seja por isso que você pretende mostrar a mensagem de Vanessa ao Território, para levar Kaz a agir.

Agora ele sorriu.

— Você é meu filho mesmo, não é?

Revirei os olhos e terminei de me vestir. Em seguida, coloquei propositalmente minhas roupas ao lado de Kari, sabendo que ela precisaria das peças quando acordasse.

— Uma hora — eu disse a ele. — Isso é tudo que vou lhe dar.

— Isso é tudo que preciso — ele respondeu, apontando para a porta. — Vamos fazer história.

CAPÍTULO 17
KARI

Tudo doía. Minha cabeça. Meu corpo. Meu coração. Engoli em seco, mas minha garganta parecia ter pedras ásperas.

Gemi, tentando me lembrar o que aconteceu, ao mesmo tempo que estava com medo de saber.

Um Alfa deve ter... parei, contorcendo o nariz com o cheiro de Alfa ao meu redor. A imagem de um belo homem com cabelos loiros e olhos azuis surgiu em meus pensamentos, despertando minha loba interior. *Sven.*

Ele fez isso comigo?, me perguntei, franzindo a testa. *Não. Não, Sven me faz sentir segura. Confortável. Aquecida.*

Me aconcheguei mais profundamente em seu cheiro, o algodão macio fornecia apenas o suficiente para aplacar minha agitação interna. Apenas por um momento. Um breve suspiro. Um vislumbre do tempo.

Até que a lembrança do que me machucou passou pela minha mente.

O ninho. Eu o destruí. Então caí e algo me atingiu.

Gemi novamente, me esforçando para me lembrar de quaisquer detalhes, mas meu cérebro se recusou a operar

171

sob meu comando. Estava nebuloso. Eu estava exausta. Não foi possível calcular o acidente.

Vozes foram filtradas pela minha psique, uma mulher discutindo sobre Snow Frost. Eu não conseguia entender as palavras ou de onde elas vinham.

Meus olhos se recusaram a abrir, mas eu estava acordada.

O que está acontecendo?

Algo em torno de sete dias e tentando localizar Snow Frost.

O nome dela é Winter, pensei ao ouvir a voz. *E ela não está desaparecida*. Acabei de vê-la... quando? Franzi a testa quando meu conceito de tempo falhou como sempre acontecia.

Tentei novamente abrir os olhos. Com sucesso dessa vez, revelando uma parede branca com pessoas diante dela. *Isso não pode estar certo*. Apertei os olhos, tentando discernir a cena, quando uma voz masculina começou a falar sobre uma Ômega ter tomado supressores e como a *Rainha dos Espelhos* tentou matá-la, fazendo-a receber o nó até a morte.

— Ela agora é Winter, do Território Nórdico. Minha Winter. Minha companheira.

Sim, concordei. *O nome dela é Winter*.

Tentei pigarrear para focar mais claramente na parede de pessoas, mas meu corpo ainda não estava pronto para funcionar totalmente. Eu estava perdida entre algum estado de semiconsciência, ciente do que estava ao meu redor, mas incapaz de responder a ele.

Fechei os olhos novamente, bloqueando a cena embaçada enquanto tentava entender.

Mas as vozes se infiltraram novamente, algo sobre fazer a Rainha dos Espelhos pagar por ameaçar a vida de uma Ômega.

Alfa Vanessa?, pensei, franzindo a testa. *O que estou ouvindo? Onde estou?*

— A decisão sobre como lidar com o Território de Winter será deixada para Alfa Kazek, assim como seu direito como companheiro dela. — Os tons masculinos profundos ecoaram em meu quarto, me forçando a abrir os olhos novamente.

Alfa Ludvig, reconheci, sua voz era inconfundível.

A parte de trás de sua cabeça loira estava na parede, assim como vários outros, todos vestidos com roupas formais. *É um vídeo*, percebi. *Algum tipo de transmissão ao vivo.*

Mas eu não tinha ideia do porquê estava vendo isso e não conseguia levantar a cabeça para procurar a fonte no quarto. Nem conseguia falar.

— Excelente — ele continuou. — Estou satisfeito por estarmos todos de acordo sobre o direito de Alfa Kazek decidir, bem como sobre como proceder em relação à permanência de Winter no Território Nórdico. Principalmente porque acabei de ser notificado por Vanessa de que Alfa Enrique nos visitará amanhã para discutir o paradeiro de Snow Frost.

Alfa Enrique? Repeti para mim mesma, sentindo uma onda de esperança se instalar dentro de mim.

— O quê? — o Alfa que falou sobre Winter questionou, semicerrando os olhos escuros para Alfa Ludvig de uma forma que fez minha pele arrepiar.

Sim, o Alfa de Winter é assustador, pensei, tremendo. Eu já disse isso a ela antes, mas agora tinha uma prova bem diante de mim.

— Sim, parece que ele também quer debater os direitos de propriedade de Ômega Kari — disse Alfa Ludvig, o que me fez entreabrir meus lábios.

— Por cima do meu cadáver — Alfa Sven retrucou, e sua reação provocou um forte inspirar em meu peito.

Vários outros reagiram de forma semelhante, com suspiros tangíveis e sinceros na tela. Ele acabou de falar com o Alfa do seu Território em um tom perigoso.

Meus braços se arrepiaram enquanto eu esperava que o Alfa mais velho reagisse à explosão de seu filho.

Por favor, não o machuque, sussurrei em minha mente. *Por favor, não machuque Alfa Sven.*

— Como Ômega Kari claramente não deseja ingressar no Território Nórdico, Alfa Enrique tem o direito de negociar sua libertação — disse Ludvig, com a voz fria e dominante. — Não estou acostumado a forçar Ômegas a permanecerem em meu território quando desejam partir.

Eu pisquei. *O quê?*

Minha mente se dividiu entre dois pensamentos. *Alfa Enrique quer negociar minha libertação? Alfa Ludvig me permitirá ir?*

Isso... isso não era um comportamento típico de um Alfa do Território. Ômegas eram brinquedos cobiçados para sexo. Por que ele me deixaria fazer tal coisa?

Sven se irritou, soltando um xingamento baixo. Sua expressão de raiva estava repleta de mágoa. Por que seu Alfa acabou de lhe dizer que ele não poderia ficar comigo? Ou havia outro motivo para aquele olhar?

Olhei para baixo, franzindo a testa. *Não entendo.*

Era uma frase comum que eu pronunciava na presença dele, uma que ouvia repetidas vezes em meus pensamentos agora. Não apenas porque não compreendia a situação, mas porque a noção de ter escolha me deixava inquieta e confusa.

Posso ir embora se quiser. Mas eu quero ir?

Alfa Ludvig parecia pensar que eu não queria ingressar no Território Nórdico. No entanto, eu nunca disse isso. Porque ninguém perguntou o que eu queria.

Eu não era uma pessoa, mas uma coisa. Não tinha escolhas.

No entanto, ele fez parecer que cabia a mim ficar ou partir.

E Alfa Enrique vem negociar a minha libertação.

Meu coração batia forte no peito, minha mente em desacordo com meus desejos. O pensamento deveria me deixar aliviada e em êxtase, mas a expressão de Alfa Sven na tela permaneceu em meus pensamentos. Tudo o que pude ver foi a tristeza em seus olhos, a suave inclinação de seus lábios para baixo e as linhas preocupadas de sua testa. Ele estava bravo, mas também desesperado. Triste. Decepcionado.

Essa não era a expressão de um Alfa prestes a perder seu brinquedo.

Era o olhar de um homem prestes a perder alguém precioso. Reconheci isso porque Alfa Joseph tinha uma expressão semelhante quando Savi foi tirada dele. Ele ficou furioso, mas totalmente destruído. E ela se sentiu da mesma maneira.

A conversa continuou enquanto Alfa Ludvig perguntava a Alfa Kazek como ele queria proceder. Falou-se sobre o tempo, mas ignorei. Quinze horas não significaram nada para mim.

Só quando ouvi a voz de Alfa Sven comecei a prestar atenção novamente.

— Você está arriscando seu filho neste jogo perigoso — ele disse, me fazendo abrir os olhos. Ele ficou de pé ao lado da sala com seu pai enquanto os outros companheiros de alcateia se entregavam a conversas pelo salão de baile atrás deles.

Esta deve ser a cerimônia da qual Alfa Sven sempre falava. Não era nada como eu imaginava, os lobos atrás dele, todos em forma humana, estavam sorrindo ou rindo uns com os outros. Eles também pareciam estar comendo uma variedade de sobremesas. Não havia Alfa faminto ou irritado. Apenas... uma alcateia socializando. Como se eles fossem realmente amigos.

— Se Enrique levar Kari de volta, serei forçado a ir atrás dela — Alfa Sven continuou. — Meu lobo não permitirá nenhuma outra alternativa.

— Então sugiro que você encontre uma maneira de domesticá-lo — Alfa Ludvig respondeu. — Ou serei forçado a domesticá-lo por você.

Alfa Sven rosnou baixo e de maneira profunda, e o som causou um tremor na minha coluna.

— Ela é minha.

— E ainda assim, as ações dela sugerem que ela não quer ser sua — ele respondeu, com a voz baixa, mas firme.

— É realmente isso que você quer em uma Ômega, Sven? Uma mulher que se recusa a ser sua companheira? Que prefere se esfaquear em seu porto seguro a estar com você?

Arqueei as sobrancelhas. *Eu não me esfaqueei.*

Mas Alfa Sven não falou nada. Em vez disso, sua expressão ficou ainda mais triste e o desespero em suas feições fez meu peito doer.

— Não sei o que aconteceu. Não sei por que... — Ele parou, sua garganta se moveu ao engolir. — Ela passou por tanta coisa. Não acho que ela saiba o que quer. Dizer que ela se recusa a ingressar no Território Nórdico não é justo. Ela ainda não entende o que isso significa. Ela precisa de mais tempo.

Seu pai o considerou por um longo momento.

— Você tem quinze horas.

A mandíbula de Alfa Sven endureceu.

— Isso não é suficiente, e você sabe.

— Então sugiro que você pare de perder tempo aqui e volte para Ômega Kari. Ela deve acordar logo, se é que ainda não acordou. — Ele olhou por cima do ombro e diretamente para mim. — Talvez ela lhe diga o que precisa em vez de confiar na automutilação para transmitir uma mensagem.

Meu coração se despedaçou. Essa mensagem foi muito clara para mim. Porque a tela desapareceu meio segundo depois, me deixando sozinha e choramingando na cama. Era estranho. Frio. Estéril. Assim como meu corpo.

Alguém pigarreou ali perto, me fazendo estremecer. E então um homem com suaves olhos castanhos deu a volta na cama aos meus pés para se aproximar na direção ao meu rosto.

— Oi, Kari — ele disse em tom gentil. — Sou o dr. Palmer. Alfa Ludvig achou que você gostaria de assistir à cerimônia desta noite. É por isso que estava aparecendo na parede.

Pisquei para ele, sem saber o que dizer ou como reagir. Senti uma pontada de desconforto no estômago, provocando um estremecimento e outro gemido.

— Você deve se curar rapidamente agora que o ferimento de faca está todo limpo e enfaixado. Mas eu não sugeriria se mover muito nas próximas horas. Você precisa descansar, e é meu trabalho ficar aqui e garantir que você não faça nada que possa prejudicar ainda mais a si mesma. Pelo menos, até Alfa Sven retornar. Portanto, não tenha ideias.

Fiz uma careta para ele. Me prejudicar ainda mais? Como se eu tivesse feito isso de propósito?

— Eu... — Não tinha certeza do que dizer, suas palavras reverberavam em minha mente em um confuso redemoinho de pensamentos.

— Todos os objetos pontiagudos foram removidos do seu quarto. Se você tentar se transformar, tenho ordens de forçá-la a voltar à forma humana — ele acrescentou.

Franzi a testa. Então agora não posso me transformar?

— Embora eu entenda que você já passou por muita

coisa, tentar enfiar uma faca em si não é a solução — ele continuou, com um tom de censura.

— Eu não tentei enfiar uma faca em mim — respondi, irritada porque aquele lobo que não me conhecia estava me condenando por algo que eu não fiz. Embora as palavras tenham saído roucas, ele as ouviu claramente, porque ergueu as sobrancelhas.

— Você tinha uma faca enfiada no estômago.

— Porque eu caí sobre ela — eu disse, aborrecida. *Por que eu enfiaria uma faca em mim? Já sinto dor o suficiente. E mesmo que eu fizesse isso, não seria no meu estômago!*

— Você caiu sobre ela — ele repetiu, incrédulo.

— Eu... deixei as facas caírem... — E não conseguia me lembrar do resto. Mas sabia que não me machucaria de propósito. —Já me machuquei o suficiente sem isso.

Ele franziu a testa e assentiu lentamente.

— Sim, imagino que os fios te deixem bastante doloridas.

— Que fios? — uma nova voz exigiu atrás de mim.

Alfa Sven.

O dr. Palmer imediatamente se endireitou, seus olhos brilharam para o lado em uma demonstração de submissão imediata. Ele não devia ter ouvido Alfa Sven se aproximar, assim como eu não o senti. Mas com o cheiro dele ao meu redor, parecia que ele era um elemento permanente junto de mim, mesmo quando estava fora.

— Os fios no estômago dela, senhor — o médico respondeu, pigarreando. — Eu os notei enquanto limpava seu ferimento.

— E não pensou em mencioná-los?

— Sim, senhor — o médico insistiu. — Para Alfa Ludvig.

Alfa Sven soltou um grunhido baixo.

— Claro que você disse a ele. — Seu calor cobriu

minhas costas quando ele se aproximou da cama. — Você discutiu como removê-los?

— Não, a orientação que recebi foi para fazer as radiografias e enviá-las para o Território Andorra — dr. Palmer respondeu. — Mas não até que ela esteja curada da tentativa de suicídio.

Isso fez com que eu arqueasse as sobrancelhas.

— Suicídio? — A palavra saiu meio risada, meio rosnado. — Você acha que tentei... me matar? — Não senti mais a dor na garganta, minha voz rouca era um silvo no vento. — Com uma faca na barriga? A parte de mim que sempre dói? — Fiquei furiosa por ele considerar essa ideia. — Por que eu faria isso?

Não fazia sentido.

— Destruí o ninho porque terminamos... três dias... terminados. Eu não... eu não faria... — parei, pensando. Porque sim, eu me machucaria. Mas... — Não assim. Não no estômago. Da varanda, talvez. Algo rápido. Não... *isso*, não.

As lágrimas turvaram minha visão, mas não nasceram tanto de tristeza quanto de frustração.

Esses lobos não me entendiam. E eu não podia nem culpá-los, porque muitas vezes não conseguia *me compreender*. Ou a esta situação. Ou qualquer coisa sobre minha vida.

Eu me sentia perdida.

Desesperada.

Sozinha.

Passei os braços em volta do meu abdômen como se quisesse protegê-lo e me enrolei como uma bola. Doeu, a dor dentro de mim se espalhou pelas minhas veias até as terminações nervosas e me fizeram ofegar com um soluço. Mas eu queria ficar pequena. Desaparecer. Não existir mais.

Eles acham que fiz isso de propósito, pensei, delirando e com raiva. Uma miríade de emoções atingiu minha mente, cada uma rompendo minhas barreiras mentais e me fazendo querer gritar de frustração.

Eu ansiava pela morte. Mas também ansiava pela vida. Ansiava por *ele*. Alfa Sven. Seu perfume. Seu ronronar. Seu toque. Ansiava que ele envolvesse seus braços ao meu redor e me mantivesse segura.

Foi tudo uma fantasia. Algo que eu reviveria para sempre em meus sonhos.

Fechei os olhos, desejando que isso existisse, e suspirei ao sentir a cama se mover atrás de mim. Seu calor tocou minhas costas expostas enquanto os lençóis se moviam para nos cobrir.

Magia.

Um encantamento.

Bênção.

Seu ronronar vibrou meu ser, seus lábios pairaram sobre meu pescoço, suas palavras eram um sussurro contra minha pele úmida.

— Eu cuidarei disso a partir daqui, dr. Palmer. Descanse um pouco. Discutiremos os raios-X pela manhã.

— Claro, senhor.

— E, Palmer? — ele acrescentou, seu tom aumentando um pouco, como se estivesse chamando pelo médico. — Ela é minha companheira pretendida. Você se reportará sobre a saúde dela diretamente para mim. E eu compartilharei as informações com meu pai conforme achar adequado, de acordo com a lei do Território Nórdico. Entendido?

— S-sim, senhor.

Alfa Sven assentiu, seu queixo acariciando minha bochecha.

— Bom.

Mantive os olhos fechados, não querendo atrapalhar o momento. Real ou não, não me importava. Estava fraca demais para negar o conforto que isso proporcionava, então me permiti absorver sua força, apenas existir e *ser*.

Seu estrondo inebriante me envolveu como um cobertor, me puxando para o sono. *Meu Alfa*, pensei, sonhadora. *Meu Alfa está aqui. Finalmente estou segura.*

CAPÍTULO 18
SVEN

A RAIVA de Kari e o subsequente desespero agradaram e agonizaram meu lobo.

Ela não estava tentando se machucar com as facas, algo que o dr. Palmer não parecia acreditar, mas eu, sim. Havia algo em sua voz que transmitia *verdade* quando ela proferiu a afirmação sobre cair em cima da faca. E esse mesmo instinto ressoou quando ela falou sobre destruir o ninho.

Ela pensou que tínhamos terminado, sussurrando algumas palavras sobre três dias e *terminar*.

Fiz careta, não conseguindo acompanhar sua lógica. Por que isso resultaria na destruição de seu porto seguro? Ela esperava ter que movê-lo?

Ela suspirou contra mim, perdida no sono, enquanto eu continuava a repassar tudo o que ela disse.

Sua irritação por ter sido acusada de tentativa de suicídio era um bom sinal, porque significava que ela não queria se machucar dessa maneira. E isso implicava que eu também a li corretamente nos últimos dias.

Embora tenha percebido sua tristeza, não senti sua

depressão tão profunda a ponto de ter que me preocupar com sua vida.

Pensar ter perdido informações óbvias me atormentou durante todas as festividades de acasalamento, tornando impossível me concentrar até que meu pai trouxesse à tona a transmissão de Alfa Vanessa.

Então ele lançou a bomba sobre a visita de Enrique, e eu perdi o controle. Não pretendia atacá-lo na frente do bando, no entanto, dizer que consideraria dar Kari a outro Alfa pintou minha visão de vermelho.

Ela podia não me querer. Podia ter destruído nosso ninho. Mas como eu deixaria alguém levá-la para longe da segurança do Território Nórdico.

Meu sangue ferveu com o pensamento.

Suas palavras passaram pela minha mente mais uma vez, sua declaração sobre porque ela destruiu nosso santuário apertou meu coração.

Como ela poderia pensar que terminamos? Ela acabou de me morder, sua loba reivindicou uma posição. E eu disse repetidas vezes que ela pertencia a mim.

No entanto, suas declarações e a maneira como as pronunciou implicavam que ela pensava que tínhamos acabados. Não porque ela quisesse terminar, mas porque nosso tempo terminou.

Repassei todas as minhas ações, todas as nossas conversas, todos os cenários possíveis, noite adentro e nas primeiras horas da manhã. Meu lobo se recusou a descansar, sua necessidade de proteger e ronronar me manteve bem acordado e alerta, enquanto Kari dormia profundamente.

Ela se movia de vez em quando, sempre se aconchegando mais e, a certa altura, girou para pressionar o nariz no meu peito. Tirei a boxer no início da noite, minha pele precisava tocar a dela. Agora, me deliciei com a sensação dela enrolada contra mim, sua forma pequena ofuscada pela minha estrutura Alfa.

Uma vez, ela se mexeu e sussurrou a necessidade de água. Encontrei uma garrafa, inseri um canudo entre seus lábios e observei enquanto ela engolia quase dois copos antes de se acomodar contra mim mais uma vez. Seus olhos permaneceram fechados o tempo todo, seu corpo se curando em alta velocidade, graças à sua genética metamorfo.

E a cor já estava voltando às suas bochechas, seu cabelo pareceu rejuvenescer apenas com a água.

Minha pequena maravilha, pensei, segurando-a contra mim e suspirei de profunda satisfação.

Era assim que deveria ser.

Sem o equipamento hospitalar, a atmosfera estéril e as sólidas paredes brancas.

O dr. Palmer a colocou em um quarto com poucos itens, querendo evitar que ela encontrasse um jeito de se machucar.

A lembrança de encontrá-la sangrando e inconsciente atingiu meu coração, seguida rapidamente pela minha mente repetindo suas palavras. *De novo.*

Ela não é suicida, pensei, beijando o topo de sua cabeça. *Mas está com o coração partido.*

Porque não entendeu por que fui embora, e deixou isso bem claro com a cena destrutiva no quarto.

Passei os dedos pelos cabelos dela, acariciando-a e oferecendo-lhe minha força. *Estou com você. Vou te proteger. Não vou deixar ninguém te machucar, incluindo você mesma.*

Ela acariciou meu peitoral, apoiando as mãos em meu abdômen.

— Sven — ela sussurrou, esticando as pernas e entrelaçando com as minhas. — Meu Sven.

— Seu Sven, humm? — repeti, divertido e satisfeito com sua declaração.

Ela assentiu, seus lábios provando minha pele.

— Meu Alfa. — Ela parecia sonhadora, como se estivesse presa entre a consciência e o sono.

Com os dedos em seu cabelo, puxei sua cabeça para trás para estudar suas feições.

Ela sorriu para mim com os olhos, a expressão incrivelmente linda. Me ocorreu então que nunca a vi rir, sorrir ou demonstrar um único indício de alegria. Contentamento, sim. Mas felicidade? Não. Não até esse momento em que seus olhos franziram com verdadeiro calor.

O ar ficou preso na minha garganta, cortando a capacidade de respirar.

Queria vê-la assim todos os dias pelo resto da minha vida.

— Você é deslumbrante — sussurrei, impressionado.

Ela balançou a cabeça, mas suas íris azuis brilharam com o elogio.

— Você vai me beijar de novo? — ela perguntou, me fazendo pensar se adormeci. Porque esta versão de Kari era uma que eu não encontrei antes.

Feliz. Um pouco confiante. Sorridente.

— Gostaria que eu te beijasse? — consegui perguntar, com a voz rouca. Ela era tão perfeita neste estado. O tipo de Ômega que eu suspeitava vivia no fundo de sua alma. Uma loba que precisava de seu companheiro.

— Sim — ela murmurou, arqueando o pescoço para pressionar a boca na parte inferior do meu queixo. — Muito, sim. — Seus lábios se moveram pelo meu queixo, buscando o que ela desejava, enquanto seus dedos subiam pelo meu esterno para envolver minha nuca.

Meu lobo rugiu em aprovação, gostando do lado mais

agressivo de sua fêmea. Ele queria se deleitar com o momento, aceitar o presente e reafirmar o lugar dela em sua vida.

Minha, ele murmurou, afastando a imagem de seu corpo sangrando dos meus pensamentos e exigindo que eu retribuísse o abraço e lhe desse o que ela desejava. *Qualquer coisa. Tudo. Pegue. Dê. Reivindique.*

Capturei sua boca com a minha, penetrando a língua para me entregar ao sabor doce que era todo dela. Kari respondeu da mesma forma, um gemido escapou de sua garganta e reverberou em meus lábios.

Segurando seu rosto, aprofundei o abraço, assumindo o controle e permitindo que ela sentisse meu domínio, enquanto a rolava de costas e deslizava um joelho entre suas coxas. Ela se arqueou para mim, seu corpo necessitado me disse que ela desejava seu Alfa.

Mas eu não a tomaria.

Assim, não.

Não aqui.

Ela ainda estava se curando, a ferida estava fechada, mas ainda rosada nas bordas. Verifiquei depois do último copo de água que ela tomou, querendo ter certeza de que ela estava se recuperando de forma adequada. E ela estava, seu corpo resistente, perfeito e muito meu.

Mas ainda não.

Não inteiramente.

Não até resolvermos esta confusão entre nós. Não até que ela realmente se curasse. Isso exigia que sua mente se recuperasse tanto quanto seu corpo, e eu me certificaria de que ela estivesse completamente pronta quando a tomasse.

Sua língua me desafiou a desviar da minha determinação, Kari cravou as unhas em meu pescoço enquanto me beijava com mais força.

— Por favor, Alfa — ela sussurrou. — Por favor.

Balancei a cabeça, com o polegar encostado em sua mandíbula enquanto segurava seu rosto com a palma da mão.

— Eu me recuso a te machucar, Kari — disse a ela. — E especialmente neste estado.

— Sonhos não machucam — ela murmurou, se arqueando para mim. — Os sonhos são o que quisermos que eles sejam.

Meu coração apertou em meu peito, a compreensão atingiu duramente meus sentidos e me trouxe de volta ao momento. *Ela acha que isso é um sonho. Merda.*

— Kari — sussurrei, mas sua boca se uniu a minha novamente, seu beijo era faminto e exigente, enquanto ela se empurrava contra minha coxa.

Sua umidade permeava o ar, seu doce perfume acenava para meu animal avançar com um rosnado suave. Ele queria prová-la. Devorá-la. Reivindicá-la.

Puta merda, se ela achava que isso era uma fantasia, eu não poderia tirar vantagem.

Mas poderia realizar seus sonhos.

Eu poderia mostrar seu prazer. Fazê-la perceber como seria estar comigo. Afastar todas as suas experiências anteriores e apresentá-la a um novo mundo. Aquele em que ela era uma Ômega valorizada. Adorada. Amada. *Segura.*

Passei os dentes em seu lábio inferior, atraindo seu foco e mordisquei de leve sua pele macia.

— Isso não é um sonho — disse a ela baixinho, precisando que ela entendesse que isso era muito real. — Mas farei deste o devaneio mais doce que você já experimentou, se é isso o que quer.

Ela pressionou contra mim em resposta, sua boceta necessitada encharcando minha perna enquanto ela passava as unhas pelas minhas costas.

— Sim — ela disse, a palavra era uma exigência. — Me faça esquecer. Me dê uma memória para guardar. Algo para sonhar.

— Será mais do que um sonho — prometi a ela. — Porque isso é real, Kari. Você está muito acordada.

Ela riu, um som divertido que foi direto para minha alma, e então gemeu quando meus lábios encontraram seu pescoço.

— Mais — ela implorou. — Mais, Alfa, mais.

Queria fazê-la rir novamente. Fazê-la sorrir. Fazê-la gemer meu nome. Fazê-la se sentir viva e perceber como poderia ser a vida comigo como seu companheiro.

— Kari — murmurei contra sua pele. — Preciso te provar.

— Me provar? — ela repetiu.

— Humm — murmurei contra sua garganta enquanto fazia uma trilha de beijos até seus seios. Suguei um dos mamilos, observando o seu rosto enquanto o fazia. Ela fechou os olhos e se curvou para cima, subindo a mão da minha coluna até a parte de trás da minha cabeça.

— Oh — ela murmurou. — Gosto disso.

Mordi seu pico rígido, fazendo-a ofegar como se nunca tivesse experimentado tanto prazer. Se ela queria sonhar, então eu me juntaria a ela e fingiria que era o primeiro lobo a colocar a boca e mãos nela.

Humm, sim, minha fera interior aprovou.

Com a língua, prometi arruiná-la para qualquer outra pessoa, arrancando pequenos gemidos doces de seus lábios enquanto torturava seus seios com a boca e meu toque.

Então comecei a descer até o céu entre suas coxas.

Ela estava tão molhada, seus instintos Ômega estavam a preparando para o pau de seu Alfa. Mas ela teria que lidar com meus dedos e língua, porque prometi não a machucar e pretendia cumprir essa promessa.

Meu pau teria que esperar.

Mas prová-la... isso eu faria agora. Eu me entregaria o quanto quisesse e a enviaria para as estrelas no processo.

Me acomodei entre suas pernas, dei um beijo em seu monte macio e inalei profundamente.

— Você tem um cheiro incrível, Kari — disse a ela, amando a forma como seu corpo respondeu ao meu.

Ela tomou banho mais cedo, após a cirurgia, deixando para trás um perfume cítrico que lhe dava um apelo quase picante. Mas o coração dela era todo Kari. Doce. Sedutor. Acenando.

Gemi, incapaz de me conter por mais um segundo, minha necessidade por ela queimava dentro da minha virilha, o que me forçou a agir. *Preciso provar o que é meu.*

Minha língua separou sua intimidade, lambendo-a profundamente e saturando meu rosto com sua fragrância. Não era suficiente. Eu precisava de mais. Queria senti-la apertar meus dedos, provar sua umidade e me deleitar com seu prazer.

Sim, sussurrei em tom sombrio. *Tudo o que precede.*

Sua mão permaneceu na minha cabeça, seus dedos se enroscaram em meu cabelo, enquanto eu permitia que meu lobo conduzisse meus instintos. Seu animal respondeu da mesma forma, suas coxas tremeram em volta da minha cabeça e ela montou em meu rosto em uma bela dança de prazer.

Observei seu rosto, admirando o rubor em suas bochechas, e mordi seu clitóris para fazer seus lábios se abrirem em um suspiro.

Puta merda, ela era divina.

Minha Ômega linda e perfeita.

Se eu soubesse que era isso que seus sonhos implicavam, já teria feito isso dias atrás.

Teria que compensar o tempo perdido com a língua.

Lambendo-a, sorri quando ela começou a tremer, os primeiros sinais de um clímax ao redor do meu dedo enquanto eu penetrava um para testar seu aperto.

Não fui muito longe, não querendo machucá-la.

E eu a observei de perto, garantindo que ela gostasse de tudo que eu fazia com ela.

Ela gemeu, movendo a cabeça enquanto eu selava a boca em seu clitóris mais uma vez, sugando-a com força.

Um grito ecoou no ar quando ela reagiu, seu estômago se contraiu quando um orgasmo a percorreu. Mas o som de êxtase que ela soltou logo se transformou em agonia.

Franzi a testa, olhando para a marca rosa em seu abdômen, preocupado por ter feito algo que machucasse seu ferimento.

Então ela apertou a barriga e começou a tremer, soluçando enquanto respirava palavras que eu não entendia.

— Kari — sussurrei, torturado pela visão dela desmoronando na cama depois do que deveria ter sido um momento lindo e puro.

Lágrimas escorriam por seu rosto, suas coxas lutavam para fechar.

Me afastei de sua metade inferior, permitindo que ela se enrolasse em uma bola protetora. A magia estremeceu no ar quando ela chamou sua loba, sua transformação foi dolorosamente lenta.

— Ah, Kari. — Meu coração se partiu por ela, a vergonha era como uma pedra pesada em meu interior. — Não percebi...

Ela choramingou, seu pelo loiro cobriu todos os membros enquanto completava sua transformação. Então grandes íris azuis encontraram as minhas, o terror residia em suas profundezas.

— Não vou fazer você se transformar de volta —

disse a ela, adivinhando a direção de seus pensamentos. Estendi a mão, mas ela se encolheu como se eu fosse bater nela.

Então fiz a única coisa que sabia fazer por ela.

Ronronei.

Sua reação foi imediata, suas orelhas se animaram e seu olhar se voltou para o meu.

Aumentei a intensidade, dizendo-lhe sem palavras que não a iria abandonar, que não iria pressioná-la, que não iria machucá-la.

Ela não se moveu a princípio, mas manteve os olhos cautelosos em mim.

Depois de vários minutos observando um ao outro, ela avançou. Apenas alguns centímetros. Apenas o suficiente para seu nariz tocar meu peito. Desta vez, quando tentei acariciá-la, ela deixou.

Elogiei sua loba, chamando-a de linda, falei do seu pelo macio e disse o quanto estava orgulhoso dela por ser tão forte por Kari.

Ela finalmente rugiu, o som que fez meu próprio lobo olhar para ela através dos meus olhos.

— Quer conhecê-lo? — ofereci baixinho.

Seus olhos se fixaram nos meus, sua resposta clara. *Sim.*

Assentindo, tirei a boxer e sorri quando seu olhar se voltou não tão discretamente para baixo. Mas eu já estava me transformando antes que ela pudesse reagir ao meu tamanho e, em poucos segundos, estava totalmente transformado ao lado dela na cama.

A apreciação iluminou seus lindos olhos.

Meu lobo compartilhou essa reação, permitindo que ela visse através de suas próprias íris o que ele sentia por ela. Então me inclinei e lambi seu focinho.

Ela soltou um som de surpresa antes de fazer o mesmo comigo.

Rosnei em aprovação, meu ronronar ficou mais alto na forma de lobo.

Ela se aninhou em mim, seu pelo era um afrodisíaco.

Me ocorreu uma ideia, que eu sabia que meu pai desprezaria, mas parecia exatamente o que Kari precisava.

Uma corrida.

Nada muito extenuante. Apenas ar fresco. Um pouco de neve. E um pouco de brincadeira.

Voltei ao meu estado humano, para grande consternação de sua loba, e disse:

— Me siga.

Não questionei. Nem me preocupei com calça ou cueca. Apenas fiquei de pé e fui direto para a porta.

Quando não a ouvi correr atrás de mim, me virei e a encontrei sentada com a cabeça inclinada para o lado.

— Vamos dar uma caminhada — expliquei. — Nada muito longe ou longo. Apenas um pouco de ar fresco e talvez um pouco de neve. — Bem, provavelmente muita neve. Era inverno no Território Nórdico e estava frio pra caramba. Mas nossos lobos adorariam.

Ela não se mexeu.

— Agora, Kari — eu disse, fazendo disso uma ordem em vez de um pedido. Algo me disse que esse era o empurrão que ela precisava para obedecer, talvez porque nunca tivessem oferecido esse tipo de experiência a ela antes.

Com um pouco de raiva, ela pulou da cama e deslizou pelo chão até minhas pernas.

Eu a segurei e arqueei uma sobrancelha.

— Nunca pisou em mármore antes? — perguntei.

Ela resmungou, se levantou sobre as quatro patas, sacudiu o pelo e quase caiu de bunda novamente.

Franzi a testa e considerei sua postura. Ela me lembrou um cachorrinho aprendendo a andar pela primeira vez.

Talvez não fosse o piso, mas o fato de ela não estar acostumada a vagar na forma de lobo. A coleira ditava quando ela poderia se transformar. Quando ela fosse humana novamente, teria que perguntar há quanto tempo ela estava usando isso.

Optei por prosseguir devagar, abri a porta e a levei para o corredor. Ela mancava, com os pés ainda inquietos no piso branco e escorregadio. Uma enfermeira Beta saiu, erguendo as sobrancelhas ao nos encontrar no corredor.

— Vamos dar uma caminhada — eu disse a ela. — Se meu pai passar por aqui, avise-o de que estaremos de volta em mais ou menos uma hora.

— Tem certeza de que isso é sensato? — ela perguntou.

— Você quer dizer se eu acho que ele vai ficar chateado? — perguntei ao passarmos por ela. — Claro. Mas isso não significa que eu me importe.

Ela riu em resposta, fazendo Kari rosnar baixo.

A diversão aqueceu meu peito.

— Você já me reivindicou, lobinha. Lembra? — Acenei para ela e sua loba curvou os lábios como se quisesse ameaçar outra mordida.

Com um sorriso, continuei pelo corredor em direção à saída mais próxima.

Assim que saímos, me transformei. Então usei a cabeça para dizer: *Por aqui.*

CAPÍTULO 19

KARI

SVEN ERA ENORME. O tipo de Alfa que eu deveria temer. Todo músculo magro e tamanho bestial. Tanto como lobo... quanto como *homem*.

Engoli em seco, lembrando da imagem de suas partes masculinas. Enorme era eufemismo. Só de pensar nisso, meu interior se derreteu, provocando uma dor que só ele poderia aliviar.

Mas ele não podia.

Todo prazer terminava em agonia.

No momento em que senti a dor insuportável rasgar meu ventre, soube que estava bem acordada. No entanto, para ser honesta comigo mesma, já sabia disso antes de atingir o orgasmo. Apenas me permiti cair na fantasia, desejando que fosse um sonho e não realidade.

Parecia certo... até que não aconteceu.

E então meu animal assumiu o controle, me curando enquanto Sven ronronava.

Olhei para seu traseiro, admirando o pelo marrom e branco que esvoaçava por suas costas. Ele se moveu em ritmo lento, me conduzindo por uma calçada ao lado do prédio do qual acabamos de sair. Eu não tinha certeza do que ele pretendia, mas minha loba estava animada.

Não compartilhei da expectativa dela, pois minha mente trabalhava em todas as maneiras pelas quais isso poderia dar errado. Nunca tive permissão para explorar o Território Bariloche, nem mesmo quando era filhote. E raramente tive a oportunidade de me transformar, apenas quando os Alfas exigiam. Então eu geralmente era colocada em uma jaula.

Proibida de correr.

Sem brincar.

Sem explorar.

As orelhas da minha loba se animaram, captando os sons ao nosso redor. Meu focinho se contraiu com os aromas. E meus olhos procuraram por perigo.

No entanto, me senti segura na presença de Alfa Sven. Como se eu soubesse que ele não deixaria nada acontecer comigo. Era uma confiança perigosa, uma esperança que eu não tinha o direito de possuir, mas que existia mesmo assim. E minha loba não questionou a sensação. Ela confiava de forma implícita em Sven.

Sempre fui um tanto desapegada do meu lado animal, o que me permitiu assumir o controle dos meus instintos com bastante facilidade. Mas não hoje. Ela tomou as rédeas e o seguiu sem qualquer preocupação.

Ele me olhou, seus olhos azuis com contornos escuros lhe davam um brilho predatório. Seus ombros largos e patas enormes acrescentavam poder à imagem.

E minha loba se deleitou com isso.

Ela o via como um companheiro digno, um homem de estatura e graça, e um Alfa honesto.

Ele ronrona para nós, ela parecia estar dizendo. *Cuida de nós.*

Eu não queria ouvi-la. Queria correr na direção

oposta. Mas não podia negar que ele era tudo que eu nunca soube que existia.

Sven diminuiu o passo até que eu estivesse ao seu lado, depois me cutucou com o focinho, como se dissesse: *Saia da sua cabeça.*

Ou talvez tenha sido apenas a minha interpretação, porque era o que eu queria dizer para mim mesma.

Pela primeira vez na vida, tive a oportunidade de existir. E continuei a desperdiçá-la com minhas preocupações frequentes. Eu precisava...

Minhas patas paralisaram no meio do caminho quando um som estridente ecoou em meus ouvidos. Eu estava com uma pata no ar, as outras três na calçada, e meus ouvidos se torciam em direção ao barulho.

Ouvi uma risadinha.

Então uma mulher atravessou a rua correndo enquanto um homem a perseguia.

Meu coração batia forte no peito, meus instintos estavam em alerta máximo. *Corra, corra, corra!* pensei, aterrorizada por ela. Ela era uma Beta. O macho que a perseguia... parecia grande... como outro Alfa.

E ele rapidamente a pegou.

Estremeci, sabendo o que viria a seguir.

Até... até que ele a pegou no colo e deu um abraço nela que a fez inclinar a cabeça para trás de tanto rir.

Eu pisquei. *O que ele está fazendo?* Eu esperava que ele a jogasse no chão e montasse nela, e não a levantasse no ar.

Ela disse algo e ele a colocou no chão. Então os dois começaram a se despir na rua, trocaram de posição e correram para o parque, brincando de pega-pega.

Desta vez, quando ele a pegou, a imobilizou e eles rolaram pelo chão enquanto mordiscavam um ao outro de brincadeira.

Outro homem surgiu, com uma expressão divertida,

ele balançou a cabeça, se despiu e se juntou à diversão.

Alfa Sven me cutucou, me lembrando que ele estava ao meu lado. Então ele gesticulou com o focinho para continuar o seguindo.

Queria voltar à forma humana para perguntar o que eles estavam fazendo, mas minha loba estava mais interessada em descobrir o que ele queria mostrar a ela. Então fui atrás dele e deixei os animais brincando no parque.

Passamos por vários outros metamorfos ao longo do caminho, muitos parando para olhar para mim com expressões curiosas. Sven finalmente caminhou ao meu lado como se quisesse me proteger de seus olhares curiosos, e até rosnou algumas vezes para aqueles que me olharam boquiabertos por tempo demais.

Outros passavam o dia ocupados com várias tarefas, como tirar neve, acender fogueiras ou assar. Este último chamou minha atenção porque pude sentir os aromas deliciosos vindos de várias portas. Eram itens doces que me lembraram daqueles que vi na tela na noite passada.

Pensar nisso me fez lembrar o que Alfa Ludvig falou. Algo sobre eu não querer estar aqui. Mas enquanto vagava pelas ruas com Sven, comecei a me perguntar se ele estava errado.

Este lugar parecia... calmo. Legal. Tranquilo.

Alguns metamorfos nos cumprimentaram. Embora me chamassem de Ômega, talvez porque não soubessem meu nome. Mas nenhum dos Alfas pelos quais passamos fez qualquer movimento em minha direção. Eles apenas observaram, com a atenção mais voltada para Sven do que para mim. Talvez estivessem tentando decidir se poderiam enfrentá-lo em um desafio. No entanto, não senti agressividade ou hostilidade por parte deles. Apenas respeito.

Depois do que pareceram quilômetros, finalmente chegamos a uma área arborizada que era muito maior que o parque atrás de nós. *O que você está fazendo aqui?*, queria perguntar.

Só que Sven não estava prestando atenção em mim.

No momento em que chegamos à borda, ele caiu de cabeça em uma pilha gigante de neve.

Arregalei os olhos quando quase toda a sua forma peluda foi envolta em penugem branca. Então sua cabeça apareceu e ele me deu um grande sorriso lupino.

Ele está brincando, percebi com um sobressalto.

Meu animal reagiu da mesma forma, dando um latido animado quando se juntou a ele.

Mas meu salto foi muito menos gracioso. E quando percebi a profundidade, comecei a lutar e a entrar em pânico tentando nadar para sair dela.

Alfa Sven cravou os dentes em minha nuca ao me ajudar. Choramingei de frustração e ele ronronou, me colocando de pé novamente. Então apontou para uma pilha menor com o focinho.

Minha loba reagiu sem minha permissão, saltando direto para ela e rolando na pilha fofa. Parecia fresca e macia contra meu pelo, o elemento gelado era uma sensação emocionante de se experimentar. Não foi a primeira vez que toquei na neve, mas nunca brinquei nela antes.

Encontrei outra pilha de tamanho semelhante e a vasculhei.

Sven me seguiu, seu tamanho volumoso destruía as torres de neve com facilidade.

Soltei um latido feliz e mergulhei em vários outros montes de neve, adorando a forma como a substância parecida com algodão se separava para me permitir entrar.

Quando terminei, estava ofegante. Minha loba gastou

toda a minha energia. Mas foi bom. Nunca me esgotei dessa maneira e estava ansiosa para fazer isso de novo em breve.

Sven me cutucou com o focinho, depois me deu uma lambida no nariz antes de sinalizar para segui-lo novamente. Mas caminhou ao meu lado, esbarrando em mim enquanto seguia e me lançou um sorriso torto a cada vez.

A certa altura, lambi seu nariz em resposta, o que me rendeu um grunhido de aprovação. E quando voltamos para o prédio de onde saímos, não consegui evitar que meu focinho se abrisse em um sorriso lupino.

Estou feliz, pensei. *Muito feliz.*

Talvez tudo isso tenha sido um sonho, afinal. Mas eu esperava que não fosse. Porque eu queria que isso fosse verdade. Queria me sentir assim. Queria viver.

Quero ficar com Sven, uma vozinha sussurrou. *Minha* voz. Uma que veio de um lugar sobre o qual eu sabia pouco: *meu coração*.

Um Alfa abriu a porta para nós quando nos aproximamos, permitindo-nos entrar em nossas formas de lobo. Meu sorriso vacilou quando passamos por ele, meu medo inato se insinuando, mas tudo o que ele fez foi segurar o copo até terminarmos e então soltá-lo.

Sven trotou para frente, parando na entrada do corredor. Paralisei ao lado dele quando senti o cheiro familiar de Alfa Ludvig. Baixei os olhos por instinto e meu corpo inteiro suplicou à poderosa aura diante de nós.

Ele não falou, me deixando ainda mais nervosa. A calça de seu terno se agitou e o som fez minhas orelhas tremerem.

E então ele parou bem na minha frente, se agachou e levantou a mão em minha direção, como alguém faria com um animal perdido.

Engoli em seco, sem saber o que ele pretendia. Mas minha loba o cheirou. Ela não tinha tanto medo dele quanto eu, seu instinto de confiar no homem superior estava programado em seu DNA.

— Humm — ele murmurou, estendendo a mão para me coçar abaixo do queixo. Meu animal suspirou, adorando o carinho.

Sven parou ao meu lado e soltou um bufo, sua agitação era palpável.

Ludvig riu, me soltou e se levantou mais uma vez.

— Agora você está pensando e se comportando como um companheiro.

Eu não tinha certeza para quem eram as palavras, mas ele se virou e começou a andar pelo corredor. Sven se levantou para segui-lo e bateu no meu lado, me encorajando a caminhar com ele.

Foi o que fiz.

E nós três acabamos no quarto hospitalar onde passei a noite.

— A Mila mandou um vestido para emprestar a Kari — Alfa Ludvig disse, apontando para um vestido azul pendurado atrás da porta. — Ela pegou outro terno para você também.

Sven bufou. Se isso era um reconhecimento ou aborrecimento, eu não tinha certeza. Mas isso fez os lábios de Alfa Ludvig se curvarem para cima.

Estudei sua boca, notando a semelhança com a de seu filho. Então olhei para as maçãs do rosto e olhos azuis – do mesmo tom dos de Sven – e a espessa cabeleira loira. Eles pareciam mais irmãos, exceto pelo ar ancestral de Alfa Ludvig.

Quando voltei meu olhar para o dele, percebi que ele estava me estudando com a mesma atenção, e baixei a cabeça em submissão novamente. Então ele se agachou mais uma vez e pressionou um dedo no meu queixo para levantar meus olhos do chão.

— Você tem uma decisão a tomar, pequena — ele disse baixinho. — Sobre se você quer ficar aqui ou voltar com Alfa Enrique.

Sven rosnou com as palavras, mas Alfa Ludvig o ignorou.

— Teríamos sorte em ter você, mas não toleramos automutilação neste Território. Mesmo que seja acidental — ele murmurou, me fazendo franzir a testa por dentro.

— Vejo que o dr. Palmer ainda está se reportando a você — Sven falou, tendo retornado ao seu estado humano logo após rosnar.

— Eu sou o Alfa do Território.

— E eu sou o futuro companheiro dela — Sven rebateu. — Pelas nossas leis, isso me dá autoridade.

Alfa Ludvig não se levantou, mas ergueu o olhar para o filho.

— Somente quando essa intenção for reconhecida pelo Alfa do Território.

Sven ficou quieto por um momento.

— Você não reconhece minha afirmação.

— Ainda não — o pai dele respondeu. — Mas você está fazendo um trabalho razoável para me convencer. — Ele passou os nós dos dedos pelo meu focinho e me coçou atrás da orelha direita. — Continue seguindo esse caminho e terá o que deseja.

Assim como antes, eu não tinha certeza se essas palavras eram para mim ou para Sven.

Ele se levantou antes que eu tivesse a chance de me transformar e perguntar, sua atenção se voltou para Sven.

— Vamos ouvir o Enrique antes de tomarmos qualquer decisão. Ele pode ser mais útil do que você pensa.

Sven ficou quieto, me fazendo olhar para ele. Ele não

vestiu nenhuma roupa, deixando seu corpo nu em exibição gloriosa. *Definitivamente Alfa*, pensei, admirando sua forma forte e masculinidade impressionante. Minha loba quase suspirou com a visão, apesar do meu medo inerente de homens como ele.

— Que horas é o jantar?

— Não está claro, mas vou avisar assim que Kazek decidir.

— Quer dizer, você não tem certeza se ele vai deixar o Enrique viver até o jantar.

Alfa Ludvig deu de ombros.

— Isso depende dele, não de mim.

Eu me irritei, a ideia de que algo de ruim poderia acontecer ao meu ex-salvador foi o suficiente para me mandar de volta à forma humana. Os dois homens observaram minha transformação, provavelmente sentindo a energia dela percorrer minha pele.

Como Alfas, eles podiam controlar as formas dos outros, o que significava que estavam mais sintonizados com o encantamento do que alguém como eu. Mas sem a coleira em volta do pescoço, podia escolher meu estado – humano ou lobo – como desejasse. Uma nuance que nunca percebi que estava faltando... até Sven.

Pigarrei e me concentrei no que motivou minha necessidade de falar.

— Alfa Enrique já me ajudou antes. Ele deveria me ajudar no Território de Inverno também. — Não consegui encontrar o olhar de Alfa Ludvig enquanto falava, minha voz soou um pouco hesitante, mas alta o suficiente para transmitir meu ponto de vista. — Ele... ele... não é ruim.

Eu não o chamaria de bom. Porque nenhum Alfa era inerentemente bom.

Exceto talvez Sven, pensei com um sussurro. Mas ainda

não sabia o que ele queria de mim. Então, ainda não consegui deduzir isso.

— Ele ia me libertar — acrescentei baixinho.

— Duvido disso — Alfa Ludvig interveio. — Mas não duvido que ele quisesse te ajudar. Vamos ouvi-lo e ver o que ele tem a dizer sobre a tentativa de homicídio de Winter também.

— Supondo que Kazek permita.

Alfa Ludvig sorriu novamente.

— Suspeito que ele vai permitir. E como você sabe, minhas suspeitas quase sempre estão certas. Se concentre no seu caminho, filho. Talvez outra das minhas expectativas se concretize.

Com isso, ele saiu, me deixando sozinha com Sven nu.

Seu corpo reagiu naturalmente ao meu, sua desejo ficou claro no enrijecimento de seu pau, mas ele não fez nenhum movimento para tentar me prender ou me dar o nó. Em vez disso, estendeu a mão para mim e me puxou para um abraço, beijando o topo da minha cabeça.

— Obrigado por correr comigo, pequena maravilha.

Pequena maravilha, repeti mentalmente, sorrindo ao ver como isso soava. Gostei mais do que de *pequena* e *lobinha*. Isso me fez sentir especial de alguma forma. Exclusiva. Como se eu pudesse realmente significar algo para ele.

— Agora quero que você me diga por que destruiu nosso ninho — ele disse, arruinando minha felicidade momentânea. Não porque eu não tivesse gostado de sua exigência, mas porque não queria pensar nisso.

Mas uma pequena parte de mim queria que ele entendesse, que soubesse que eu não estava tentando me machucar, que eu apenas pretendia destruir algo que considerava uma ameaça.

Parecia importante contar a ele. Compartilhar essa parte de mim. Garantir que ele soubesse que eu valorizava nosso tempo juntos, que eu só... eu só não queria que isso acabasse.

— Esperança — sussurrei, sentindo a garganta seca. — Ele... me remetia a *esperança*.

Ele se afastou apenas o suficiente para olhar para mim.

— O que te remetia a esperança? O ninho?

Assenti.

— É... eu queria ficar... c-com você... mas nossos três dias acabaram. E fiquei chateada por ter permitido que esperança crescesse dentro de mim. — Não consegui olhar para ele enquanto dizia isso, as palavras soavam ingênuas e tolas aos meus ouvidos.

Ele segurou minha bochecha, o polegar cutucando meu queixo para atrair meu foco para suas íris sedutoras.

— Eu queria três dias para mostrar como os Alfas podem ser diferentes. Mas isso não significa que nosso tempo acabou, Kari. Você ainda é minha. E pode ter esperança.

Balancei a cabeça.

— A esperança é perigosa.

— Também é maravilhosa — ele respondeu em voz baixa. — A esperança faz parte da vida. Fornece motivação para seguir em frente, para curar, para viver.

Não, ele estava errado.

— A esperança machuca.

— A esperança cura — ele rebateu. — E vou provar isso para você.

— Em três dias? — sugeri.

Ele riu.

— Não. Não vamos colocar um limite de tempo para isso. Vou só te provar.

Eu pisquei.

— Como?

— Isso cabe a mim determinar — ele murmurou. —

Tudo que você precisa fazer é me dar uma chance, Kari. E se puder parar de destruir móveis, seria bom. Além disso, não haverá mais facas.

Estremeci com a última declaração, recuando para encará-lo.

— Não me esfaqueei de propósito.

— Eu sei — ele respondeu, ainda sorrindo. — Estou tirando seu acesso a facas para proteger nosso futuro ninho.

Entreabri os lábios.

— Futuro ninho?

— Hum, sim. Mas não aqui. Eu não gosto de quartos sem janelas. Encontraremos um melhor. — Ele falou como se tivéssemos um futuro juntos.

— Mas e quanto a estar disponível para outros Alfas?

Seu sorriso desapareceu.

— Você não está *disponível* para ninguém, Kari. Até que esteja curada, você não poderá ser cortejada de forma adequada. E se nossa atividade anterior servir de referência, isso se aplica tanto ao seu estado físico quanto ao seu estado mental. Mas posso ser paciente. — Ele se inclinou para pressionar os lábios em minha orelha. — Porque meu lobo sabe que vale a pena esperar.

Eu... eu não sabia o que dizer ou como interpretar o que ele estava me contando.

— O-o que é cortejar? — sussurrei, sem entender o termo. Ele também mencionou *fazer a corte* uma outra vez. Mas não pedi esclarecimentos então.

— É o termo que usamos no nosso Território quando queremos ganhar o favor de um companheiro. — Ele afastou o polegar do meu queixo para desenhar uma linha ao longo do meu lábio inferior. — Você deveria ser minha, Kari. É meu trabalho convencê-la disso também. E eu vou. Porque nunca desisto de um desafio.

— Mas sou estéril — sussurrei.

Ele soltou minha parte inferior das costas para pressionar de leve a palma da mão no meu abdômen, a mão oposta ainda segurando minha bochecha.

— Nós vamos resolver isso.

— Como? — murmurei.

— Consultando algumas das melhores equipes médicas do mundo — ele respondeu. — Confie em mim para te ajudar, Kari. Juro que vou.

Engoli em seco, sentindo o coração palpitar de maneira desconfortável em meu peito. *Confiar em um Alfa?* Tentei isso com Enrique e ele falhou comigo. No entanto, eu sobrevivi. Mas algo me dizia que se Sven falhasse comigo, eu não me recuperaria. No entanto, uma parte pequena e fraca de mim ansiava por acreditar nele.

Esperança, pensei, sentindo a sensação de luz provocar os limites da minha mente.

Ele queria provar o valor da esperança para mim.

Queria me cortejar.

Queria ser meu.

Uma voz irritante sussurrou que tudo isso era uma impossibilidade, que minha vida não era baseada em fantasia ou contos de fadas. No entanto, aquele lampejo de luz no canto da minha psique me implorou para considerar sua proposta, para colocar minha fé em outra pessoa, para me permitir um vislumbre de *vida*.

Então me peguei dando um pequeno aceno em resposta, minha boca era incapaz de expressar minha aceitação. No entanto, parecia ser o suficiente para ele porque seus lábios se curvaram em um sorriso de tirar o fôlego. Era o tipo de expressão com a qual eu sonharia para sempre, suas íris azuis brilhando de prazer.

Quero que ele seja meu, pensei, observando seus belos

traços faciais e sua linda boca. *Quero que este Alfa seja meu para sempre.*

Era um pensamento perigoso.

Mas neste ponto, o que eu tinha a perder?

Ele era a luz brilhante que eu precisava em uma vida sombria.

Eu seria tola se não gravitasse em torno dele. Porque se ele provasse seu valor, valeria a pena toda a dor que sofri. E se ele me traísse, pelo menos eu teria uma memória à qual recorrer quando precisasse.

Seus lábios pairaram sobre os meus, seu beijo era suave e desmentia a dureza pressionando minha barriga. Seu desejo era um calor palpável que chamava meus sentidos Ômega, exigindo que eu ficasse de joelhos e me satisfizesse melhor. Mas ele me segurou de pé, afastando a mão da minha barriga para tocar a parte inferior das minhas costas, enquanto sua boca continuava a saborear a minha.

Captei a sugestão da minha antiga excitação em seus lábios, a memória do prazer que ele evocou me afogando em um mar de felicidade.

Apenas para terminar em um tormento de dor.

Porque não poderíamos ficar juntos no meu estado atual. Na verdade. Tudo isso levava à dor.

Ele deve ter percebido minha hesitação, porque se afastou para estudar minhas feições.

— Começaremos com um raio-X e partiremos daí — disse. — Vou resolver isso, Kari. Você vai ver.

Eu não tinha certeza se acreditava. Mas assenti de novo de qualquer maneira, sentindo aquele calor dentro da minha alma brilhar mais forte a cada segundo que passava.

Esperança.

Percebi então que nunca foi o ninho que provocou a emoção, mas sim ele. Alfa Sven.

Ele... ele me dá esperança.

CAPÍTULO 20
SVEN

A ENERGIA nervosa de Kari arrepiou minha pele. Depois de uma tarde de conversa e conforto, ela se retirou para seu antigo casulo de medo assim que saímos do quarto hospitalar.

A *confiança* não vinha naturalmente. Ela parecia antecipar o pior a cada passo.

— Você está linda — sussurrei em seu ouvido, na esperança de acalmá-la um pouco enquanto entrávamos no elevador vindo do túnel subterrâneo. Eu a trouxe até aqui na esperança de mantê-la aquecida enquanto viajávamos por baixo do Território até um prédio a cerca de dois quarteirões do centro hospitalar. Ela usava um lindo vestido longo de seda azul com alças finas, deixando os braços expostos. Ofereci meu paletó a ela, mas ela recusou a oferta balançando a cabeça. Quase protestei, mas suspeitei que ela precisava de ar fresco para se manter consciente.

Então permiti e, em vez disso passei o braço em suas costas e a deixei sentir meu calor enquanto caminhávamos.

Agora que estávamos no elevador, ela quase paralisou devido ao terror que dominava sua forma.

Eu a encostei na parede, forçando-a a olhar para mim.

— Vou te fazer três promessas — eu disse, acariciando sua bochecha enquanto levava a outra mão ao seu quadril. — Primeiro, ficarei ao seu lado a noite toda. — Desenhei um pequeno círculo contra o osso do quadril, como se quisesse incorporar o voto em sua pele.

Ela estremeceu em resposta, suas pupilas dilataram.

— Em segundo lugar, não vou deixar ninguém te tocar — continuei e baixei mais a voz: — a não ser eu.

Outro círculo.

Outro arrepio.

— E terceiro — sussurrei, aproximando os lábios de seu ouvido. — No final da noite, vou te abraçar na minha cama e ronronar enquanto você dorme.

— S-sua cama?

— Sim. — Beijei o ponto de pulsação em seu pescoço. — Vou te levar para minha casa depois do jantar e veremos como você se sente em construir um ninho lá.

— No seu espaço — ela murmurou.

— Em *nosso* espaço — eu a corrigi, roçando os lábios em seu pescoço. — Você é minha, Kari. Posso não ser capaz de cortejá-la de maneira adequada ainda, mas isso não impediu meu lobo de decidir. E um dia, em breve, sua loba também vai me escolher. — Tecnicamente, ela já fez uma reivindicação com sua mordidinha, mas eu não queria pressioná-la. Ela já estava frágil o suficiente. Isso exigiria uma persuasão cuidadosa e muita cura.

Porque eu vi as radiografias esta tarde. Eu não era médico nem especialista em medicina, mas os fios em seu abdômen exibiam uma história dolorosa. O dr. Palmer afirmou que operar seria impossível. Porém, eu não acreditava em tarefas impossíveis. Depois do jantar, eu perguntaria ao meu pai se os resultados foram enviados para Ander. Se alguém podia ajudar, era a equipa de investigação do Território Andorra.

— Certo? — perguntei, fazendo um terceiro círculo contra o osso do quadril enquanto mantinha seu olhar no meu. — Três promessas seladas com um ronronar — murmurei, fazendo o som baixo. — Mas você terá que confiar em mim para não quebrar esses votos. Você pode fazer isso?

Seu lábio inferior tremeu, a incerteza estava gravada em suas feições. Mas ela deu um aceno sutil, semelhante aos que me presenteou durante nossa conversa anterior sobre esperança. Não foi uma aceitação enfática, mas foi um passo na direção certa. Então solidifiquei nosso acordo com um beijo. Meus lábios provaram os dela e atraíram sua loba com o movimento da minha língua.

A fé de seu animal interior em mim era palpável, a necessidade da Ômega de ter um Alfa forte para protegê-la das adversidades do mundo, um desejo que ela carregava apenas em seus olhos. Kari provavelmente nem percebia isso, mas meu lobo sim. E nós daríamos tudo o que ela precisava.

Levaria tempo, cura e muita paciência.

Felizmente, eram coisas que eu poderia oferecer.

E muito mais.

Lambi sua boca, desafiando-a a retribuir meu abraço, e rosnei em aprovação quando ela o fez. Apenas um pequeno toque doce de sua língua, mas foi o suficiente.

Ela ainda emanava medo, o fedor irritava meu lobo, mas eu sabia que não havia muito mais que pudesse fazer para acalmá-la. Ela precisava me ver em ação para acreditar em minhas palavras.

Com um roçar persistente da minha boca na dela, recuei para programar nossa localização no elevador. Ele ganhou vida em um instante, e o som fez com que Kari agarrasse minha jaqueta enquanto seus braços tremiam.

— Três promessas — eu a lembrei. — Não vou quebrá-las.

Ela deu outro daqueles acenos e sua loba surgiu em seus olhos para me olhar. Tornou-se cada vez mais evidente para mim nas últimas doze horas que Kari e sua loba não estavam tão ligadas quanto deveriam. Perguntei a ela sobre a coleira durante o exame do dr. Palmer, mas ela não conseguia se lembrar de quando foi colocada. Achava que estava lá durante a maior parte de sua vida, com as poucas exceções sendo quando tiveram que trocá-la por uma um pouco maior à medida que ela crescia.

A informação revirou meu estômago.

Ela nunca teve permissão para controlar suas próprias formas. O que significava que ela não foi capaz de se conectar com seu animal interior da maneira que um metamorfo deveria.

A desconexão explicava muito sobre seu comportamento. Ela não deixava seus instintos naturais assumirem o controle, a menos que precisasse de sua loba para protegê-la, como quando sentia dor.

Era um dos assuntos que planejava discutir com meu pai mais tarde. Eu queria descobrir se ele já testemunhou algo assim antes.

O barulho do elevador anunciou nossa chegada. Puxei Kari para o meu lado, e aproximei meus lábios de sua orelha.

— É apenas um jantar — disse a ela. — Se você se sentir desconfortável a qualquer momento, me avise e cuidarei disso.

Ela tremeu, seu terror aumentou quando as ripas de metal se abriram para revelar a área do saguão do restaurante.

— Estou bem aqui — prometi a ela. — Se apoie em mim e no meu lobo. Estamos com você.

Ela não assentiu desta vez, mas sua coluna se endireitou um pouco contra minha mão. Eu a puxei com mais firmeza contra mim, meu braço formou uma faixa sólida em volta da parte inferior de suas costas, agarrei seu quadril e ajudei a guiá-la para frente.

Meu peito doía com a necessidade de ronronar, mas outro som masculino ecoou antes que eu pudesse começar. O olhar de Kari se voltou para cima e seus olhos se encheram de lágrimas ao ver Enrique parado no piso de mármore.

— Que merda você fez com ela? — o Alfa exigiu, dando um passo à frente.

Rapidamente empurrei Kari para trás de mim, com a intenção de manter minha promessa a ela. *Sem toques.*

Enrique rosnou em resposta.

Quase rosnei de volta, mas Kaz já estava falando.

— Eu não sugeriria isso — ele comentou. — Tecnicamente, ganhei Ômega Kari. Então serei forçado a intervir e, bem, já tenho vários motivos para querer te matar. Adicionar outro pode me levar ao limite.

E eu ficaria feliz em ajudar, pensei, semicerrando o olhar.

Enrique olhou para o outro Alfa, sua fúria potente fez Kari estremecer nas minhas costas. Ela agarrou meu paletó com suas pequenas garras, e seu corpo vibrou atrás de mim.

— Isto não é um jogo — Enrique retrucou.

— Não é? — Kaz quase pareceu ofendido, mas reconheci sua propensão ao sarcasmo. — Você quer dizer que não conspirou para matar Beta Snow para que a Rainha dos Espelhos pudesse assumir o trono sem interferência? E não planejou se tornar seu rei? Quer dizer, imagino que seja isso que você ganharia. Sinta-se à vontade para corrigir minha avaliação.

— Conspirar, sim. Mas não significa que eu pretendia seguir o plano dela. O que, obviamente, não posso provar. Porém, quanto ao que eu queria, a resposta está nesta sala.

— Sua atenção se voltou para mim. — Me diga que ela está bem.

— Não preciso te dizer nada — respondi, furioso porque esse Alfa sentiu que poderia entrar aqui e fazer exigências. Ele não estava na minha hierarquia. E de jeito nenhum me reportaria a ele.

Mas Kari tinha outras ideias.

— Estou bem — ela disse, com a voz trêmula no final. — Você não deveria estar aqui.

— Nem você — ele murmurou, passando os dedos pelos cabelos grossos e escuros.

A preocupação irradiava dele. Não do tipo que sugeria energia negativa ou dano potencial, mas um tipo familiar que me dizia que o que Kari falou sobre ele querer ajudá-la poderia ser verdade.

Isso me fez querer ouvi-lo.

Não porque eu fosse considerar permitir que ele levasse Kari, isso era inegociável, mas porque eu estava curioso sobre o relacionamento e as experiências deles juntos. Ela não insinuou que existia um envolvimento romântico entre eles, e não senti nenhum desejo de nenhum deles agora. Apenas muita preocupação tingida com uma camada prejudicial à saúde de desesperança.

— Parece que temos muito o que discutir — meu pai comentou, com uma postura relaxada. — E sinto que há uma história aqui que eu estaria interessado em ouvir. Vamos ouvi-la durante o jantar? — Ele apontou para as portas principais, onde um aroma familiar espreitava.

Mãe, pensei. Meu pai provavelmente disse a ela para

ficar lá para permanecer segura, caso Kaz decidisse transformar o saguão em uma zona de banho de sangue. Meu melhor amigo lobo solitário não era muito previsível, em especial quando estava irritado. E dado que Alfa Enrique pretendia matar a companheira de Kazek, era seguro assumir que ele conquistou uma posição na lista de mortes de Kaz.

— Eu gosto de uma boa história — meu melhor amigo falou. — Parece meu tipo de aperitivo. — Um zumbido sutil ganhou vida, e minhas orelhas lupinas se animaram com as vibrações estranhas. Então o cheiro de excitação me seguiu, me fazendo arquear uma sobrancelha.

Ah, pensei, meus lábios ameaçando se curvar. *Kaz está brincando com sua companheira.*

— Me permita acompanhá-la até seu assento, Winter — disse ele baixinho, com a mão nas costas dela, roçando em sua bunda enquanto a conduzia para frente.

Me ocorreu, então, que ele pretendia insultar os Alfas solteiros da sala, em particular, Enrique, e ainda assim, o cheiro sedutor de Winter não me influenciou em nada. Todo o meu foco estava em Kari e sua fragrância, a tal ponto que mal percebi a excitação da outra Ômega.

Franzi a testa ao perceber isso e meu pai me deu um sorriso conhecedor.

Ele esteve me estudando atentamente o tempo todo e eu nem percebi.

— Ainda no caminho certo — disse ao passar por mim. — Continue seguindo em frente.

Eu o observei com os olhos semicerrados enquanto ele seguia Winter e Kaz até a sala de jantar principal. Um Beta vinha logo atrás deles, mas Enrique espreitava perto da porta, seu olhar intenso estava focado em mim.

Ignorando-o, girei apenas o suficiente para trazer Kari

de volta para o meu lado e pressionei os lábios em sua têmpora.

— Ainda está bem? — perguntei baixinho.

Ela assentiu.

— S-sim.

— Bom — respondi e passei o braço em volta de sua cintura mais uma vez. — Lembre-se de se apoiar em mim.

Ela assentiu de novo e me permitiu guiá-la.

Enrique semicerrou os olhos, mas não de ciúme. Ele parecia estar me avaliando com atenção. Então ele percorreu Kari com o olhar de uma forma avaliativa, não com fome.

— Estou bem — ela repetiu para ele, quando nos aproximamos. Me irritou um pouco que ela parecesse ser capaz de falar com ele sem ser questionada, mas eu tive que perguntar. No entanto, também sugeria que eles tinham uma espécie de vínculo, o que significava que ela podia confiar nos outros.

Então, o que ele fez para ganhar o favor dela?

E o que eu precisava provar para conseguir o mesmo?

Ele desviou o olhar para o pescoço dela e suas pupilas dilataram apenas o suficiente para me dizer que ele aprovou o que encontrou lá.

— Você removeu a coleira dela.

— Você a colocou? — retruquei.

Ele grunhiu, seus olhos de ébano se fixaram nos meus.

— Não tenho o hábito de prender Ômegas, então não.

— Do que você tem hábito? — perguntei. — Matá-las como forma de salvá-las?

Sua mandíbula tremeu.

— Vocês estão atrasando o jantar — meu pai falou alto, interrompendo qualquer resposta que Enrique pretendia dar. — E você sabe como me sinto em relação à comida.

Quase revirei os olhos, mas a pulsação acelerada de Kari me fez conduzi-la para dentro sem dizer uma palavra. As íris azuis da minha mãe brilharam quando nos aproximamos e ela curvou os lábios em um sorriso acolhedor ao avistar Kari ao meu lado. No entanto, sua expressão vacilou um pouco ao sentir o medo inato dela.

Tomando uma decisão rápida sobre os lugares, coloquei Kari na cadeira em frente à minha mãe e me sentei na do outro lado.

Era uma mesa retangular.

Quatro de um lado e quatro do outro.

Kari, eu, Enrique, Beta desconhecido.

Minha mãe, meu pai, Kaz e Winter.

Que arranjo estranho fizemos, mas funcionou. Porque me permitiu manter Enrique na linha, com a ajuda de Kaz na frente dele.

— Bem, vamos começar com uma rodada de saladas — meu pai disse a um dos garçons Beta. — Pães também. Vinho, água, tudo completo.

— Café — minha mãe acrescentou em um murmúrio.

— Ela quer um mocha — ele esclareceu. — Com café expresso extra.

Disfarcei um sorriso. Minha mãe sempre começava as refeições da mesma maneira. Algo que confundia muitos dos nossos visitantes, porque o expresso e o café eram normalmente reservados para a sobremesa. Mas esse não era o estilo da minha mãe, e meu pai adorava atender às necessidades dela.

— Bolo de chocolate também — ele pediu ao garçom.

— Claro, Alfa Ludvig — ele respondeu.

Kari se mexeu um pouco ao meu lado, seu olhar se voltou para minha mãe antes de voltar para a mesa. Então ela olhou para Winter que se contorcia, ela estava claramente se perdendo nas vibrações que Kaz parecia estar controlando.

Qualquer outro dia, eu teria sorrido de suas travessuras.

Mas estava muito preocupado com Kari para dar atenção aos jogos de Kaz esta noite.

Estiquei o braço pelo encosto da cadeira dela, semelhante à como meu pai segurava minha mãe, e olhei para ele em busca de orientação sobre por onde começar. Ele não era do tipo que fazia rodeios ou aplacava os convidados com formalidades. Não quando queria saber alguma coisa.

Portanto, não fiquei nem um pouco surpreso quando ele disse:

— Nos diga por que deveríamos deixá-lo viver, Alfa Enrique. Porque um observador da situação diria que você conspirou para matar uma Ômega preciosa e também pretendia levar outra como escrava. Nos convença do contrário e reconsideraremos seu destino.

CAPÍTULO 21
KARI

Alfa Enrique não escondeu nada, sua explicação me fez estremecer durante todo o jantar.

Ele falou sobre o tratamento dado por meu pai às Ômegas no Território Bariloche, como ele as escravizou e as manteve longe de seus Alfas. Contou a eles sobre Savi e Joseph. E como pretendia me salvar, concordando em se casar com Snow Frost em troca de mim, mas que tudo deu terrivelmente errado quando Vanessa me colocou naquela jaula.

Alfa Kazek ressaltou brevemente que meu tratamento aqui foi um pouco diferente do tratamento de meu pai, algo que considerei um eufemismo.

Então todos começaram a falar sobre meu corpo e como poderiam fazer *engenharia reversa* em minha situação. Quando questionei, Sven esticou o braço em volta dos meus ombros e começou a ronronar.

— Vamos ver o que meu irmão tem a dizer, então vamos partir daí — ele murmurou, seu peito vibrava com aquela energia calmante que só ele parecia ser capaz de criar. — Ander tem a melhor equipe de médicos e pesquisadores do mundo. Se alguém pode ajudá-la, é ele.

Eles pretendiam fazer *engenharia reversa* da minha situação.

Ninguém me perguntou o que eu queria, porque minha opinião não importava. Era tudo uma questão de como consertar a Ômega estéril para que ela pudesse acasalar e ser possuída.

Parte de mim queria gritar de frustração, exigir uma escolha.

Outra parte de mim acolheu bem a mudança. Por que não seria preferível ser companheira a escrava?

A menos que algo aconteça com meu companheiro, pensei, tremendo ao pensar em minha irmã destruída. Seria esse realmente um destino melhor do que ser usada e abusada por Alfas por toda a eternidade?

A conversa se transformou em uma discussão contínua sobre a política do meu pai, como ele não gostava de competição e as coisas que fazia para se manter no topo.

— Drogas alucinógenas — Alfa Ludvig repetiu e as palavras soaram desagradáveis em sua língua. — Covarde.

— Infelizmente, funciona — Alfa Enrique respondeu. — Ele lhes dá uma dose pesada, os deixa loucos, e oferece uma Ômega. No momento em que terminam, já danificaram qualquer vínculo que pudesse ser formado ali, mas ainda assim estão viciados na mulher. E então Carlos a leva embora, a tranca e diz ao Alfa para se comportar se quiser ter acesso a ela novamente.

Meu estômago azedou com a familiaridade do conceito. Nunca fui submetida a isso porque meu pai garantiu que eu não poderia ter um companheiro.

Mas as outras...

Estremeci, envolvendo os braços em meu abdômen enquanto o ronronar de Sven aumentava ao meu lado.

— Você precisa de uma pausa, pequena maravilha? — ele perguntou baixinho em meu ouvido enquanto os outros continuavam conversando.

Considerei isso e balancei a cabeça, porque uma pausa não ajudaria. Isso era a minha realidade. Minha vida. Eu não consegui escapar naquela época e não poderia escapar agora.

Ele me puxou um pouco mais para perto, me oferecendo seu calor enquanto a conversa avançava.

Winter e Alfa Kazek pediram licença, seus feromônios me diziam exatamente o que pretendiam fazer. Tentei ignorá-los, mas minha preocupação com Winter prevaleceu e não pude deixar de ouvi-la.

Ela choramingou na outra sala.

Então gemeu.

Um apelo sincero ecoou no ar.

Seguido por... *acasalamento.*

Exceto que era diferente de qualquer um que já ouvi. Ela estava gritando por mais, e não porque estivesse no cio... mas porque queria *mais.*

Meu estômago começou a revirar por uma razão completamente diferente, minha loba foi despertada pelo prazer óbvio que ocorria nas proximidades.

Arrisquei um olhar para Sven, mas seus olhos estavam em mim e sua expressão pensativa.

Ele se inclinou para roçar meus lábios com os seus, o toque doce e proporcionando um conforto que eu não percebi que precisava. Então ele acariciou minha bochecha e puxou minha cadeira para que ficasse bem ao lado da dele.

Me perguntei se ele queria me levar para a outra sala e fazer a mesma coisa, mas ele não fez nenhum movimento para me roubar da mesa. Apenas continuou ronronando baixo e de maneira calorosa, me acalmando enquanto Alfa Enrique falava sobre a vida no Território Bariloche.

Ele contou sobre os supressores usados para impedir que as Ômegas entrassem no cio. Falou sobre as drogas de tortura usadas para deixar Ômegas incrivelmente apertadas, a ponto de alguém poder morrer se o acasalamento fosse muito intenso. Ele contou sobre a morte da minha mãe, o que fez Sven me abraçar ainda mais forte.

E então falou sobre Joseph, como ele foi torturado e levado para um lugar desconhecido para ser enterrado.

— Às vezes, me pergunto se ele ainda está vivo — sussurrou. — Há momentos em que juro que o sinto, mas Savi...

— Está destruída — murmurei. — Eu... eu não sei se ela está... ele me disse que se eu fosse até você de boa vontade, ele me diria se ela ainda estava... — Não consegui terminar, nem pude olhar em volta de Sven para Alfa Enrique. Nem percebi que estava falando até que todos ao meu redor ficaram em silêncio.

— Ele colocou a vida dela acima de sua cabeça para forçar sua cooperação — Alfa Enrique supôs.

Assenti, e meu lábio inferior tremeu com a lembrança. Sven acariciou minha têmpora, e aproximou sua boca na minha orelha.

— Vamos descobrir para você — ele murmurou. — Eu prometo.

Foram quatro promessas esta noite.

Quatro promessas que ele poderia quebrar facilmente.

E, ainda assim... ele manteve sua palavra até agora. Permaneceu ao meu lado a noite toda e ninguém me tocou além dele.

Meu coração acelerou e aquela emoção perigosa

floresceu um pouco mais dentro de mim. O suficiente para eu olhar para ele.

— Por favor — falei baixinho. — Por favor, não quebre essa promessa.

Sua expressão aqueceu.

— Eu nunca vou quebrar uma promessa feita a você, Kari.

Queria tanto acreditar nele, mas uma vida inteira de desconfiança me manteve sob controle.

Ainda assim, acenei mais uma vez.

Porque eu queria tentar.

Queria ser o que ele desejava, assim como desejava que ele fosse o que eu precisava.

— Posso perguntar, mas não há garantia de que ele me dirá a verdade — Enrique falou. — Ele também não está satisfeito por eu não ter fechado o acordo com Beta Snow.

Seu comentário os trouxe de volta a Ômega Winter e tudo o que aconteceu com Alfa Vanessa.

Parei de ouvir, exausta de todas as discussões sinceras e cruéis. Eu sabia que era necessário, que esses lobos não estavam familiarizados com os costumes do Território Bariloche ou dos Alfas criados lá, mas eu vivi isso. Não precisava ouvir mais a esse respeito.

Meu foco voltou para Winter e seu companheiro na outra sala. Eles se acalmaram depois de uma rodada de gemidos altos, chamando pelos nomes um do outro. Meus sentidos estavam aguçados, e minha preocupação voltou com a possibilidade de ela estar machucada.

Mas a porta se abriu alguns minutos depois para revelar suas bochechas rosadas e um estranho tipo de fúria em sua expressão.

Endireitei a coluna. *O que o Alfa fez?* Mas ele apareceu logo atrás com uma expressão de preocupação enquanto ela se dirigia direto para o macho Beta na mesa.

— Você sabia? — ela exigiu, fazendo com que todos ficassem quietos. Meu coração acelerou e a preocupação engrossou meu sangue com suas manobras ousadas. Mas tudo o que seu Alfa fez foi ficar atrás dela como uma sombra protetora, observando a situação e todos os outros na mesa. — Você sabia? — ela repetiu quando o Beta não respondeu.

— Sabia o quê? — ele finalmente perguntou.

— Esse Ludvig é meu tio — ela respondeu com os dentes cerrados.

Sven enrijeceu visivelmente ao meu lado, e seu ronronar vacilou por meio segundo antes de ele colocar a mão no meu braço e recuperar o controle de suas reações. Seu olhar foi para o pai, depois de volta para a Ômega e de volta para o pai novamente.

Mas ela e o Beta já estavam conversando. Ele confirmou saber sobre seus laços familiares com o Território Nórdico, então a questão mudou para quem mais sabia, e as tensões aumentaram a partir daí.

Me aconcheguei a Sven enquanto Alfa Kazek se envolvia na discussão, sua aversão pelo Beta era evidente.

Pelo menos, até o Beta dizer algumas palavras sobre sua utilidade para o outro homem.

Então as coisas começaram a se acalmar e observei confusa enquanto todos relaxavam ao redor da mesa.

Após vários minutos de conversa, cheguei a uma conclusão significativa: aqui não era nada parecido com o Território Bariloche.

Os Alfas aqui estavam no controle, mas eram atenciosos. E pelo que observei de Alfa Kazek e Alfa Ludvig, eles também tinham consideração por suas companheiras.

Winter parou na frente de Alfa Kazek em determinado momento, sussurrando seu nome para acalmá-lo, e ele imediatamente se derreteu por ela. Apesar da conversa ter sido sobre o Beta ter tocado nela anteriormente. E a conversa anterior foi sobre como Beta e outros falharam com ela, o que significava que o Alfa já estava irritado. Mas um comentário de sua Ômega e ele suavizou. Então a conversa se intensificou mais uma vez quando Alfa Kazek avisou ao Beta para nunca mais tocá-la.

E Winter respondeu:

— Abraços são permitidos.

Alfa Kazek respondeu com uma resposta à qual ela rapidamente se opôs, colocando-os em um impasse diferente de qualquer outro que já testemunhei entre uma Ômega e um Alfa.

Ômegas se curvavam.

Alfas governavam.

Mas esse não era o caso. Ele assentiu, concordando, cedendo a ela, fazendo com que eu entreabrisse os lábios em choque.

Ele a beijou, assim como Sven gostava de me beijar, e a abraçou antes de se virar para a mesa.

— Você serve — o Beta disse, que descobri que se chamava Grum.

— E havia alguma dúvida? — Alfa Kazek perguntou.

— Sim. Milhares — Grum respondeu antes de se virar para a mesa. — Agora vamos falar sobre derrubar a Rainha dos Espelhos ou continuar com a postura? Porque estou cansado de me curvar para aquela vadia.

Olhei boquiaberta para ele antes de estudar Winter e Kazek novamente. Minha loba ficou profundamente intrigada com sua dinâmica única.

Mas, ao considerar a mesa, percebi que não era tão único, porque Alfa Ludvig agia igual com a mulher ao lado dele.

A mãe de Sven, imaginei, seu cheiro familiar por causa do

vestido que eu usava. Ela tinha lindos cabelos loiros e olhos azuis, assim como Alfa Sven e Alfa Ludvig. Pele clara também. E suas feições élficas lhe davam um apelo gentil, enquanto sua estatura baixa era muito Ômega.

Ela captou meu olhar do outro lado da mesa e me deu um sorrisinho.

Tentei retribuir, mas minha boca recusou.

Então pisquei e tentei falar através dos meus olhos.

Ela pareceu entender, porque inclinou um pouco a cabeça e assentiu de leve, antes de sussurrar algo no ouvido de Alfa Ludvig. Todo o seu foco imediatamente foi para ela, como se o resto da sala não existisse enquanto ele ouvia o que ela tinha a dizer.

Eu não ouvi, optei por olhar para Sven. Mas ele estava observando os pais com atenção.

Alfa Kazek e Alfa Enrique começaram a discutir planos para um retorno ao Território Winter e Alfa Kazek reivindicar seu trono de direito. Como Snow Frost era a princesa e herdeira direta de sua complicada hierarquia, isso fazia de Alfa Kazek o proverbial Rei do Território de Inverno.

Eu não tinha certeza de como a política funcionava porque era um Território diferente do meu, mas entendi as implicações do conceito: Alfa Kazek pretendia desafiar Alfa Vanessa pela liderança do Território.

E ele estava exigindo a ajuda de Alfa Enrique.

Eu não tinha certeza de onde isso me deixava, mas não parecia ser um item de discussão.

No entanto, Sven me tornou um, seu dever ficou claro enquanto os outros Alfas falavam.

— Ele é o melhor piloto deste lado do globo — Alfa Kazek insistiu. — Ele nos levará de avião.

— Claro — Sven falou. — Me ofereça para o serviço.

Alfa Kazek bufou.

— Não me faça levá-lo de volta para Copenhague, Mick.

Sven grunhiu, mas foi um som divertido, não irritado.

— Me deixe em outro ninho, Kaz. Se atreva.

— Estou severamente tentado — o Alfa respondeu. — Porque aparentemente você esqueceu seu lugar.

Sven revirou os olhos.

— Apenas me diga quando e onde.

— E agora você está de volta aos trilhos. Veja isso — Alfa Kazek elogiou, ganhando outro som divertido de Sven.

Ele se inclinou para mim e beijou minha têmpora, depois olhou para seus pais.

— Eu concordo com sua ideia, mãe.

— Uau, eu o ensinei a não escutar, não foi? — ela perguntou, com tom chocado, mas maternal ao mesmo tempo.

— Tenho certeza de que você ensinou a ele o contrário, amor — Alfa Ludvig murmurou. — Afinal, foi você quem o apresentou à porta do meu escritório.

Seus olhos se arregalaram em choque.

— Eu nunca...

Ele riu e acariciou sua bochecha antes de pressionar os lábios em sua orelha. O que quer que ele tenha dito fez com que suas bochechas corassem e Sven gemesse ao meu lado.

— E é assim que se ensina nosso filho a não escutar, Mila — ele disse, alto o suficiente para eu ouvir.

— Vamos embora agora — Sven anunciou, se levantando de forma abrupta.

Alfa Enrique se moveu como se fosse segui-lo, mas um rosnado baixo de Alfa Kazek o manteve sentado.

— Preciso saber das suas intenções com ela.

— Você não precisa saber de nada — Sven rebateu. — Mas se for útil nesta viagem com Kaz, posso esclarecer.

— Vim negociar a libertação dela — Alfa Enrique disse com um rosnado baixo.

— Não, você veio garantir que ela estava bem, o que nós mais do que provamos a você. — Sven deslizou a cadeira para dentro da mesa e olhou para Alfa Enrique. — Você pede a liberdade dela para ir para onde, exatamente? Território de Inverno? Ela vai mesmo estar mais segura lá do que já está aqui?

— Ela estará, com Alfa Kazek no trono — Alfa Enrique murmurou.

— Sim. Mas ele ainda não está no trono. Então o que você quer? — Sven pressionou. — Você está sugerindo que Kari nos acompanhe na missão de recuperar o Território de Inverno? Porque posso dizer agora mesmo que me recuso a deixar isso acontecer.

A mandíbula de Alfa Enrique endureceu.

— Você fala como se fosse o dono dela.

— Ela é minha — Sven respondeu sem perder o ritmo. — Então vou te contar o que vai acontecer. A Kari vai permanecer aqui com minha mãe, onde ela está segura, e se você for útil para mim, posso permitir que a veja novamente no futuro. Essa é minha única oferta. É pegar ou largar. Porque não vou negociar.

Meus lábios ameaçaram se curvar, minha falta de escolha em tudo isso incomodava *minha mente.*

Desde quando me importo com meu direito de escolha? Nunca tive permissão para decidir nada por mim mesma. Por que isso deveria ser diferente?

Porque ele deveria ser diferente.

E ainda assim... eu escolheria fazer algo diferente?

Tentei balançar a cabeça para clareá-la, os pensamentos turbulentos me deixavam tonta.

Parte de ser Ômega era permitir que os Alfas tomassem decisões em seu nome. E parte de ser companheira era confiar em seu Alfa para fazer as escolhas certas.

Tudo o que Sven acabou de dizer era exatamente o que eu iria querer para mim de qualquer maneira, então por que me incomodar com ele falar isso sem conversar comigo primeiro?

Tensionei a mandíbula um pouco, minha mente ficou confusa com estranhas hipóteses que eu nunca considerei antes.

Eu as esmaguei, me concentrando nos dois Alfas ao meu lado.

Alfa Enrique olhou feio para Sven, mas percebi um lampejo de derrota em sua expressão. Ele sabia que Sven estava certo, assim como eu.

Porém, não fiquei animada com a ideia da partida de Sven. O que eles estavam planejando parecia perigoso.

O que me deixou pensando: *o que vai acontecer comigo se ele não voltar?*

CAPÍTULO 22
SVEN

Kari explorou meu apartamento de dois quartos descalça, os dedos dos pés afundando no carpete a cada passo.

Ela começou na sala de estar, roçou os dedos no estofamento de camurça do sofá e cadeira antes de apreciar a vista da floresta através da parede de vidro. Uma varanda ladeava o exterior e podia ser acessada por um par de portas duplas, mas ela as contornou e entrou na área de jantar adjacente e na cozinha mais além.

Seus olhos percorreram o bloco de facas antes de voltarem seu olhar para mim por cima do ombro, me desafiando a dizer algo.

Não disse nada.

Mas se ela tentasse tocar em uma, eu diria.

Ela circulou a ilha central e saiu da área da cozinha para explorar o corredor dos fundos da sala de estar.

Isso levou primeiro ao meu escritório.

Depois para um quarto de hóspedes.

E finalmente para o meu quarto.

Ela espiou os dois primeiros antes de entrar no último.

Sua loba parecia estar liderando seus movimentos, levando-a primeiro para a cama para um teste de cheiro antes de entrar no banheiro e no *closet*.

Me encostei nas portas duplas que separavam o quarto da área do banheiro e esperei por ela.

Ouvi um farfalhar de tecido, seguido pelo abrir e fechar das gavetas da cômoda.

Zíper.

Arqueei a sobrancelha, intrigado com o que quer que ela estava fazendo.

Então abri a boca quando ela saiu vestindo uma das minhas camisetas brancas.

E nada mais.

Ela passou por mim com uma pilha de roupas sujas e foi para a cama como se estivesse em transe.

Não a interrompi, intrigado com a Ômega em ação. Ela subiu na cama e se mexeu, encontrando um lugar que mais gostava, e começou a tirar os lençóis do caminho e a criar uma parede improvisada.

Acho que isso significa que ela aprova construir um ninho aqui, pensei comigo mesmo.

Ela trabalhou em silêncio e com concentração resoluta enquanto movia tudo para onde precisava. Fiquei completamente imóvel, mesmo enquanto ela se aproximava de mim para entrar no banheiro e pegar algumas toalhas e lençóis.

Suas pequenas mãos se moviam com uma precisão que agradava meu lobo interior, seus instintos eram um espetáculo para ser visto. *Tão bonita. Magnífica. Definitivamente minha.*

Ficaria contente em observá-la fazer isso a noite toda, mas ela finalmente diminuiu o ritmo, mudando apenas alguns itens de cada vez, e se deitou como se quisesse testar o espaço.

Prendi a respiração, esperando para ver se ela me convidaria para entrar.

No entanto, ela apareceu de volta com uma carranca e semicerrou os olhos azuis em minha direção.

Estava na ponta da língua perguntar o que ela precisava, mas ela saiu do ninho e caminhou em minha direção com um propósito em mente. Um ronronar zumbiu em meu peito enquanto ela desabotoava meu paletó e o levava para o armário. Ela voltou menos de um minuto depois para desabotoar a camisa, seus dedos ágeis puxaram o tecido pelos meus braços antes de agarrá-lo contra o próprio peito e inspirar profundamente.

Um som satisfeito ecoou enquanto ela o levava para o ninho.

Tirei os sapatos, fazendo com que ela olhasse por cima do ombro, com uma expressão de censura.

Então os empurrei de maneira casual para o lado enquanto ela observava, e me encostei na porta mais uma vez, esperando seu próximo movimento.

Kari me estudou por um longo momento, como se quisesse garantir que eu não faria mais nada. Seus lábios torceram um pouco para o lado antes de ela voltar aos seus esforços na cama.

Lutei contra a vontade de sorrir, sua loba não apenas estava no comando, mas também com um humor autoritário. Eu permitiria. Por agora.

Assim que ela terminou seus cuidados, voltou para pegar minha calça. O calor chiava em minhas veias enquanto eu permanecia imóvel por ela. Meu corpo reagiu naturalmente à sua proximidade, meu pau pulsou de necessidade, mas não fiz nenhuma tentativa de tocá-la.

Eu a deixei liderar.

Observei enquanto ela colocava minha calça na parede de seu ninho.

E respirei fundo quando ela se virou para me examinar da cabeça aos pés. Kari mordiscou o lábio inferior enquanto considerava minha virilha, dilatando as narinas dilatando ao me ver.

— Eu... — Ela parou, engolindo em seco.

Esperei, sem querer pressioná-la.

Sua loba me espiou novamente, suas pupilas dilataram em resposta, e ela deu um passo à frente.

Então outro.

E outro.

Até que ela estava bem na minha frente de novo.

Foi preciso todo o meu autocontrole para não aproveitar o momento, agarrá-la e empurrá-la de volta para o ninho e abrir aquelas lindas coxas. Mas senti a importância deste momento ser dela.

Também me recusava a lhe causar dor.

Então esperei ansiosamente para ver o que ela faria a seguir.

As pontas dos dedos dela deslizaram sobre a leve camada de pelo na parte inferior do meu abdômen, seguindo a trilha até a boxer e enganchou o dedo no tecido. Meu estômago se apertou quando ela puxou, de maneira suave, para meu quadril.

Mordendo o lábio, ela puxou um pouco, colocou a outra mão no meu lado oposto para puxar o tecido pelas minhas coxas, e me despiu por completo. Ela jogou a roupa íntima no centro de seu ninho antes de dar um passo para trás, com os olhos em mim, me chamando para segui-la.

Me movi com ela, acompanhando seu passo, e parei quando chegamos à cama. Ela levantou um pedaço de tecido, me dizendo sem palavras para entrar em seu ninho.

Meu peito ronronou em aprovação quando entrei, meu lobo me disse para me deitar de costas para ela, bem em cima da cueca. Seus olhos me percorreram com interesse antes de se juntar a mim e arrumar os cobertores.

Ela parecia tão pequena aqui, quase frágil, mas quando ela montou em minhas coxas, percebi quanto poder ela possuía. Eu a queria com uma ferocidade à qual não podia me entregar, e foi preciso um esforço considerável para não agir. Principalmente quando seu centro liso se acomodou sobre minha excitação.

— Merda — murmurei, lutando contra a vontade de me arquear para ela.

A camiseta branca que ela vestia desapareceu, o tecido foi acrescentado à parede ao nosso redor e Kari começou a se mover. Foi hesitante no início, seu corpo conhecendo o meu e me beijando de maneira íntima. Então ela se inclinou para beijar meu pescoço, sua língua escorregou para provar minha pele.

Agarrei seu cabelo, precisando tocá-la, abraçá-la, me distrair antes de virá-la e transar com ela.

Contive a vontade, me lembrando da sua reação mais cedo, imaginando seu rosto e a agonia de suas feições. Foi o suficiente para me manter sob controle, mas não o suficiente para dissuadir meu humor. Porque eu a queria. Minha Ômega. Minha companheira pretendida.

— Preciso de mais — ela sussurrou, lambendo meu pescoço enquanto começava a descer. — Preciso do seu sêmen.

Meu aperto aumentou em seu cabelo e minha mão oposta se apoiou na cama. Porque, *puta merda*, isso me matou. Ela desistiu do controle total para sua loba, seguindo apenas o instinto. E agora, ela queria realçar seu ninho.

Comigo.

Eu estava tão duro e pronto para ela fazer exatamente

isso, mas não conseguiria dar o nó nela. Eu não conseguiria fazê-la gozar. Eu mal conseguia tocá-la.

E essa constatação ameaçou me estrangular.

Eu estava tão perdido que mal a notei fazer uma trilha de beijos para baixo, e foi só quando sua boca se fechou sobre a cabeça do meu pau que percebi o que ela pretendia fazer comigo.

— Kari — sussurrei com reverência, arqueando em sua boca enquanto ela me levava profundamente sem qualquer aviso. Sua mão envolveu minha base, seus dedos encontrando meu nó e o massagearam de uma forma que fez minhas bolas apertarem de expectativa.

Esta Ômega era mágica.

Esta mulher, um enigma.

Esta fêmea... *tão minha.*

Gemi quando ela passou os dentes pela parte inferior do meu pau, sua loba estava garantindo que eu soubesse que ela estava no comando agora. Isso fez minha besta interior rosnar em resposta, seu desejo de dominar me invadiu com força.

Mas tive que deixá-la fazer isso.

Eu tinha que ficar quieto para minha Ômega.

Deixá-la guiar. Deixá-la aprender. Deixá-la...

Puta merda.

Ela girou a língua ao meu redor com uma habilidade que senti em minha alma, minhas veias inflamaram com uma fúria que quase desfez cada grama da minha determinação.

— *Kari.* — O nome dela saiu da minha boca em um som rosnado, sublinhado em um forte ronronar de aprovação que a fez repetir o movimento.

Olhei para baixo e encontrei seus olhos em mim, uma pontada de admiração em seu olhar que destacou meu novo apelido para ela.

Ela realmente era uma *pequena maravilha*. Tão única. Tão bonita. Tão *habilidosa*.

Ela sabia exatamente quando apertar, quando chupar, quando lamber, quando usar os dentes e quando engolir.

Me arqueei, incapaz de me conter, apertando seu cabelo com os dedos. Ela não reclamou, apenas continuou movendo a cabeça e forçando o clímax de mim.

Cada aperto de seus dedos contra meu nó garantiu que seria um orgasmo muito maior, seus instintos Ômega sabiam que eu a presentearia com o máximo de sêmen possível, sem me alojar totalmente dentro dela.

Eu não conseguia dar um nó em sua garganta.

Apenas em sua boceta.

E eu queria fazer isso mais do que qualquer coisa agora. Sua suavidade adoçou o ar, provocando meus instintos e me implorando para comer o que era meu.

Não, pensei, gemendo de necessidade. *Não. Sem nó. Sem reivindicação. Não... puta merda!*

Meu peito vibrou com o som, tanto ronronando quanto rosnando, meu lobo exigindo o que lhe era devido, enquanto Kari me empurrava de um penhasco com sua boca muito habilidosa.

Uma explosão me atingiu, inesperada e totalmente descontrolada, enquanto eu me esvaziava em sua língua doce e torturante.

Ela me empurrou mais fundo em sua garganta, tomando tudo, seus dedos acariciavam em meu nó para prolongar minha tortura sensual.

Eu não conseguia parar de gozar.

E ela não parou de engolir.

Parecia continuar... e continuar... e continuar... uma semana de frustração sexual e necessidade de gozar dentro dela repetidamente enquanto meus músculos contraíam e meu lobo subia para outro estado de ser.

Tudo ao meu redor estava nebuloso, minha mente perdida em um estranho tipo de ápice ao qual nenhuma mulher jamais foi capaz de me levar.

Mas uma lágrima suave e quente me atraiu de volta para a mulher entre minhas coxas.

Ela continuou a me ordenhar, a garganta e os dedos se movendo, mesmo enquanto a agonia de engolir tanto de mim tensionava suas feições.

Reagi por instinto, arrancando-a do meu pau e puxando-a para mim enquanto eu continuava a gozar de prazer desenfreado.

Ela me olhou boquiaberta, a confusão substituiu sua tensão, e eu a coloquei debaixo de mim, deslizando meu pau em sua umidade em uma carícia sensual que me permitiu continuar meu clímax, mas na minha fêmea. Sua umidade se acumulou com meu esperma, criando um fluido sensual que pintou nossos corpos intimamente com o cheiro de sexo e necessidade.

Kari se arqueou e um gemido escapou de sua garganta enquanto a essência lhe fornecia um estranho tipo de alimento.

Então eu a beijei para lhe dar outra coisa que ela obviamente precisava: adoração.

Ela fez tudo isso por minha causa, levando meu prazer ao ponto de uma clara agonia, engolindo quando ela não conseguia nem respirar, e teria ficado assim se eu tivesse deixado. Provavelmente porque algum Alfa a ensinou a continuar tomando até ele terminar.

Mas eu não era esse tipo de Alfa.

Eu era *seu* Alfa. Se tratava de nós como uma unidade, não de mim como homem.

Senti meu sabor em sua língua, assim como a essência salgada das lágrimas, e mostrei a ela com a boca o que seríamos juntos.

Ela envolveu meus ombros, seu corpo pequeno amorteceu o meu no ninho enquanto eu dava, recebia e dava um pouco mais.

Sem os dedos dela no meu nó, meu prazer finalmente diminuiu, nos deixando encharcados de paixão e batizando oficialmente nosso ninho compartilhado.

Este seria o espaço dela agora, assim como o meu, e se eu fizesse as coisas do meu jeito, ela nunca iria embora.

Exceto que eu teria que deixá-la logo para ajudar Kaz com o problema no norte. Jurei silenciosamente voltar correndo para Kari e nosso novo refúgio. Se ela entendeu ou não, eu não tinha certeza. Mas teria alguns dias para garantir que a mensagem fosse recebida.

E depois seguiríamos para o Território Andorra.

Supondo que meu irmão mais velho soubesse como ajudar.

PARTE DOIS

Território Andorra

CAPÍTULO 23
SVEN

KARI SE SENTOU ao meu lado, com a atenção voltada para as janelas ao nosso redor. Quando perguntei se ela queria se juntar a mim na cabine do avião, ela hesitou e depois assentiu. Parecia uma boa maneira de distraí-la da viagem que tínhamos pela frente.

Depois de uma semana ajudando Kaz com a situação do Território de Inverno e passando inúmeras horas coordenando planos com meu irmão, Kari e eu finalmente estávamos a caminho do Território Andorra. Os médicos de lá já revisaram as radiografias iniciais e estavam preparando uma equipe para nossa chegada. Ainda não tínhamos ideia se operar era plausível, mas sem uma avaliação pessoal era impossível dizer.

O dr. Palmer achava que era uma causa perdida.

Mas ele não era o melhor neste campo de estudo.

A dra. Riley era. Como Ômega e médica com mais de cem anos de experiência, era ela quem eu queria que avaliasse Kari. Mais ninguém.

Ainda não contei a Kari sobre ela, principalmente porque não passamos muito tempo conversando desde que a apresentei a minha casa.

Tudo entre nós se tornou instintivo com suas escolhas sendo conduzidas por sua loba. Ela preferia permanecer dentro ou perto de seu ninho durante todo o dia, me puxando para perto na maioria das noites para acariciar e lamber cada centímetro do meu corpo. Eu não reclamava, pois gostei bastante da mudança dos acontecimentos. Parecia natural, exceto pela minha incapacidade de dar o nó adequado e agradá-la em troca.

A única noite que alterou nossos planos foi aquela que passei no Território de Inverno com Kaz e os outros. Foi uma viagem eficiente e sangrenta, mas terminou com Kaz e Winter em seus tronos de direito.

Consegui voltar nas primeiras horas da manhã seguinte e, quando cheguei, encontrei Kari enrolada como uma bola fofa no sofá da suíte dos meus pais. Minha mãe queria passar algum tempo com ela, e meu pai passou a noite em outro lugar para dar privacidade a elas.

Infelizmente, Kari não falou muito, preferindo permanecer em forma de loba na sala enquanto esperava meu retorno.

Minha mãe suspeitava que fosse sua resposta ao medo de eu não voltar. O que explicava sua reação excessivamente zelosa quando fui procurá-la.

Assim que voltamos ao ninho, ela voltou à forma humana e quase arrancou as roupas do meu corpo antes de exigir que eu me deitasse. Ela nem me deu chance de tomar banho, sua necessidade de se familiarizar com meu cheiro era muito forte.

Fiz exatamente o que ela queria e a abracei o dia todo.

Quando eu disse a ela que iríamos para o Território

Andorra hoje, ela apenas assentiu. Sem perguntas. Nenhuma preocupação óbvia. Apenas uma espécie de aceitação sombria.

Eu não conseguia entender o que se passava na cabeça dela. Suas emoções naquele momento eram uma mistura de contentamento e preocupação. Ela não se esquivava mais do meu toque... na verdade, parecia procurar conforto agora, e me chamou de *Sven* nas poucas vezes em que falou comigo.

— Você tem experiência com aviões? — perguntei a ela, tentando iniciar uma conversa. Por mais que eu gostasse de seu animal estar no controle de suas ações, sentia falta de sua voz. E queria saber o que ela estava pensando agora que a deixava feliz e preocupada ao mesmo tempo.

Ela balançou a cabeça.

— Apenas aquele voo do Território Bariloche ao Território de Inverno, e depois do Território de Inverno ao Território Nórdico.

Assenti. Não foi a pergunta mais brilhante, considerando sua educação e status de escrava, mas pelo menos ela pronunciou uma frase.

— O que está achando agora? — perguntei, apontando para as nuvens e o céu azul.

Escolhemos um dia bastante bonito para viajar, o que nos deu um caminho livre até Andorra. Claro, isso foi proposital da minha parte. As previsões meteorológicas para o resto da semana não eram boas, então pressionei Ander para que nos deixasse ir hoje, em vez de na próxima segunda-feira, como discutido originalmente.

— É muito libertador — ela disse baixinho. — Mas acho sua capacidade de pilotar mais interessante.

Sorri.

— Eu adoro voar. Quase tanto quanto adoro correr com meu lobo.

Olhei para ela antes de me concentrar novamente em minha tarefa. Com ela na cabine ao meu lado, eu estava sendo extremamente vigilante e cuidadoso aqui. Não queria arriscar que algo acontecesse a ela. Mas não havia ninguém em quem confiasse mais para a tarefa de pilotar do que eu mesmo.

— Opero aviões desde os nove anos — acrescentei. Era minha paixão quando criança. Meu pai me colocou em contato com o principal especialista em aviação do bando, e o resto era história. — Terei que te apresentar a Alfa Garland algum dia. Ele é um velho general do Território Nórdico que adora voar tanto quanto eu. Me ensinou tudo o que sei também.

— Por que você quer que eu o conheça? — ela perguntou com cautela.

— Porque ele é importante para mim — expliquei. — Não porque eu espere que você esteja disponível para ele. — A última parte adicionei por instinto, porque suspeitei que a mente dela tivesse fugido para um lugar perigoso com a menção de outro Alfa. — Também vou te apresentar à companheira dele, Jacy. Ela também gosta de voar. Na verdade, eles se conheceram em um exército humano, mas não consigo lembrar qual. Mas tem algo a ver com voar.

— Exército humano?

— Sim, na era pré-infectada. — Dei de ombros. — Não sei muito sobre isso além dos filmes que vi do estoque de Kaz e de alguns livros ocasionais.

— Filmes?

— Filmes — repeti, olhando para ela de lado. Ela estava com uma carranca fofa marcando a testa, e aquele ar de preocupação parecia ter desaparecido. — Vou te mostrar algum dia. Quando voltarmos ao Território Nórdico e presumindo que Kaz deixe algumas de suas coisas para trás.

Ela estudou meu perfil por um momento, me fazendo esperar para falar mais. Tinha algo que ela queria perguntar. Eu podia sentir isso dentro de mim.

Vá em frente, pequena maravilha, eu queria dizer. *Expresse seus pensamentos para mim.*

— É... esse é o plano? — ela perguntou baixinho. — Retornar ao Território Nórdico? Juntos? — Quase perdi a última palavra, seu tom era tão baixo, que os motores quase a abafaram.

Mas percebi a hesitação em seu tom e o leve arrepio quando ela finalmente expressou um pensamento interior para que eu o devorasse.

Ela está preocupada que eu planeje ir embora sem ela, percebi. Provavelmente porque não discutimos em detalhes o que estava para acontecer. E agora que ela estava longe de seu ninho, a realidade da nossa situação em mudança estava se instalando ao seu redor de uma forma desconfortável.

Meu lobo me incentivou a tranquilizá-la, a puxá-la em meus braços e ronronar para ela. Mas não poderia fazer isso enquanto operava o avião. O que significava que eu tinha que falar e esperar que ela confiasse em minhas palavras.

— Estamos nisso juntos, pequena maravilha — prometi a ela. — Vamos ver o que a dra. Riley pensa e seguir daí. Meu irmão providenciou para que fiquemos o tempo que precisarmos. E quando terminarmos, voltaremos juntos para o Território Nórdico.

Estendi a mão através do pequeno espaço entre nós para apertar sua coxa, precisando que ela sentisse fisicamente a promessa em minhas palavras. Ela não fez careta nem estremeceu, apenas colocou a pequena palma sobre a minha e a apertou de leve.

— Certo — ela respondeu, a única palavra fez minha respiração falhar.

Isso significa que ela acredita em mim? Que ela está concordando em ter um pouco de fé em mim? Meu coração aqueceu com os pensamentos, e afastei meu toque de sua perna para me concentrar nos controles mais uma vez.

Estávamos quase lá, o que significava que eu precisava começar a me preparar para entrar na cúpula do Território Andorra. Expliquei a ela um pouco da atmosfera de alta tecnologia enquanto avançávamos, contei como o Território do meu irmão era o mais avançado do mundo, pelo menos em termos de lobos do X-Clan, e como ele compartilhou muito de sua tecnologia com meu pai.

— Mas não criamos uma cúpula — concluí, apontando para a esfera de vidro à espreita à frente. — Não é necessário, porque temos a água como fronteira de um lado. Mas desenvolvemos algumas barreiras com tecnologia de sonar em torno de outras fronteiras para impedir que os Infectados a cruzem. E também temos patrulhas noturnas.

Com o Território Andorra situado no meio da montanha, a proteção adicional era muito necessária. Havia numerosos ninhos nas cidades próximas, e aqueles filhos da puta estavam famintos por carne fresca. Eles viajavam centenas de quilômetros para comer, inclusive atravessando terrenos acidentados como as calotas polares ao nosso redor.

Kari permaneceu em silêncio por um momento antes de dizer:

— Alfa Carlos tem um poço de criaturas infectadas no

Território Bariloche. Ele joga os lobos que se comportam mal lá.

Empalideci.

— *O quê?*

Ela estremeceu e imediatamente agarrei sua coxa.

— Desculpe, Kari. Isso é... isso é tão errado... eu reagi de maneira instintiva.

— Então não há fossos de punição no Território Nórdico. — Ela não formulou isso como uma pergunta, mas sim como uma declaração de alívio.

— Não acho que isso exista em nenhum Território do X-Clan. — Exceto, aparentemente, no Território Bariloche. — Alfa Carlos precisa ser sacrificado. — Um Alfa como esse não deveria poder respirar, muito menos liderar.

Ela não respondeu, apenas olhou para a cúpula à nossa frente.

— Como entramos? — ela sussurrou com um leve tremor em seu tom.

Permiti que a distração acalmasse minha raiva temporária e contei a ela como funcionava a abertura. Em seguida, me comuniquei pelo rádio para avisar a um dos agentes da torre que estava em minha abordagem final.

A cúpula começou a se mover, criando um espaço no topo para que eu voasse e pudesse chegar ao campo de aviação. Kari não disse nada, mas senti que ela estava maravilhada com a forma como tudo funcionava. Então ela estendeu a mão para minha coxa, e cravou os dedos no jeans preto quando pousamos segundos depois.

— Os aviões antigos costumavam acelerar em pistas longas — comentei, enquanto gesticulava para uma pista ao nosso lado. — Mas esses novos jatos funcionam como foguetes, disparando para cima e descem de maneira semelhante. Isso torna as decolagens e pousos fáceis. Pelo menos para mim.

Ela me olhou de lado.

— Você é um piloto muito habilidoso.

Meu peito ameaçou inchar de orgulho com o elogio. Embora eu suspeitasse que Kari nem percebeu que suas palavras seriam interpretadas dessa maneira, porque ela as pronunciou como um fato, não como um elogio.

— Pronta para conhecer meu irmão? — perguntei ao colocar todos os controles no lugar para manter o avião estável e estacionado de maneira adequada.

Ela não respondeu.

— Ele é intimidante — admiti e coloquei sua mão em minha coxa. — Mas não vai te machucar. Ele irá te proteger.

— Por quê?

— Porque você é preciosa — falei baixinho. — O Território Andorra não tem muitas Ómegas. Eles as adoram aqui. Você verá o que quero dizer quando conhecer a companheira dele. — Levei meu toque até seu queixo e inclinei seu rosto em minha direção. — Lembra da Ômega ruiva da foto? A sorridente?

Ela deu um pequeno aceno de cabeça.

— Aquela é a companheira dele, Katriana. E você também conhecerá a dra. Riley.

Ela franziu a testa.

— Outra companheira? Do seu irmão?

Eu sorri.

— De jeito nenhum. A dra. Riley é uma Ômega e foi reivindicada pelo Jonas.

Ela arregalou os olhos.

— Uma médica Ômega? Como a Quinn?

Agora foi minha vez de franzir a testa.

— Quem é Quinn?

Ela me considerou por um momento, como se estivesse debatendo se deveria ou não dizer mais alguma coisa. Quase parecia que ela estava com medo de se explicar, ou talvez tenha ficado surpresa por ter mencionado o nome.

— Quem é Quinn, Kari? — repeti a pergunta, desta vez com uma pontada de exigência. Não queria que ela parasse de falar comigo agora, não depois de todo o progresso que fizemos.

— Uma Ômega de casa — ela sussurrou. — Ela tem poderes de cura, mas Alfa Carlos não sabe. Ela ajuda os outros.

Arqueei as sobrancelhas.

— Poderes de cura, como se ela soubesse medicina?

Ela balançou a cabeça.

— Não, como mágica. O toque dela... *cura*.

— E ela é uma loba do X-Clan?

Kari balançou a cabeça de novo.

— V-Clan.

O choque fez meu corpo estremecer.

— Alfa Carlos tem uma Ômega do V-Clan? — *Puta merda...* — *Como?* — Elas eram incrivelmente raras, pois a existência do V-Clan foi severamente impactada pela era Infectada. A maioria dos que restaram vivia em colônias altamente protegidas em ilhas no Círculo Polar Ártico. E estavam frequentemente em desacordo com os vampiros na área da Groenlândia por causa da necessidade compartilhada de sangue humano.

— Ele tem todos os tipos de Ômegas — Kari respondeu. — Lobas Ash, X-Clan, V-Clan, até mesmo algumas não-lobas. Ele as coleciona.

Cerrei o queixo com a maneira casual com que ela disse isso, como se fosse natural manter um clã de escravas Ômega. Mas para ela, era normal. Porque ela viveu isso. E viu isso novamente com Vanessa no Território de Inverno, com seu relutante harém de machos Ômega. Alana ficou com Kaz especificamente para ajudar aqueles lobos usados e abusados. Suspeitei que ela poderia acabar acasalando com um, mas apenas se um deles a escolhesse. Ou talvez todos o fizessem.

Independentemente disso, eles estavam seguros.

Enquanto isso, as escravas do Território Bariloche eram exatamente o oposto.

— Quantas Ômegas Carlos tem? — perguntei, perdendo completamente de vista o que deveríamos estar fazendo agora. Ela capturou todo o meu foco com esta linha de discussão.

— Muitas — ela respondeu baixinho. — Algumas estão acasaladas. Outras, não.

— Todas são... estéreis?

Ela balançou a cabeça.

— Não. Só eu.

Eu queria ficar aliviado, mas de alguma forma, isso só piorou a condição dela.

— As outras podem ter companheiros — ela acrescentou, mais para si mesma do que para mim.

— Você poderá ter um em breve — eu disse, certo disso. — E esse companheiro serei eu.

Ela não respondeu, apenas mordeu a bochecha e assentiu de leve.

Eu teria dado qualquer coisa naquele momento para ouvir seus pensamentos, mas ela os interrompeu novamente, exibindo um comportamento calmo mais uma vez.

Como já a pressionei para me dar informações sobre o Território Bariloche, não tentei arrancar mais palavras dela agora. Em vez disso, estendi a mão para desafivelá-la da cadeira do copiloto e depois soltei meu cinto.

— Se você se sentir sobrecarregada a qualquer

momento, aperte a minha mão — eu disse a ela enquanto entrelaçava nossos dedos. — Vou pausar o que estivermos fazendo para ter certeza de que você está bem. Certo?

Ela deu outro daqueles acenos de cabeça, que traduzi como um pouco evasivo. No entanto, permiti isso por enquanto. Eu só teria que monitorar sua respiração e frequência cardíaca e partir daí.

CAPÍTULO 24
KARI

Território Andorra

O QUE VAI ACONTECER se eles não conseguirem me recuperar?, me perguntei pela milésima vez. Queria perguntar a Sven, mas estava com medo da resposta dele. Era óbvio que ele queria uma companheira. Então, o que aconteceria comigo se eu não pudesse ser a dele?

Suas perguntas sobre o Território Bariloche e as Ômegas pintaram uma imagem inquietante em minha mente. Ele perguntou se eram estéreis, provavelmente porque estava pensando em usar uma delas como plano reserva.

Não gostei disso.

Queria ser o suficiente para ele, mas não era ingênua. Ele precisava de uma Ômega que pudesse dar o nó corretamente e, como nunca tentou fazer isso comigo, era obvio que não me achava digna disso na minha condição atual.

Porque ele não quer nos machucar, lembrei a mim mesma.

A menos que isso seja uma desculpa, uma voz sussurrou de

volta, e a incerteza nessas palavras me deixou desconfortável enquanto ele me conduzia para fora do avião.

Três Alfas estavam perto do pé da escada. Suas posturas eram intimidantes e me fizeram apertar a mão de Sven de maneira instintiva. Ele fez uma pausa imediatamente, e seu olhar encontrou o meu. — Eles não vão te machucar.

Engoli em seco, sem saber o que dizer. Foi uma resposta natural à visão de três enormes predadores.

Sven me puxou para mais perto, e levou os lábios à minha orelha.

— O da esquerda, com cabelos escuros e olhos dourados vibrantes, é o meu irmão, Ander. O do meio, com pele clara e cabelos claros, é o Jonas, companheiro da dra. Riley. E o terceiro é o Elias, o segundo do meu irmão. Ele também está acasalado com uma Ômega chamada Daciana. Nenhum deles é uma ameaça para você. Prometo.

Eu queria dizer a ele que só porque um Alfa estava acasalado não significava que ele não pudesse ser uma ameaça para mim. Estive com eles o suficiente para saber. Mas minha loba exigia que eu confiasse em Sven para me manter segura. Se ele não achava que esta era uma situação perigosa, eu precisava acreditar.

Então assenti e afrouxei um pouco o aperto em sua mão.

Ele deu um beijo na minha têmpora e continuou descendo as escadas em um ritmo mais lento. Sua energia protetora me envolveu em uma onda calmante de calor, me mantendo aquecida apesar do ar frio, e fez meus ombros relaxarem um pouco mais.

— Eu disse que ele ainda parece um cachorrinho — um deles comentou.

— Cuidado, Elias, ou meu irmão pode desafiá-lo para sua posição como Segundo — o outro respondeu em um tom profundo que causou um arrepio na minha espinha. *Definitivamente um Território Alfa*, pensei, reconhecendo a aura de domínio que irradiava dele.

Aquele que falou primeiro, Elias, bufou.

— Eu o desafio a tentar.

— Não desejo viver nas montanhas — Sven respondeu. — Sua posição está segura. Mas me chame de cachorrinho de novo, e lutarei com você só para deixar as coisas claras.

— Ah, isso pode ser divertido — Elias respondeu. — Vamos marcar?

— Então eu posso acabar com você? Claro — Sven concordou. — Desde que o Ander não se importe que seu Segundo fique fora de serviço por alguns dias.

O Alfa do Território grunhiu.

— Se ele for ingênuo o suficiente para te subestimar, então ele merece um castigo.

— Pessoa de pouca fé — Elias falou e levou a grande mão ao coração como se estivesse ferido pela conversa. — Talvez eu devesse renunciar à minha posição agora.

— Seu ego não vai permitir isso — Alfa Ander respondeu. Seu tom mantendo uma certa dureza. Ele não parecia zangado, apenas... frio. Como se ele sempre fosse assim, independentemente de quem estivesse ao seu redor. Isso me fez pensar como sua Ômega poderia ter sorrido naquela foto. Será que ele exigiu que ela fizesse isso?

— Jonas — Sven cumprimentou.

— Sven — o loiro respondeu em tom frio.

Alfa Ander suspirou.

— Ele não queria chatear sua companheira.

— Não muda o fato de que ele fez isso — Jonas respondeu de maneira brusca.

— Os raios-X? — Sven adivinhou.

— Sim. *Os* raios-X. — Alfa Jonas parecia furioso. — Ela está chorando há dois dias.

Sven estremeceu, mas foi seu irmão quem falou.

— Fui eu quem os deu a ela. Culpe a mim.

— Ah, eu culpo — Jonas respondeu em tom categórico. — Culpo mesmo. — O corpulento Alfa cruzou os braços, destacando mais o peito largo e musculoso. — Felizmente, ela está engajada no desafio e com a intenção de ajudar. — Seu comportamento pareceu suavizar um pouco quando sua atenção se voltou para mim. — Ela está ansiosa para te conhecer, Kari.

— Sim, ela queria estar aqui para cumprimentá-los, mas Joaquim mordeu o próprio rabo mais cedo — Alfa Ander disse e o tom de sua voz suavizou um pouco. — Kat insistiu que Riley analisasse o assunto com a máxima urgência.

— Ele o estava perseguindo? — Sven perguntou, seu tom divertido.

— Infelizmente — Alfa Ander murmurou. — Ele está ou perseguindo a si mesmo em círculos ou se comportando de maneira desafiadora comigo.

— É ele que tenho medo de me desafiar para meu papel como Segundo — Elias interveio, ganhando uma risada de Alfa Ander. — O garotinho adora lutar em sua forma de lobo.

— E morder — Alfa Ander acrescentou. — Estou feliz que tenha sido o próprio rabo e não o da Kat de novo.

— Ele mordeu a Kat? — Sven pareceu surpreso.

— Por acidente — Alfa Ander respondeu. — Ela nem sangrou, mas ele se sentiu mal e passou a noite abraçado a ela em nosso ninho. Mal havia espaço suficiente para eu me juntar a eles.

— E ainda assim você já criou outro com ela — Alfa Elias disse, divertido.

— Então ela está grávida — Sven falou, parecendo orgulhoso.

— Sim, é por isso que ela está reagindo de maneira exagerada ao ferimento na cauda dele — Alfa Ander resmungou. — Hormônios.

— Mas aqueles hormônios durante o sexo... — Alfa Elias parou e pigarreou. — A Daciana ainda não está grávida de novo, mas estará em breve. Com certeza, em breve.

Sven soltou minha mão para passar o braço ao meu redor, e foi quando percebi que essa conversa me fez tremer de frio.

Porque eu nunca seria uma Ômega sobre a qual Sven poderia falar assim.

Eu era infértil. Falha. Incapaz de dar a um Alfa a única coisa que ele desejaria: um herdeiro.

A conversa deles continuou, mas parei de ouvir. Minha mente assumiu o controle e empurrou meus instintos de loba para o fundo da minha psique. Ela me agarrou, exigindo se manter livre, guiar minhas ações, mas eu não queria ouvi-la agora. Eu precisava dessa dose de realidade para me lembrar por que Sven e eu nunca poderíamos ficar juntos.

A menos que ele encontre uma maneira de me recuperar.

Mas outro dia ouvi o dr. Palmer dizer a ele que isso era impossível. Foi por isso que permiti que minha loba assumisse o controle, devido a minha necessidade de me esconder atrás de sua esperança para continuar respirando.

Outro dia, percebi que, em algum momento, já comecei a contar com Sven. Vinha daquela parte minha que o considerava meu. Era uma ideia perigosa, porque ele não poderia ser meu... não neste estado.

E seria melhor me lembrar disso.

Essa paixão passageira seria apenas isso quando ele percebesse que eu era incapaz de ser o que ele queria.

— Kari — ele sussurrou em meu ouvido, me trazendo de volta para si e os outros Alfas. — Vamos entrar.

Assenti, entorpecida, sentindo minha espinha formigar com a consciência de estar cercada por machos dominantes. Eu podia sentir seus olhos em mim, a pena que irradiava deles era quase pior que a fome que eu normalmente sentia vinda de lobos de sua posição.

Os dedos de Sven entrelaçaram os meus novamente, apertando minha mão, que não retribuí, e eles me levaram em direção a um prédio feito de vidro. A arquitetura e os arredores me lembraram um pouco do Território Nórdico, com a neve, calçadas imaculadas emoldurando exteriores vítreos e linhas brancas limpas, mas o cenário das montanhas aqui era um pouco diferente.

Eu me perguntei como seria subir aqueles picos em forma de lobo.

Eu deslizaria? Cairia? Rolaria para a minha morte?

Minha estabilidade na forma de loba era, na melhor das hipóteses, fraca, principalmente porque não experimentei muita liberdade ao longo da vida. A caminhada com Sven outro dia no Território Nórdico foi uma das mais longas que tive. E nunca brinquei na neve daquele jeito também.

— Podemos explorar mais tarde, se você quiser — Sven ofereceu, seguindo meu olhar para as montanhas.

Olhei para ele com surpresa.

— Podemos sair da cúpula?

— Claro — ele respondeu. — As paredes de vidro servem para manter os infectados e outros convidados indesejados do lado de fora, e não para prender todos lá dentro.

266

— Oh. — Isso fazia sentido até certo ponto. — Mesmo Ômegas?

Alfa Ander se aproximou do meu lado oposto e disse:

— Ômegas andam com seus Alfas. Não porque não confiamos que elas saiam por conta própria, mas porque é da nossa natureza protegê-las. E há perigos nas montanhas que poderiam ferir nossas Ômegas, então nossos lobos exigem que corramos com elas.

— Daciana adora explorar — Alfa Elias acrescentou. — Corremos juntos quase todas as noites. Ou corríamos, até ela ter nossa filha. Agora, só corremos quando Jonas e Riley cuidam da pequena Brenna para nós.

— Brenna — repeti. — É um nome bonito.

— Sim — ele concordou. — Para uma lobinha muito linda.

Pisquei então, percebendo que acabei de falar com um Alfa que não era Sven. E que ele me respondeu... de maneira casual.

Minha loba me empurrou para o lado de Sven por instinto, precisando se lembrar a quem ela pertencia. Ele soltou minha mão para passar o braço em volta dos meus ombros.

Alfa Elias e Alfa Jonas se posicionaram na nossa frente para abrir a porta do prédio de vidro, nos levando para dentro.

A luz se acumulava no piso interno de mármore, criando uma série de raios de sol que pareciam aquecer o ar naturalmente. *Outro avanço tecnológico?*, me perguntei, sentindo o calor através do suéter e jeans.

Peguei as roupas emprestadas da mãe de Sven. Éramos semelhantes em tamanho, facilitando a adaptação de seu guarda-roupa. Mas ela era um pouco mais cheia do que eu, com curvas saudáveis. No entanto, notei ao experimentar as roupas dela que ganhei um pouco de peso enquanto estava com Sven, as refeições regulares fizeram com que meu corpo se curasse de uma forma que eu não percebi que poderia.

O homem nos levou a um conjunto de elevadores semelhantes aos que eu vi no Território Nórdico e digitou uma série de códigos.

Meu coração disparou quando as portas de metal se abriram e os três entraram, seguidos por mim e Sven.

Quatro Alfas.

Uma Ômega despedaçada.

Estremeci e Sven me puxou contra seu peito para me abraçar durante todo o passeio. Seu cheiro me cercou, me mantendo cativa e me protegendo dos outros.

Foi então que percebi que não conseguia sentir o cheiro deles.

Apenas de Sven.

Ele era um farol para minha loba, seu proverbial porto seguro, mesmo fora do nosso ninho, e tudo que eu podia fazer era me agarrar a ele.

Finalmente chegamos a um corredor branco com janelas de um lado e uma parede sólida do outro com portas de madeira clara espaçadas a cada vinte passos ou mais. Quando chegamos ao fim, Alfa Ander pressionou o pulso no relógio invisível de Sven, fazendo-o apitar.

— Achei que você poderia querer um espaço maior desta vez.

— Um upgrade?

— Ao contrário do que Elias quer acreditar, você não é mais um cachorrinho. E também tem uma companheira para cuidar. — Alfa Ander deu um tapinha nas costas de Sven, um gesto afetuoso de uma maneira que também parecia dominante. Eu não tinha certeza se entendi o significado, mas pareceu agradar Sven, porque ele sorriu.

— Obrigado — ele murmurou.

Alfa Ander assentiu.

— Conheça o espaço. Vamos nos reunir em três horas para jantar lá embaixo, para que Kari possa conhecer os outros.

Enrijeci. *Outros?*

— Kat também deixou algumas roupas para Kari — Alfa Ander acrescentou. — Caso ela queira emprestadas. Mas o jantar será informal, então não há necessidade de se trocar. — Ele baixou a voz enquanto murmurava: — Se precisar de algo mais, é só nos avisar, Kari. Queremos que você se sinta confortável aqui.

Eu não sabia como responder, então olhei para Sven.

— Nós te avisaremos — ele respondeu antes de acenar com a mão sobre a maçaneta da porta. Ele se destrancou e se moveu como magia, depois abriu com um sopro de ar. — Obrigado por sua hospitalidade.

— A qualquer hora — Alfa Ander respondeu, seguindo pelo corredor. Alfa Elias foi atrás dele, mas Alfa Jonas permaneceu por um instante.

Olhei para ele, querendo ler sua expressão, e o encontrei olhando diretamente para mim.

— Minha companheira é uma gênia. Se alguém pode te ajudar, é ela — ele disse com uma seriedade que senti profundamente.

Ele sustentou meu olhar, me forçando a olhar para baixo novamente em submissão.

Estremeci quando ele não se moveu nem falou, sem saber o que pretendia.

— Você é um bom lobo, Sven — ele disse depois de um instante. — Riley fará o seu melhor.

— Eu sei — Sven respondeu em voz baixa. — Obrigado por nos deixar encontrá-la.

— Ah, não me agradeça. Isso foi tudo escolha da Riley.

Agradeça a ela. — Com isso, ele saiu e se juntou aos outros dois homens nos elevadores.

Então Sven me conduziu pela porta até uma sala decorada em madeira branca e vidro. E minha loba imediatamente recuperou o controle.

CAPÍTULO 25
SVEN

KARI RONDOU a suíte de hóspedes durante toda a tarde, com sua loba governando todas as suas ações. Ela cheirou a cozinha, checou a geladeira, olhou a mesa de jantar posta para dois e subiu em todos os móveis da sala. Depois, explorou os dois quartos, escolhendo o maior, rolando na cama king-size antes de pular e sair para a varanda.

Eu a segui, sem dizer uma palavra. Ela precisava encontrar conforto aqui, então ronronei enquanto ela tentava transformar este lugar em um refúgio temporário.

Ela finalmente diminuiu a velocidade e voltou para a cama para se enrolar como uma bola. Me deitei com ela, acalmando-a com meu calor e o som em meu peito. Mas as horas passaram rapidamente, nos levando ao jantar.

Sua loba não abriu mão do controle, mantendo Kari quieta durante toda a refeição. Ela mal comeu. Sua atenção estava no prato e não nas pessoas ao seu redor.

Era como se ela nem tivesse visto as outras Ômegas ou as duas crianças à mesa. Isso me deixou confuso e um pouco cauteloso. Porque se alguma coisa poderia tirá-la de sua névoa, deveria ser uma experiência mostrando

273

Ômegas e Alfas se amando. Mas tudo o que isso fez foi levá-la ainda mais ao desespero, forçando seu animal a permanecer como uma espécie de escudo.

Depois do jantar, levei-a de volta para nossa suíte, onde ela imediatamente se despiu e foi direto para a cama. Fui junto, permitindo que Kari se confortasse em meu corpo do jeito que ela fazia quase todas as noites desde que a levei para meu apartamento. Quando ela terminou, com seu corpo pequeno encharcado de umidade e sêmen, ela finalmente relaxou e adormeceu enquanto eu ronronava.

Não a segui até a terra dos sonhos, perturbado pelo que parecia ser uma espécie de regressão.

Riley e eu estávamos nos comunicando por meio de anotações, então abri os arquivos no meu relógio e adicionei um registro do comportamento dela hoje. Então li algumas anotações que ela fez depois do jantar.

A cobaia parece estar desconectada de sua loba, provavelmente como resultado de ter sua natureza animal controlada por tanto tempo.

Adicionei uma nota abaixo, dizendo que também percebi isso. Depois resumi o que meu pai disse quando perguntei no início desta semana.

Ela está usando a loba como muleta, porque está com medo, digitei. *Alfa Ludvig diz que ela nunca pôde contar com seu animal, o que é um instinto natural para muitos de nós, então é quase como se ela estivesse recuperando o tempo perdido. Mas como não está devidamente socializada com sua fera, ela é incapaz de equilibrar o controle. Então sua loba assume, apesar de ela estar em forma humana.*

E como sua loba parecia confiar e gostar de mim, ela fazia coisas com as quais provavelmente não concordaria em um estado de espírito normal. Era um pensamento que me incomodava, me fazendo me sentir culpado por permitir que ela recebesse meu sêmen, mas também reconheci que ela precisava disso.

Minha pobre pequena maravilha estava machucada.

Mas vou te curar, prometi a ela, beijando o topo de sua cabeça. *Prometo*.

Uma mensagem de bate-papo privado apareceu enquanto eu dizia isso, o nome de Riley escrito na tela. *Você pode falar?* estava escrito abaixo.

Sim, só preciso de um minuto, respondi de volta.

Kari não se moveu nem fez nenhum som enquanto eu me afastava. Ela apenas se enrolou em uma bola mais apertada, seus dedos encontraram minha camisa descartada e a puxaram para seu peito.

Beijei o topo de sua cabeça novamente e me levantei em silêncio para pegar um dos roupões do banheiro da suíte. Então enfiei os pés em um par de chinelos e fui até a varanda para enviar uma mensagem para Riley.

Ela me ligou alguns segundos depois, com o cabelo despenteado como se tivesse acabado de sair do ninho. Quando Jonas apareceu sem camisa atrás dela, eu sabia que era exatamente de lá que ela veio.

Jonas não disse nada sobre ela estar no comunicador, sua presença era uma exibição sutil de seu domínio e propriedade, e o suficiente para apaziguar seu lobo. Provavelmente ajudava o fato de ela parecer estar vestindo a camisa dele também.

— Vi você adicionar notas, então sabia que estava acordado — Riley disse a título de saudação. — Mas tenho algumas ideias sobre o comportamento dela.

— Coisas que podem ajudar? — perguntei, esperançoso.

— Talvez. — Ela pigarreou e curvou os lábios para o lado. — A dissociação é clara, como já observamos. É mais fácil para ela lidar com a situação quando o animal está no controle, porque a loba parece confiar em você. Mas estou preocupada que isso possa causar problemas a longo prazo, porque ela está bloqueando os medos de sua mente e, como resultado, não consegue comunicar suas preocupações.

Assenti.

— Notei isso. Mas não tenho certeza de como resolver.

— Você precisa controlar a loba dela — ela falou baixinho. — Você está sendo o protetor que ela deseja desesperadamente, então é fácil para ela cair em um padrão de confiança. No entanto, ela também precisa do seu domínio. Você terá que pressioná-la, Sven. Não será fácil, mas ela precisa disso quase tanto quanto precisa da sua segurança. Faça-a falar com você.

— Ah, isso é tudo? — Não pude evitar o tom de sarcasmo na voz.

Jonas entendeu claramente minha situação, porque ele bufou ao fundo.

— Eu sei. Estou fazendo com que pareça simples. E estou muito ciente de que não será. Ela tem pavor de Alfas, e estou pedindo para você se tornar aquilo que ela teme. Pelo menos, é assim que ela vai encarar a princípio. Mas ela precisa falar com você para começar a se curar.

Ela estava dizendo coisas que eu já sabia, o que me frustrou um pouco porque o conselho dela poderia criar uma divisão total entre mim e Kari. Pelo menos a loba dela me aceitava agora. Se eu me voltasse contra ela e tentasse forçá-la a se abrir, arriscaria essa conexão.

— Ela está com medo de alguma coisa — Riley acrescentou. — Pude sentir isso durante o jantar e não acho que tenha algo a ver com estar cercada por novos Alfas. Há algo que a perturba que é muito mais profundo do que o medo de receber o nó. Isso é algo que ela já conhece. A reação dela esta noite me pareceu um novo terror, algo... algo que ela não entende.

Fiz uma careta.

— Como o quê?

— Isso é o que você precisa descobrir como seu Alfa — Riley respondeu. — Faça-a falar.

Cerrei os dentes com a ordem. Eu sabia que ela estava certa, mas não gostei muito daquele tom de voz vindo de uma Ômega. Os lobos tinham uma hierarquia estabelecida por uma razão. Alfas exigiam obediência e respeito, e meu lobo se irritou com seu claro desrespeito a minha posição superior.

Ela é a médica que cuida do caso de Kari, lembrei a mim mesmo. *Ouça o que ela tem a dizer. Não ataque.*

— E tem mais uma coisa — ela continuou, a pequena fera claramente alheia à minha irritação. — Você precisa se preparar para a possibilidade muito real de que a esterilidade possa não ser desfeita.

Meu mundo parou quando semicerrei o olhar para ela.

— O que você disse?

— Talvez eu não consiga restaurar a esterilidade dela, Alfa Sven. Você precisa estar preparado para esse resultado.

Palavras tão contundentes.

Tanta... *frustração.*

— Então você deve estar preparada para o fato de eu não aceitar essa alternativa — retruquei. — Tenha uma boa noite, doutora. — Desliguei antes que ela pudesse responder e antes que eu pudesse dizer algo de que logo me arrependeria.

A audácia daquela loba não só em me dar uma ordem, mas também em me dizer para aceitar um destino impossível.

Eu não estava disposto a considerar uma alternativa, nem meu lobo. Todos os outros poderiam duvidar da situação tanto quanto desejassem. Eu tinha esperança e fé suficientes para resistir a um exército.

Kari vai se curar.

Ela se tornará a loba que deveria ser.

E ela será minha.

Eu sabia de tudo isso porque, mesmo sem a mordida, eu já a reivindiquei. E eu me recusava a decepcioná-la.

Você verá que estou certo, pequena maravilha, pensei. *Um dia, em breve, você vai acreditar em seu destino, assim como eu. Todos irão. Estou certo disso.*

CAPÍTULO 26
SVEN

SEIS SEMANAS DEPOIS

ANDEI PELO CORREDOR DO TERRITÓRIO ANDORRA com o coração na garganta.

Depois de mais de um mês de preparação, Riley finalmente levou Kari para a cirurgia, e a cena lá dentro... *puta merda*.

Bati o punho na parede por instinto, sentindo o peito doer com o que o pai dela fez em seu abdômen. *Arames*. Ele usou *arames* para torcer seu sistema reprodutivo em nós que a deixaram não apenas infértil, mas também com dores constantes.

Lágrimas ameaçaram minha visão. Meu lobo estava furioso para ser libertado, para correr, para *destruir*.

Eu queria encontrar Alfa Carlos e estrangulá-lo. Depois comê-lo. E cagar no túmulo dele. E fazer tudo de novo... e de novo... até ficar satisfeito com a sua morte.

Alfa Enrique entrou no meu caminho, o idiota veio para a cirurgia. Ele queria estar aqui para oferecer apoio, mas tudo que eu realmente desejava no momento era um saco de pancadas.

Kari não progrediu nada no último mês. Ela piorou, se fechando em si mesma e se recusou a falar comigo.

Cada movimento era liderado por sua loba à medida que se tornava cada vez mais retraída. Tentei fazê-la falar, mas não consegui ser enérgico com ela. Não depois de tudo que ela suportou.

No entanto, estava começando a pensar que Riley poderia estar certa.

Essa desconexão entre Kari e sua loba só estava piorando. E sem sua mente lutar para sobreviver, ela acabaria chafurdando na dor e vivendo na casca de uma existência.

Dormíamos juntos todas as noites, nossos lobos ficavam contentes em abraçar e brincar.

Mas a Kari lá dentro se recusava a me abraçar.

Pedi inúmeras vezes para me dizer o que a estava incomodando, exigindo que ela me deixasse resolver, e cada vez ela se retirava com um "você já fez o suficiente por mim".

O pior foi quando ela me agradeceu por ajudá-la, como se estivesse se despedindo de mim com sua gratidão. Não entendi. Garanti que ela soubesse que eu pretendia torná-la minha. Então, por que ela sentia necessidade de dizer adeus?

Passei os dedos pelo cabelo, puxando os fios irregulares. Ele cresceu até meu queixo no último mês e meio, me deixando com extrema necessidade de cortar o cabelo. Mas não conseguia me concentrar em nada além de fazer a barba diariamente para manter o queixo liso. O resto precisaria esperar.

— Como os Alfas do Território Bariloche puderam deixar essa merda acontecer? — questionei, me virando para Enrique. — Proteger as Ômegas é trabalho de vocês. Não acabar com elas.

— Não fui eu que fiz isso — ele rebateu, endireitando a coluna. — E venho tentando protegê-la há anos.

— Fez um péssimo trabalho.

— Estou ciente — ele retrucou com um grunhido. — Ciente. Pra. Cacete.

Isso só me fez querer dar mais socos nele. Ele forneceu informações inestimáveis para meu pai, para Kazek e até para mim, mas eu queria matá-lo agora.

— A Riley está lá, costurando-a porque não consegue nem operar. O que devo dizer quando ela acordar?

— Que você ainda a quer — Enrique respondeu sem hesitar. — Que ela não é indigna de proteção e adoração só porque seu pai a arruinou.

Suas palavras me fizeram parar.

— Por que ela pensaria isso?

— Porque é o que ela aprendeu durante toda a vida, que ela é apenas um brinquedo para ser usado, não para ser reivindicada por um Alfa. Ela está danificada demais para ser valorizada. Essa é a retórica que ela ouviu durante toda a vida.

Parei de andar, e minha mente zumbiu com essa informação.

— Você só está me contando isso agora?

— Presumi que você mesmo teria deduzido isso depois de passarem um tempo juntos. Certamente ela disse que esta é a visão que tem de si mesma.

— Ela mal fala comigo — admiti, resmungando para mim mesmo. — Ela deixa sua loba assumir o controle.

Ele ficou em silêncio, me fazendo olhar para ele.

— O quê? — questionei.

— Ela está protegendo sua mente — ele respondeu. — Ela sofreu anos de tormento indescritível. Provavelmente, você é o primeiro homem a fazê-la sentir algo além dessa dor. Considere o quanto isso deve ser aterrorizante para ela.

— Deveria inspirar esperança.

— Esperança não é um conceito em que ela possa confiar — ele rebateu. — Na verdade, ela aprendeu a temê-la.

Ele tinha minha atenção.

— Continue falando — exigi.

Ele suspirou.

— Tudo bem, considere esta perspectiva. Fazer com que ela tenha esperança a deixa ainda mais vulnerável, porque introduz um mundo de *hipóteses*, e ela foi treinada para nunca considerar isso. Ela também testemunhou, em primeira mão, o que esse destino fez com a irmã, que, aliás, ouvi dizer que está viva. Mas não tenho certeza se a Kari vai querer saber disso.

Cerrei os dentes, mas assenti em concordância. Porque sim, agora não era hora de contar a ela que sua irmã ainda estava sendo torturada diariamente.

No entanto, essa não foi a parte que capturou e manteve meu foco, foi o comentário de Enrique sobre a perspectiva de Kari. *A esperança a torna vulnerável.*

— Quando ela estava no Território Bariloche, ela sabia o que esperar — eu disse, pensando em voz alta. — Mas ela se sente vulnerável aqui, com as potenciais incógnitas. Porque ela ainda não confia em mim para cumprir minha palavra.

— Você disse a ela o que vai acontecer a seguir? — Enrique perguntou.

Considerei a questão.

— Não com todos os detalhes, apenas que vamos recuperá-la e voltar para casa.

— E se você não conseguir? — ele rebateu. — Já discutiu isso com ela?

— Não, porque não é uma opção. Vamos encontrar uma maneira de ajudá-la.

— Esse não é o meu ponto — ele respondeu, cruzando os braços grossos que destacava o suéter preto. A cor combinava com seus olhos que estavam semicerrados. — Você contou a Kari o que vai acontecer com ela caso isso não aconteça?

Ele levantou a mão antes que eu pudesse repetir.

— Sei que não é uma opção para *você*, mas a Kari não é você, Sven. Ela é uma Ômega destroçada, que pensa que é indigna de um companheiro, porque seu pai a arruinou. — Ele fez uma pausa para me deixar absorver suas palavras, sua declaração fez com que minhas palavras se agitassem.

Por que não, eu não pensei por essa perspectiva. Eu estava decidido em nosso caminho. Nós a curaríamos.

— Ela não tem a sua esperança ou perspectiva — Enrique cóntinuou. — Ela provavelmente não vê nenhuma opção, Sven. O que significa que ela só está passando por tudo isso para te apaziguar, o Alfa que ela considera gentil, e não porque ela realmente acha que isso vai resolver alguma coisa.

Não gostei de suas palavras. E ainda assim, pude ver exatamente o que ele quis dizer. Porque Kari com certeza veria dessa forma. O que dava a todos os seus acenos um novo significado.

— Então você disse a ela o que acontecerá se ela não puder ser curada? — ele pressionou. — Ou ela acha que você vai jogá-la fora e trocá-la por outra Ômega? Porque esse é exatamente o tipo de lógica que foi programada nela.

— Como você tem toda essa visão da mente dela? —

perguntei, meu lobo se mexendo inquieto dentro de mim. Kari mencionou que ele queria ajudá-la, que tinha ligações com o companheiro de sua irmã, mas todas as suas declarações me fizeram pensar no quanto essa conexão entre eles era realmente familiar. Porque ele tinha uma visão mais digna de um companheiro do que de um irmão.

— Não é com a mente dela que sinto uma conexão, mas com a da irmã dela. Através do meu irmão gêmeo.

Fiz uma careta.

— Por causa do vínculo anterior?

— Vínculo *atual* — ele corrigiu. — Não posso provar, mas posso sentir. Meu irmão está vivo em algum lugar.

— Então por que você se ofereceu para ir para o Território de Inverno? Quero dizer, sei que queria ajudar Kari, mas como pretendia fazer isso e salvar seu irmão?

— Não posso ajudá-lo enquanto ela estiver no caminho — ele respondeu. Agora ele começou a andar do jeito que eu fazia momentos atrás. — Alfa Carlos tem sucesso porque é perspicaz. Ele sabe que estou ligado a Kari, mas acha que é uma paixão física. Ele não tem conceito de família.

Eu bufei. Porque sim, isso era óbvio.

— Se eu tentasse reagir, ele a usaria contra mim. Então eu precisava dela em algum lugar seguro. Também preciso de mais informações, e é por isso que passei a última década jogando a porra dos jogos dele e fingindo ser um bom soldado. Tudo na esperança de encontrar uma fraqueza ou algum tipo de pista sobre o que ele fez com meu irmão gêmeo.

— E encontrou alguma coisa?

Sua expressão me disse que ele não encontrou nada de valor.

— Ainda não.

Reconheci o toque de determinação em sua mandíbula

endurecida porque combinava com a minha com Kari.

— Mas sei que meu irmão está vivo e, através dele, sinto sua dor e a desesperança de Savi. E passei tempo suficiente com Kari nos últimos anos para saber o que ela pensa também. — Ele ergueu os olhos de maneira brusca quando dei um passo inconsciente à frente. — Eu nunca dei o nó nela. Então se acalme, porra.

Meu lobo rosnou, não satisfeito com o tom, mas momentaneamente aplacado pela proclamação enérgica.

— Para o seu bem, espero que seja verdade — eu disse em voz baixa, falando sério.

— Ela é como uma irmã mais nova para mim — ele resmungou. — Se alguém deveria estar dando uma surra em alguém aqui, sou eu em você. Posso sentir o cheiro seu sêmen na pele dela, Sven.

— Não dei o nó nela — garanti. — Mas a loba dela... gosta do meu cheiro.

Ele me olhou por um momento e grunhiu.

— É melhor que seja só isso.

— Se não fosse, não seria da sua conta, já que ela é *minha*.

— Mas ela não é — ele rapidamente me lembrou. — Porque você não pode reivindicá-la, o que nos faz completar o círculo: você disse a ela suas intenções caso ela seja incapaz de acasalar?

— Não — rebati. — Porque não vejo isso como uma opção. — No entanto — acrescentei de maneira brusca quando ele parecia pronto para intervir —, ouvi o que você disse e entendo que ela provavelmente não compartilha da minha certeza. Vou resolver a questão.

Ele me olhou e sua expressão mudou de irritação para um sutil toque de respeito.

— Bom. — Seus braços se afrouxaram e ficaram pendurados ao lado do corpo, então ele passou uma mão pelos cabelos negros e grossos e soltou um suspiro. — Eu odeio essa merda. É tudo política e besteira. Só quero voltar para o Território Bariloche e dar um tiro cabeça do Carlos. Mas ninguém irá desafiá-lo.

— Ah, eu não seria tão rápido nessa suposição — meu irmão disse ao entrar no corredor com Elias ao seu lado. — Eu ficaria muito feliz em colocar várias balas em seu crânio depois de tudo que descobri sobre ele.

— Mas não é só ele, são os outros Alfas também — Enrique disse, nem um pouco perturbado pela abordagem do meu irmão. A maioria dos Alfas se curvava de alguma forma. Esse, não. Percebi que ele era o mesmo comigo, confiante em suas habilidades, mas respeitoso quando necessário, como quando Kaz ou meu pai exigiam. — A maioria dos generais de Carlos são controlados com drogas, mas nem todos.

— Você incluído — apontei.

— Sim. Porque eu sabia como jogar e evitar seus alucinógenos. Foi assim que ele derrubou meu irmão.

Arqueei uma sobrancelha.

— Seu irmão usou drogas de boa vontade?

— Não, de boa vontade, não — ele respondeu. — Ele administrou gás enquanto ele dormia no ninho com Savi.

— Merda — murmurei.

— Sim — ele murmurou, olhando para Ander. — Você está falando sério? Vai me ajudar a matá-lo?

— Com um plano apropriado, sim — Ander respondeu, olhando para Elias. — Quero dizer, você estava dizendo como as coisas se tornaram chatas com os Infectados. Parece uma boa maneira de derramar um pouco de sangue, certo?

Os lábios de Elias se curvaram e seus olhos escuros brilharam de excitação.

— Com certeza.

Ander assentiu.

— Bom. Você e o Enrique podem conversar sobre esquemas e começar a traçar um plano. Nos encontraremos em três dias para revisá-lo. Quero, pelo menos, três opções táticas. — Suas íris douradas me prenderam no lugar. — Enquanto isso, você virá comigo para ajudar a resolver uma disputa.

Fiz uma careta.

— Uma disputa?

— Sim. Entre Jonas e Riley.

Isso fez com que minhas sobrancelhas se erguessem.

— Como posso ajudar?

— Ela quer trazer ajuda — Ander explicou. — Um especialista que acha que pode operar Kari. Alguém com quem ela trabalhava.

— Tudo bem... — parei, esperando por mais informações. — Não estou vendo o conflito.

Ele esperou um pouco.

— Ela quer ligar para Kieran O'Callaghan.

Entreabri os lábios.

— *O quê?*

— Agora você vê o conflito. — Ele se virou, liderando o caminho.

CAPÍTULO 27
KARI

Acordei com a cabeça cheia de vozes.

Estavam discutindo.

O nome *Kieran* continuava aparecendo nas conversas, e eu não conseguia entender por que ele me provocava tanta raiva. Mas senti a energia Alfa aumentar, o domínio era uma chicotada em meus sentidos que me deixou com vontade de suplicar no chão.

Só que não conseguia abrir os olhos.

— Não posso operá-la sozinha — Riley fervia, sua voz estridente ecoou em meu crânio. — Ela quase morreu na minha mesa!

— E sua solução é ligar para *Kieran O'Callaghan*? — uma voz profunda questionou. — De jeito nenhum.

— Ele será capaz de mantê-la estável enquanto eu opero. — Parecia que Riley estava falando através da mandíbula cerrada. — Ele é cheio de magia de cura, algo que eu sei que você sabe, já que ele *salvou sua vida uma vez.*

— Ele não salvou minha vida.

O silêncio caiu, seguido pela batida sutil de um sapato no mármore.

— Tudo bem — Alfa Jonas murmurou. Ou presumi que fosse Alfa Jonas. O tenor profundo parecia ser o dele, e ele era o único Alfa com quem ouvi Riley falar dessa maneira. — Ele *ajudou* a me trazer de volta, mas isso não significa que eu confie nele.

— Quantas vezes tenho que te dizer que ele nunca me tocou? — Riley questionou, e sua mudança de assunto me confundiu e me fez pensar se eu perdi algo.

— Minha recusa não é sobre isso.

— É claro que é.

— Ele é um Alfa do V-Clan. E não apenas qualquer Alfa do V-Clan, mas o Príncipe do Território de Sangue — Alfa Jonas rosnou. — *Essa* é a minha objeção, Ômega.

— Ei, não me chame de "Ômega", *Alfa*.

— Vou te inclinar nessa porra de mesa agora mesmo e...

— E o quê? — ela exigiu. — Me comer até a submissão? Faça isso. Se atreva. Vamos ver o que acontece depois.

Ele rosnou.

Ela rosnou de volta.

E outra pessoa pigarreou.

— Sven tem algo que quer dizer — alguém anunciou um tom de comando.

Alfa Ander, minha loba reconheceu, choramingando em minha mente. Embora ele tenha sido relativamente legal desde que o conheci, o homem ainda me aterrorizava. Eu não tinha ideia de como sua Ômega aguentava sua postura dominante. Ele era ainda pior que Alfa Ludvig.

— Por que você quer trazer o Príncipe Kieran? — Sven perguntou, sua voz provocou uma onda de conforto sobre meu corpo frio. Ele me fez sentir imediatamente segura, sua presença acalmou um pouco a dor em minha mente.

— Ele tem habilidades de cura que serão úteis nesta situação — ela explicou. — Trabalhei com ele durante a pandemia inicial. Ele é um amigo. — Esta última foi dita entre dentes, e suspeitei que ela tivesse lançado um olhar para seu Alfa quando a pronunciou.

Essa Ômega é... única, pensei, impressionada com sua capacidade de se manter firme em uma sala cheia de Alfas. Durante as poucas vezes que falei com ela nas últimas semanas, ela foi gentil e suave. Embora fosse tudo menos isso quando seu Alfa aparecia.

Se eu não pudesse sentir seu cheiro de Ômega, eu a chamaria de fêmea Alfa.

Só que ela era menor que Alfa Jonas, e notei que nas poucas vezes em que ela buscou conforto nele, ele aproveitou a oportunidade para ser seu principal apoio.

O que me deixou muito confusa com a dinâmica deles. Ouvi Elias murmurar *submissa mimada*, em determinado momento. Mas não fui capaz de compreender esse conceito, muito menos de entender por que isso parecia diverti-lo.

— Defina "habilidades de cura" — Sven pediu, passando a palma da mão pelo meu braço até o ombro. Arrepios percorreram minha pele em seu rastro, o calor de sua pele contrastava fortemente com meu estado frio. Isso me deixou pensando se era real ou não.

Eu me senti acordada.

Ao mesmo tempo, não.

Mais ou menos como se eu estivesse presa em um estado de sonho entre a realidade e a ficção.

Quando Riley começou a falar sobre encantamentos e magia do V-Clan, comecei a considerar toda a ideia do sonho. Porque nada do que ela descreveu parecia possível. Algo sobre ele me manter estável enquanto ela removia os arames, caso contrário eu sangraria na mesa novamente.

— Ele também poderá reverter os danos causados aos órgãos reprodutivos dela — ela continuou. — Isso não é algo que eu possa fazer, mesmo se terminar de remover todo o metal. Mas ele talvez seja capaz de ajudar a energia metamorfo dela e rejuvenescer seu interior.

Eu queria curvar os lábios, mas não conseguia. *Terminar de remover todo o metal?* Isso significava que ela deixou pedaços de arame dentro de mim? Ou ainda estava tudo lá? A cirurgia falhou?

Eu esperava que sim.

Mas ainda não ouvi o veredito em voz alta.

O que isso significa para mim e Sven? Foi a pergunta que evitei desde que cheguei a este Território estranho. *Ele vai encontrar uma Ômega melhor?*

Eu... eu não queria que ele fizesse isso. No entanto, também sabia que ele deveria. Porque se eu não pudesse dar o que ele precisava, então não seria justo mantê-lo. Ele merecia coisa melhor do que isso. Depois de tudo que fez por mim, eu devia a ele garantir que encontrasse alguém de valor. Uma companheira que ele pudesse realmente dar o nó.

Não uma lobo como eu.

Voltei à minha mente, mal ouvindo o resto da conversa. Eles só conversavam sobre Alfa Kieran, a quem Riley chamava de Príncipe Kieran. E sua magia. E se devia ou não o permitir visitar o Território Andorra.

— Nem sabemos se ele vai concordar com isso — Riley disse depois de vários pontos serem debatidos. — Portanto, tudo será um argumento discutível se ele se recusar a ajudar.

— Ele vai ajudar — Alfa Jonas retrucou.

— Você não sabe disso.

— Sim, Riley, sei — ele respondeu. — Porque seria

você quem estaria pedindo, e nós dois sabemos que aquele homem moveria a terra para você se pudesse.

— *Somos apenas amigos.*

— Você pode considerá-lo um amigo, mas ele certamente não te vê dessa forma — ele rebateu. — E não vou mais discutir isso. Sou um Alfa. Sei quando um homem tem interesse na minha companheira.

A porta bateu logo após essa declaração.

O silêncio caiu.

Então Riley fungou, mostrando um lado mais suave.

— Eu... eu não quero chatear o Jonas, Ander — ela sussurrou. — Mas Kieran pode ajudar. Sei que ele pode. — As pontas dos dedos dela deslizaram sobre meu estômago, me fazendo estremecer internamente.

E só esse movimento me disse tudo que eu precisava saber.

Isso é muito real e os arames ainda estão aí.

— Não posso fazer isso sozinha — ela acrescentou baixinho. — Preciso de ajuda e o Kieran é o melhor que existe fora do Território Andorra. É a única esperança da Kari. Não posso lhe dizer o que fazer ou como proceder. Só posso dizer que, sem ele, estou em um beco sem saída.

Meu coração falhou e minha alma murchou sob a veracidade de suas palavras.

Todo o ar pareceu desocupar meu ser, deixando para trás uma onda insuportável de dor que me atormentou mais do que os fios dentro do meu abdômen jamais poderiam.

Parecia que eu estava... desaparecendo.

Afundando em um vazio.

Deixando este mundo para sempre. Mas não havia paz nesta morte. Apenas uma miséria vazia engolida inteira por uma escuridão sombria.

Parei de ouvir. Deixei de ser. Parei de me importar.

E apenas... aceitei meu destino. Um destino que eu deveria ter aceitado desde o início. Um destino que eu nunca deveria ter questionado. Porque o que ficou para trás em meu espírito era uma lasca de potencial agonizante... uma vida do que poderia ter sido.

Uma vida com Sven.

Uma vida que eu nunca experimentaria de verdade.

Uma vida... da qual eu precisava me despedir.

Uma vida que eu precisava terminar.

CAPÍTULO 28
KARI

O RONRONAR de Sven reverberou pelo meu ser, me levando a um estado de sonho no qual eu ansiava viver para sempre. Esqueci de tudo e de todos e foquei apenas naquele som.

Seus lábios tocaram meu cabelo, minha têmpora, minha bochecha.

Gemi em resposta, me deleitando com o calor que só meu Alfa poderia fornecer.

Até que me lembrei que ele nunca poderia ser meu Alfa.

A cirurgia falhou. E pelo pouco que me lembrava, a única solução que tinham foi uma que perturbou vários Alfas na sala.

Os detalhes eram nebulosos, mas minha determinação estava firme.

Sven não poderia ser meu. Eu sabia disso desde o início, mas ele despertou uma chama de esperança dentro de mim que me acompanhou até meus sonhos, dando vida a uma fantasia que nunca aconteceria.

Essa fantasia só pioraria com o tempo, me

proporcionando uma visão mais profunda de um mundo que nunca poderia ser meu.

Não era justo comigo. E certamente não era justo com ele.

Eu só precisava encontrar uma maneira de fazê-lo entender que não tínhamos futuro juntos. Doeria. Mas valeria a pena no final.

Ele provavelmente me mandaria de volta para meu pai. No entanto, uma parte sombria de mim quase preferiria esse destino à eventual destruição que Sven causaria em minha alma quando encontrasse uma Ômega mais digna. Só de pensar nisso foi suficiente para me despertar do conforto induzido pelo ronronar e uma pontada aguda cortou meu peito.

— Kari — Sven murmurou, com um tom de preocupação na voz.

Provavelmente porque gritei, ou talvez choraminguei. Eu não poderia nem dizer. Estava tão arrasada e distante, que não estava mais no comando de mim.

Entreguei as rédeas à minha loba semanas atrás, ou talvez há meses, e não conseguia voltar à superfície. Ela liderava com base em instintos, e era mais fácil me esconder em sua mente animal.

Mas não poderia permanecer ali. Não mais. Não agora que eu sabia que não havia esperança para mim.

— Kari — Sven repetiu, com os lábios em minha orelha. — Sei que você está aí. E preciso que você saia e fale comigo.

Minha loba não queria falar. Ela queria beijá-lo, lambê-lo, adorá-lo com a boca.

Quase cedi a ela, desejando me dar ao luxo mais uma vez antes de me despedir. Mas meu corpo parecia fraco demais para fazer o que eu precisava.

— Você está dormindo há dois dias — ele continuou

baixinho. — Mas posso sentir que você está acordando e quero falar com você.

Você está, pensei para ele, confusa. *Ouço você falando comigo agora.*

— Não vou mais deixar você se esconder atrás da sua loba, pequena maravilha. Vamos falar sobre o futuro hoje e você vai ouvir o que tenho a dizer.

Meu coração acelerou com a certeza em seu tom. E então se partiu um pouco enquanto eu absorvia e interpretava suas palavras.

— Vamos, Kari — ele disse com um tom de domínio subjacente nessas três palavras.

Engoli em seco.

E seu ronronar parou.

— Fale comigo. — Uma ordem. Sublinhada em aço. — *Agora*, Ômega.

Estremeci. Ele nunca usou esse tom comigo. Mas eu o reconheci como um Alfa que estava sem paciência. Abri os olhos lentamente, surpresa com a facilidade com que a ação veio até mim. Embora me sentisse lenta, meu corpo parecia quase rejuvenescido. Seu comentário sobre dois dias na cama parecia certo. E, de alguma forma, eu sabia que ele ronronava o tempo todo por mim.

Vou sentir falta desse ronronar, pensei melancólica, e minha loba ganiu por dentro. Ela queria sair, assumir novamente, e seria tão fácil deixá-la... simplesmente me afastar... dar a ela...

— Kari — Sven rosnou, forçando meus olhos de volta para os seus. Algo em seu tom tornou impossível me esconder. Seu domínio era como uma chicotada em meus sentidos que me prendeu no presente, me forçando a estar aqui com ele.

— Deixei isso durar tempo demais. — Ele parecia irritado agora. — Vou controlar todo o acesso à sua loba, se for necessário. Diga alguma coisa, Ômega, para que eu saiba que você está me ouvindo.

Estremeci, não gostando nem um pouco do seu tom ou do jeito que ele me chamou pela minha designação em vez do meu nome. Também passei a gostar bastante de *pequena maravilha*. E não entendia por que de repente ele estava sendo cruel comigo.

— Você está fazendo isso porque a cirurgia falhou? — perguntei em voz alta, mais rouca do que o normal. — Você está... você está bravo comigo? — *Por que finalmente percebeu que não sou a Ômega que você queria?*

Suas íris azuis tremeluziam com uma emoção indescritível. Estava lá e desapareceu em um piscar de olhos.

— Estou fazendo isso porque quero falar com você, Kari. A humana. Não a sua loba. E deixei você se esconder atrás dela em detrimento da nossa conexão. Mas vou resolver isso. Hoje. Agora mesmo.

Olhei para ele, alarmado com sua ferocidade e com as palavras que ele usou. Por que ele estava me punindo por confiar na minha loba? Ele não gostou do nosso tempo juntos?

— Fiz de tudo para tentar te agradar — sussurrei, me sentindo derrotada. — E-eu não entendo.

Ele segurou minha bochecha e roçou o polegar no meu queixo.

— Você me agrada, Kari. Muito. Mas precisamos ter uma conversa importante e não posso fazer isso com a sua loba.

— Certo — murmurei, assentindo.

— Não. Nada disso. Chega de aquiescência e submissão por meio de pequenos acenos de cabeça e palavras apaziguadoras. Quero uma conversa de verdade. — Suas íris brilharam com poder, a autoridade em sua expressão me fez querer rolar de costas e fazer exatamente o que ele estava me dizendo para não fazer.

— Não sei mais como agir — falei com honestidade.

— Estou fazendo o que é natural para mim.

— Não, linda. Você está se escondendo. Está com medo. E eu entendo isso. Sei que é assustador. Mas o que você está fazendo não nos ajuda a caminhar juntos para o futuro. Você está se submetendo à sua loba e se desassociando do presente para se proteger. E ao fazer isso, não está se curando ou crescendo.

Eu fiz uma careta, não gostando de suas acusações. Quando nos conhecemos, eu mal conseguia falar na presença dele, muito menos ficar deitada nua na cama e conversar.

— Você está errado.

Ele arqueou as sobrancelhas.

— Não temos uma conversa de verdade há mais de um mês. Caramba, já se passaram quase dois meses. Tudo o que você faz é confiar na sua loba para te guiar.

— Porque os instintos dela parecem certos.

— E são até certo ponto — ele concordou. — Mas preciso da sua mente também, Kari. Preciso saber seus sentimentos. Preciso conhecer suas preocupações, desejos, esperanças e sonhos. Não posso lutar contra seus medos se não souber quais são. Não posso te dar o que você quer se não souber o que é.

Ele queria conhecer minha mente? Conhecer minhas preocupações, sonhos e esperanças? Essa palavra final me deu urticária.

— Não tenho esperança — disse a ele de maneira brusca. — Não quero ter esperança. Eu odeio esperança. *Minha vida não me permite ter esperança.*

Eu não tinha certeza de onde veio aquela veemência,

mas eu a agarrei com força. Isso soprou fogo em minhas veias, me fazendo me sentir estranhamente viva.

— Você nunca perguntou o que eu quero. Ninguém perguntou. Sou como uma boneca. Você me trouxe aqui para me *consertar* e poder acasalar com uma Ômega. Você me escolheu. Não sei o porquê. Talvez porque eu estivesse disponível. Talvez você goste de mulheres com problemas. Talvez porque eu fosse um novo desafio.

Apenas continuei falando, palavras que pensei em vários momentos, mas nunca pronunciei. No entanto, ele me pediu para falar agora, então eu o faria. E mataria *toda essa esperança* no processo.

Eu destruiria tudo.

Queimaria.

Exigiria que ele fosse embora.

E reduzir-se a nada em seu rastro.

Porque era preferível à alternativa. Continuar me prendendo a isso quando *não havia esperança.*

— A cirurgia falhou — rebati. A rouquidão em minha voz desapareceu há muito tempo sob a minha estranha onda de coragem. — Sou uma Ômega que não pode acasalar. Sou uma escrava. Eu não sou nada. Não posso te dar um filho. Não posso nem ser reivindicada. Você pode me dar o nó. Transar comigo. Me usar para seu prazer. *Mas não pode me ter.*

E eu odiava isso.

Odiava não poder ser dele. Mas era a vida. E esperar por uma alternativa era errado. Doía. Doía muito.

Meus olhos se encheram de lágrimas, a dor dentro do meu coração era muito pior do que a do meu abdômen.

Eu não quero ter esperança. Não quero sentir. Não quero isso.

— Não posso ser sua Ômega. Nem quero ser sua. — Porque significava esperar até ele encontrar outra pessoa. Alguém mais digno. E ter que vê-lo ir embora. — Você é um Alfa jovem — acrescentei em um sussurro. — Não entende o que isso significa? Você tem muitos anos pela frente.

Muitos anos para encontrar outra Ômega. Alguém melhor. Alguém que poderia dar tudo o que ele deseja.

— Você perguntou o que eu queria e não é isso. Não é você. Não é... — *Esta esperança infinita e dolorosa!*, pensei, incapaz de expressar minhas palavras. — Eu não quero... — *Não quero machucar... — Você.*

Eu nem estava mais fazendo sentido, as palavras em minha mente não combinavam com as que estavam saindo. Era como se eu tivesse passado toda a minha vida muda, e só agora tendo aprendido a falar. E eu não estava explicando nada disso direito, como evidenciado pela expressão furiosa em seu rosto.

Ele não ia ronronar para mim novamente.

Ele parecia querer me matar.

E eu não poderia nem culpá-lo.

— Você tem alguma ideia do porquê tenho te ajudado nos últimos dois meses? — ele questionou.

Assenti.

— Para me reivindicar.

— Não, Kari. Eu te reivindiquei quando tirei você daquela jaula. Eu tenho te ajudado *porque você é minha.*

— Mas não sou sua — respondi. *Não de verdade.* — E você não é meu. — Era por isso que eu tinha que deixá-lo, para encontrar uma Ômega melhor, alguém que pudesse lhe dar o que ele queria e precisava.

Meu peito se abriu, meu esterno se partiu em um milhão de pedaços. Porque essa foi a coisa mais difícil que já tive que fazer. Doeu mais do que passar mil noites na jaula como escrava.

Eu me apaixonei por ele, percebi. Minha loba passou a confiar nele e, no processo, eu lhe dei meu coração. Uma coisa tão tola a se fazer. Mas pelo menos eu tinha a memória dele.

— Você precisa encontrar outra Ômega — sussurrei com a voz entrecortada. *Alguém mais digna.* — Alguém que possa aceitar sua reivindicação. — Porque eu não podia.

Eu sonharia com ele para sempre, o Alfa que foi gentil e roubou meu coração. E talvez, se tivesse sorte, ele também pensaria em mim às vezes.

Mas eu duvidava.

Uma vez que ele acasalasse com uma Ômega adequado, ele esqueceria tudo sobre mim.

— Pode ir agora — eu disse a ele. — Gostaria de ficar sozinha, por favor. — Porque se ele ficasse por mais um minuto, eu cairia em lágrimas a seus pés e imploraria para que ficasse. — Por favor vá.

— Você quer que eu vá embora? — A incredulidade ecoou em seu tom e sua expressão estava horrorizada.

— Sim — sussurrei. — É o que eu quero. — Mentira, mas não havia outra escolha. Ele tinha que seguir em frente. E eu tinha que... existir. — Mas tenho um pedido.

Sua expressão se fechou enquanto ele olhava para mim.

— Qual?

— Posso ficar no Território Andorra? — perguntei baixinho.

Eu não queria ficar aqui. Queria ir com ele. Mas eu não era forte o suficiente para vê-lo seguir em frente com outra Ômega. Isso me destruiria por completo. Pelo menos estaria mais segura aqui. Pelo que observei, eles não tinham um campo de escravos como o Território Bariloche.

— Você... você quer ficar aqui no Território Andorra? E que eu vá embora?

Assenti de maneira rígida.

— Por favor.

Ele me estudou por um longo momento, e sua expressão ficou solene.

— Tudo bem, Kari. Se é o que você quer. — Ele não disse mais nada, apenas saiu da cama e foi procurar suas roupas.

Eu o observei como uma presa olharia para um predador, com medo de que ele pudesse se voltar contra mim, mas também desejando que ele me puxasse para seus braços e exigisse que eu obedecesse.

Era um complexo mental que eu não entendia.

Mas a dor interior me disse que era o certo. Eu não poderia continuar vivendo neste conto de fadas. Precisava da realidade, e minha realidade não incluía Alfa Sven.

Ele terminou de se vestir e ficou em toda a sua glória Alfa ao lado da cama. Entreabriu os lábios como se quisesse dizer alguma coisa. Mas terminou apenas balançando a cabeça.

— Boa noite, Kari.

Suas palavras permaneceram comigo por muito tempo depois que ele partiu. Havia um tipo estranho de esperança em seu rastro porque ele não deu *adeus*, apenas *boa noite*.

Mas à medida que a noite avançava até o amanhecer, comecei a me perguntar se o ouvi mal.

E então toda a nossa conversa passou pela minha mente e comecei a me perguntar se havia entendido mal muitas coisas.

Minha loba permaneceu fria dentro de mim, se recusando a me oferecer qualquer conforto. Ela odiou minha decisão. E quanto mais eu pensava nisso, mais eu odiava também.

Foi quando o sol começou a se pôr novamente, várias horas depois, que comecei a assimilar minha verdadeira realidade. Fiquei na cama o dia todo. Sem chorar. Sem sentir nada. Porque todas as minhas emoções sumiram. Sven as sugou para dentro dele e as levou embora.

Foi quando a verdade de tudo finalmente me atingiu.

Nunca se tratou de emoções ou do desejo de me libertar da dor de uma vida de fantasia. Porque esses sentimentos nunca foram meus. Eu não era nada. Apenas uma casca. Uma mulher destruída por anos de tormento sem fim.

E eu estava me afogando em uma poça de morte até que Sven apareceu e me ofereceu uma tábua de salvação.

Na forma de um sonho tornado realidade.

Porque Sven é minha esperança.

E eu acabei de mandá-lo embora.

CAPÍTULO 29
KARI

Eu não queria comer.

Não fazia sentido.

Eu não queria falar.

Não fazia sentido.

Mas Riley insistiu no contrário. Ela apareceu com comida, dizendo que eu precisava de forças. Então comi para acalmá-la. E ela tentou falar comigo.

Minha esperança finalmente se foi.

Meu Sven foi embora.

Ele nunca mais vai voltar.

O que eu fiz?

As palavras rolavam na minha cabeça, me fazendo afundar ainda mais em um poço de desespero. Afastei minha luz. Tudo parecia tão escuro sem ele. Tão frio. Tão sombrio.

Eu não tinha certeza de quanto tempo se passou. Não prestei atenção nas janelas, nem no sol, nem na lua. Eu mal reconhecia Riley quando ela me visitava.

Minha loba se recusava a me ajudar, seu espírito estava estilhaçado pelo meu erro.

— Erro — murmurei para mim mesma, repetindo a palavra. Porque foi exatamente isso que aconteceu. *Um erro.*

Mas eu não tinha certeza de qual parte me incomodava mais: o fato de ter me permitido me apaixonar por Sven ou a percepção de que virei as costas ao primeiro vislumbre de esperança que experimentei em muito tempo.

Andei pela suíte, desejando que ele voltasse.

Ele não voltou.

Comecei a pensar no que fiz de errado, repetindo nossa conversa em minha mente. Eu disse a ele que não o queria. Disse que ele deveria encontrar outra Ômega. Implorei para ele ir embora.

E ele me ouviu.

Minhas mãos se fecharam em punhos ao meu lado.

Como ele ousou ir embora?

Mas... como *eu* ousei dizer a ele para fazer isso?

Rosnei para ele e depois para mim mesma por toda a situação confusa. Eu... eu não deveria ter dito a ele para ir. Mas que escolha eu tinha? Ele precisava de alguém melhor, alguém mais digno.

E ainda assim...

E ainda assim, acho que ele deveria ser meu.

Desabei no chão sob uma onda de tristeza, com meu coração ainda mais partido do que quando exigi que ele fosse embora.

Como ele pôde me ouvir? Por que eu o afastei? Por que sou assim?

Lágrimas escorreram pelo meu rosto, a tristeza que mantive sob controle explodiu em um gemido baixo e agudo. Eu o queria de volta. Queria o nosso futuro. Desejava uma vida diferente. Eu queria respirar. Queria o ronronar dele. Eu o queria. Queria meu Sven.

Eu disse que ele não era meu. Que eu não era dele. Que eu não o queria.

O que há de errado comigo?

Ah, mas eu sabia a resposta para isso. Havia tanta coisa errada comigo que meu corpo se despedaçou irreconhecível. No entanto, Sven ainda me escolheu apesar de todas as minhas falhas.

E eu o recompensei o mandando embora.

Ele exigiu que eu falasse. Mencionou esperança. E eu... eu escolhi o caminho sombrio. A direção errada. Escolhi a *dor* sob o pretexto de me proteger.

Dobrei os joelhos contra o peito e senti meus membros tremerem com a dor. Não conseguia ver, minha visão estava nublada em um rio de tristeza. Eu mal conseguia respirar, meus pulmões estavam sufocando com as lágrimas da minha auto morte.

Isso dói.

Mas me lembrava que eu estava viva.

Me mostrou que eu era capaz de mais. Porque eu ainda podia sentir. O que significava que poderia me curar.

Me agarrei a essa percepção e meu coração lentamente se recompôs em um órgão que entendia a *esperança*.

Sven.

Eu precisava dele. Eu o queria. Eu o *reivindiquei.*

Talvez não por completo. Talvez nem mesmo corretamente. Mas eu o marquei com minha alma. Criei ninhos com ele. Minha loba o adorou e amou.

Agora era hora de *a humana* Kari fazer o mesmo.

Mas como?, me perguntei, sentindo aquela pontada de desespero ameaçar me dominar mais uma vez. *Como posso aceitá-lo quando sou incapaz de acasalar?*

Refleti sobre essa questão por horas, nadando em um mar de dúvidas até que finalmente entendi.

Não se tratava do nó ou da minha incapacidade de

acasalar. Tratava-se de confiar que ele me desejaria apesar de tudo isso. Era sobre saber que seu coração estava comigo mesmo sem a mordida. Tratava-se de colocar toda a minha fé no meu parceiro de vida para me proteger, me valorizar e me adorar por quem eu era agora, não por quem eu poderia ser.

Sven foi todas essas coisas.

Ele ficou ao meu lado, me fez sentir segura... o tempo todo prometeu me ajudar, me nutrir, me curar, me cortejar quando eu estivesse pronta e nunca perdeu a esperança por nós.

Ele era a luz que eu precisava para me guiar das sombras. O sol para minha lua. O Alfa que minha loba desejava e o homem que meu coração precisava.

Ele é meu.

As palavras me atingiram com propósito, minha alma se regozijou com a finalidade de minha decisão. Alfa Sven me ensinou como respirar. Ele me mostrou que a vida no Território Bariloche não era a única forma de existir. Me transformou em uma verdadeira Ômega, não em uma escrava, me ajudando a ver que, apesar do meu estado, eu merecia mais.

Eu *o* mereci.

Talvez não agora que o tratei tão mal, mas eu era alguém que ele poderia amar, com defeitos e tudo.

Eu me levantei, sentindo as pernas mais fortes do que eu esperava. Minha loba fortaleceu minha resolução e exigindo que eu agisse.

Banho.

Vestir.

Comer.

Essas foram as minhas ordens, e completei cada uma delas em silêncio, com a mente focada e pronta. Eu só precisava encontrar Sven.

Ele ainda está aqui? Ele deixou o Território Andorra?

Eu não tinha certeza de quantas horas ou dias se passaram. Talvez apenas alguns. Ou vários. Tempo era um conceito que nunca dominei porque não importava.

Mas Sven, sim.

Ele importava.

Ele é meu.

Eu ainda estava repetindo essas palavras para mim mesma quando Riley chegou. Ela carregava uma bandeja de comida e arregalou os olhos ao me ver já sentada na mesa para duas pessoas com um prato reaquecido na minha frente. Eu o encontrei na geladeira e o aqueci com a engenhoca que Sven me ensinou a usar. Um tipo de aquecedor instantâneo com luzes vermelhas.

— Ah. — Ela colocou a bandeja de lado no balcão e se sentou na cadeira à minha frente. — É bom ver você comendo.

— Onde está o Sven? — perguntei, não querendo conversar hoje. Ela geralmente me perguntava como eu estava me sentindo, pedia para avaliar meus sinais vitais e queria saber quando foi a última vez que me transformei. Nada disso importava agora.

Apenas Sven.

— Ele ainda está no Território Andorra? — pressionei, a impaciência me dominando. *Preciso dele. Preciso dele agora.* Não por causa de seu ronronar ou de sua luz, mas para que eu pudesse dizer a ele como me sentia. Que ele era meu. Que eu o queria. Que acreditava nele. Que confiava nele para me manter. Para me ajudar. Para me proteger. Para ser meu.

E eu queria ser dele. Faria o que ele quisesse, o que ele *precisasse*, só para estar na sua presença calorosa mais uma vez.

— Eu... — Ela parou e baixou os olhos azuis vibrantes

enquanto seu cabelo da mesma cor caía no rosto. Era uma cor safira não natural que eu suspeitava ser tingido. Mas isso não era importante agora. — Ele está hospedado em seus antigos aposentos — ela continuou baixinho. — Mas eu o vi indo em direção ao campo de aviação quando vinha para cá.

Pulei da cadeira.

— Ele está indo embora?

Ela engoliu em seco.

— Não sei. Talvez.

— Preciso falar com ele. Preciso que ele entenda... eu... tenho que me desculpar. Eu tenho que... Riley, não posso deixá-lo ir. — Foi exatamente o que eu disse a ele para fazer, mas era o oposto do que eu realmente queria. — Pode me ajudar a detê-lo? Pode, pelo menos, me levar até ele para que eu possa... eu possa... — *Fazer o quê?*, pensei, piscando. *Pará-lo?* — Eu só... só preciso contar a ele... — Eu não tinha certeza do que ainda.

Algo.

Qualquer coisa.

Que eu o queria. Que eu o desejava. Que eu estava errada antes.

Podia ser tarde demais, mas não saberia a menos que tentasse. E seria tarde demais se eu o deixasse ir.

— Por favor, Riley. Pode me levar até ele? — Eu descobriria o que dizer quando o visse. Eu só... eu só precisava tentar.

Riley deve ter visto o desespero em minhas feições porque ela assentiu, exibindo algum tipo de vídeo de vigilância em seu relógio de pulso. Era igual ao de Sven, se misturava à pele dela, mas cheio de controles de alta tecnologia. Quando ela pegou a gravação dele do lado de fora do campo de aviação, meu coração deu um pulo.

Ele parecia determinado.

E com raiva.

Engoli em seco. *Ele é meu. Tenho que dizer a ele que ele é meu.*

A determinação me envolveu, me levando adiante. Isso foi muito diferente de quando deixei minha loba assumir o controle. Essa era eu. Minha mente. Meu corpo. Meu coração. E eu estava seguindo meus instintos como deveria ter feito desde o início. Mas eu estava assustada, magoada e incapaz de acreditar nas intenções de Sven sob a onda do meu condicionamento.

No entanto, eu o entendia agora.

Pelo menos, a maior parte.

Ainda havia uma enorme hesitação dentro de mim, um terror de que eu pudesse estar me preparando para uma dor de cabeça inexplicável, mas meu desejo de ver isso superava meu lado intimidado.

Sven despertou esses sentimentos, me proporcionou um caminho a percorrer que eu nunca soube que existia.

Queria ir até o fim, me jogar aos pés dele e implorar que ficasse.

— Tudo bem — Riley disse. — Você vai precisar ficar muito quieta e me seguir.

Assenti, concordando com seus termos. Eu poderia fazer silêncio.

Calcei um par de botas por cima da calça jeans, prendi o cabelo úmido em um rabo de cavalo e estiquei as mangas do suéter preto sobre as mãos. Eu não tinha casaco nem luvas, então isso teria que servir. Felizmente, os metamorfos se esquentavam naturalmente. E pelo que vi pelas janelas, a neve começou a diminuir, sugerindo que era primavera nesta parte do mundo.

Riley usava uma roupa parecida com a minha, sendo que usava tênis em vez de botas, e seu cabelo caía sobre os ombros esbeltos em uma cortina de seda azul. Ela seria facilmente reconhecível, o que era uma sorte não termos encontrado ninguém na saída. Suspeitei que isso fosse resultado de ela verificar a vigilância a cada poucos segundos enquanto nos movíamos.

Ela digitou um código no elevador, nos levando para um andar onde não estive antes. Era diferente da área de entrada com as enormes janelas e paredes brancas que vi ao chegar. Este era austero e quase sombrio, as paredes de concreto me lembraram da minha prisão em casa.

Senti um arrepio na espinha, o primeiro indício de que confiei na loba errada se instalou em meu espírito.

Ela é minha médica, me repreendi. *E é uma Ômega. Ela não vai me machucar.*

Era apenas minha inclinação arraigada de não confiar em ninguém. Mas deixei isso de lado agora, optando por colocar minha fé na mulher que estava tentando tratar minha condição nas últimas semanas ou meses.

Riley fez uma pausa para verificar o relógio novamente, usando um dedo para me manter quieta.

Então ela assentiu e passou por uma porta de aço que nos levou para fora. Saí com ela, ficando na lateral do prédio como ela fez, até encontrarmos a beira do campo de aviação.

Ela espiou pela esquina e eu segui o exemplo, sentindo o coração bater forte no peito ao ver Sven caminhar em direção a um avião a vários metros de distância. Jonas, Elias, Enrique e Ander estavam com ele.

Minha loba choramingou com a visão, exigindo que eu me transformasse e corresse para ele.

Não. Eu precisava fazer isso na forma humana.

Então disse a ela para se sentar. Foi uma sensação estranha – colocar uma parte de mim em pausa para permanecer no comando, mas parecia estranhamente certo. Como se eu devesse estar sempre no comando. Não ela. Passei a maior parte da vida isolada da minha loba, então pareceu natural permitir que ela assumisse o controle.

No entanto, uma parte crescente de mim começou a compreender que deveria ser um esforço combinado, não isto ou aquilo. Ela ainda poderia existir dentro de mim, ainda me incentivar a fazer coisas, mas cabia a mim – a humana – aceitar suas escolhas.

E agora, optei por ignorar a decisão dela.

Me deixe fazer isso, eu disse a ela.

Ela não lutou comigo. Apenas assentiu e se sentou dentro da minha mente, esperando, observando e prometendo estar lá quando eu precisasse.

Foi uma experiência estonteante, mas parecia certa e, de um jeito estranho, aumentou minha confiança.

Riley tremeu, sua expressão me disse que ela não tinha certeza se tomou a decisão certa ao ver seu próprio Alfa com o meu.

Mas eu sabia que era aqui que eu precisava estar. Senti isso dentro de mim. *Aquele é o meu Alfa, e ele precisa saber que eu o quero.*

Saí correndo antes que ela pudesse me impedir e minha alma se regozijou ao ver Sven se virar em minha direção.

Apenas para congelar com a fúria que cruzou suas feições quando ele me avistou.

Tropecei quando parei de forma abrupta, caindo a alguns passos de distância dele.

Meus joelhos protestaram quando bati no chão, e um som de grunhidos soou em meus ouvidos.

— *Riley.* — A voz de Alfa Jonas enviou uma onda de terror ao meu coração.

Mas foi o rosnado feroz de Sven que roubou o ar dos meus pulmões.

O som me lembrou de casa. Da minha cela. Da minha existência anterior.

Não sou mais aquela Ômega. Sou... sou... não sabia como terminar o pensamento, nem tive tempo para tentar.

Mãos ásperas agarraram meus ombros, me levantando do chão.

Mas não pertenciam a Sven.

Pertenciam a um Alfa de olhos escuros, traços marcantes e bronzeados, e cabelos negros e grossos. Ele soltou um estrondo baixo, que era quase como um ronronar, mas com intenção feroz.

Eu não tinha certeza de onde ele veio ou por que, mas quando olhei por cima do ombro para Sven, vi um lampejo de ameaça em suas feições. Como se ele tivesse desistido de todos os direitos sobre mim e não suportasse me ver.

E agora ele estava me deixando para enfrentar meu novo destino.

Sozinha.

CAPÍTULO 30
SVEN

— QUE HISTÓRIA é essa que ouvi sobre você estar indo para o Território Bariloche matar o Carlos? — meu pai perguntou quando atendi sua videochamada.

Revirei os olhos.

— Kaz é um fofoqueiro. — Liguei para ele ontem à noite enquanto percorria as paredes do Território Andorra, contando a ele sobre meus planos de ir para o Território Bariloche e matar o filho da puta que destruiu minha futura companheira.

Ah, ela podia pensar que não me queria.

Mas eu sabia que não era verdade.

Foi por isso que dei a ela algum tempo sozinha para pensar. Ela alegou que eu era jovem e que não me queria, então eu provaria meu valor trazendo a cabeça de seu pai em uma bandeja de prata. Então eu a forçaria a me aceitar, independentemente da situação dela.

Não poderia dar o nó nela. Mas algum dia isso mudaria. E eu estava disposto a esperar o tempo que fosse necessário para poder reivindicá-la de maneira formal. Mais cedo ou mais tarde, ela entenderia isso.

— Qual é o plano? — meu pai questionou enquanto eu caminhava pelo corredor em direção à saída do prédio. — E presumo que seu irmão vá com você.

— Ele ia — falei. — Mas não vai mais.

Suas sobrancelhas subiram na tela.

— Você vai sozinho?

— Não vou também. Pelo menos, não agora.

Meu pai franziu a testa.

— O que mudou?

Olhei para um Jonas silencioso ao meu lado.

— Outro plano será implementado primeiro. — Depois do acesso de raiva de Kari, fui até Jonas e exigi que ele ligasse para o Território de Sangue. Eu entendia que ele tinha certas reservas quanto a chamar um Alfa do V-Clan, mas se Riley achava que ele poderia ajudar, então eu queria aproveitar a possibilidade.

Minha Ômega podia ter perdido as esperanças, mas eu, não. Eu nunca faria isso. E eu continuaria a ser sua esperança mesmo nas horas mais sombrias.

— Estamos saindo para encontrar Alfa Kieran O'Callaghan — continuei. Empurrei a porta e encontrei o ar fresco lá fora. O sol estava quente o suficiente para derreter um pouco de neve. — Riley acha que pode ajudar Kari. E ele deve chegar a qualquer minuto.

Meu pai ficou quieto por um momento antes de concordar.

— Diga a K que mandei olá. — Ele desligou antes que eu pudesse responder a isso.

Jonas e eu trocamos um olhar.

— Seu pai conhece Alfa Kieran?

— Parece que sim — murmurei. Meu pai era cheio de segredos, o que eu supunha que ele conquistou ao longo de seus mais de quinhentos anos de existência. Pelo que eu sabia, Alfa Kieran era ainda mais antigo. Os rumores apontavam que ele tinha pelo menos mil anos de idade.

No entanto, ele não tinha companheira.

Ou tinha uma pretendida, mas estava desaparecida. Essa foi a história que ouvi. Ela supostamente desapareceu durante a era Infectada, fugindo de seu destino ao lado dele, e ele estava procurando por ela desde então.

Eu entendia esse tipo de determinação, porque faria o mesmo por Kari.

Enrique, Elias e meu irmão nos encontraram na pista, todos vestidos de maneira semelhante, com suéteres e jeans. Não sabíamos o que esperar da chegada de Kieran, já que os Alfas do V-Clan eram notoriamente imprevisíveis. Sua tecnologia rivalizava com a do Território Andorra, os seus jatos furtivos eram conhecidos por aparecer e desaparecer sob ondas de nuvens mágicas.

Eles eram lobos que agiam mais como panteras com seu pelo sedoso cor da meia-noite e reflexos felinos. A primavera era a época de acasalamento, com os meses de verão sendo passados dentro de casa, em estados semelhantes à hibernação, enquanto os bebês cresciam.

A luz do sol era sua inimiga, daí nossa surpresa compartilhada por Kieran ter escolhido chegar durante o dia. Ele não avisou com antecedência. Apenas enviou uma mensagem a Jonas informando que estava vindo para cá há cerca de uma hora.

— Ele acabou de falar com a torre pelo rádio — Ander nos informou enquanto se aproximava de mim. — Já está aqui.

Jonas resmungou, sua irritação era palpável.

Não ajudaria em nada agradecê-lo, então não o fiz. Era óbvio que ele tinha uma história com o Alfa do V-Clan que parecia envolver a amizade de Kieran com Riley.

É melhor que isso dê certo, pensei, cerrando os dentes.

Os outros pareciam compartilhar do meu sentimento ao formarmos uma espécie de grupo de boas-vindas dominante na beira da pista de pouso.

Definitivamente alta tecnologia, pensei admirando o design elegante e a abordagem quase silenciosa do jato que se aproximava. Aterrissou com uma graciosidade que não pude deixar de admirar, e meu coração de piloto ficou ansioso para ter uma oportunidade de dar uma volta naquela beleza.

Mas não deixei meu interesse transparecer.

Em vez disso, me escondi em uma máscara de indiferença. Eu não conhecia esse Alfa. Portanto, não confiava nele.

Jonas enrijeceu ao meu lado, com seu lobo espreitando em seu olhar.

Então um cheiro familiar chamou a atenção do meu animal. *Kari.* Seu doce perfume me fez virar, quase paralisando ao vê-la correr em minha direção.

Que merda é essa?, pensei, furioso por encontrá-la desprotegida aqui e na presença de um Alfa desconhecido que se aproximava. Dei um passo à frente, pronto para interceptá-la e colocá-la atrás de mim quando seus olhos se ergueram para os meus com medo e ela tropeçou.

Balancei a cabeça, confuso com a visão dela no chão.

Ela deveria estar segura em seu quarto, se recuperando enquanto eu fazia um acordo com Kieran para ajudá-la.

Uma energia sombria apareceu em minha visão periférica, me fazendo rosnar baixo e ameaçador enquanto a fumaça se tornava corpórea na forma de um macho Alfa. Ele ignorou todos nós, indo direto para Kari enquanto Jonas rosnava *Riley* em um tom furioso.

Olhei para a Ômega cambaleante, seus olhos se arregalaram em choque ao ver o Alfa do V-Clan, em seguida ela caiu no chão ao ouvir seu próprio Alfa gritar seu nome. Ele a agarrou no instante seguinte, puxando-a de maneira brusca para trás de si e me distraiu momentaneamente da cena em questão.

Para minha surpresa e irritação, o Alfa do V-Clan pegou Kari. Todo seu foco estava na minha pretendida trêmula. Os olhos dela encontraram os meus, terror e tristeza pareciam emanar dela enquanto Kari me implorava com os olhos para fazer alguma coisa.

Respirei fundo para me acalmar. O desejo de arrancar Kari das mãos do outro Alfa inundou minhas veias com tanta agressividade, que quase agi apenas por instinto.

Mas senti seu domínio como superior ao meu. Antigo, arcaico, da realeza.

Kieran O'Callaghan.

Eu poderia desafiá-lo, mas ele venceria. Mesmo com meu desespero para recuperar minha companheira, ele me destruiria sob uma onda de magia calculada. Eu podia sentir isso em minhas veias, em minha mente e quase ver o visual se desenrolar diante de mim.

Seria... humilhante. E irritante.

E errado, percebi no instante seguinte.

— Saia da minha cabeça — rebati, e meu lobo se levantou e sacudiu qualquer torpor que esse ser encantado acabou de lançar sobre mim. — *Agora*.

Uma risada soou em minha mente, seguida por uma voz baixa que disse:

— O que foi que você fez com essa pobre Ômega?

A cena começou a se intensificar ao meu redor, a realidade escapou lentamente através da nuvem de qualquer feitiço que foi tecido em meu espírito.

Este ser é muito poderoso, percebi, piscando ao ver Kieran segurar minha companheira mais uma vez.

O tempo era evasivo. Ele me manteve suspenso em

algum tipo de neblina, enganando meu lobo para que se submetesse sem sequer levantar a mão para me desafiar.

Pela fúria que irradiava de Ander, Elias e Enrique, fez o mesmo com eles.

Apenas Jonas parecia ter seu juízo sob controle, talvez porque segurava Riley, e ficou claro com um único olhar, que Kieran tinha uma queda por ela. E parecia que ele já estava desenvolvendo uma pela minha Ômega também, porque ele estava segurando o rosto dela com o cuidado de um Alfa carinhoso, não de um faminto.

— Tanta dor — ele sussurrou, olhando nos olhos dela. — Shh, está tudo bem, pequena — ele murmurou, fazendo com que ela baixasse os olhos em resposta. — Vou te ajudar assim que esses Alfas me contarem o que fizeram.

— Não fizemos nada — Jonas retrucou para ele. — O Território Bariloche fez isso.

Kieran piscou mais uma vez, depois olhou para Jonas.

— Alfa Carlos?

— Ela é filha dele — interrompi. — E minha companheira pretendida.

O Alfa do V-Clan me avaliou e depois olhou para a mulher trêmula em suas mãos.

— Isso é verdade, pequena? Você pertence a ele?

Gemi por dentro, ciente do que ela diria em seguida. Estava na ponta da minha língua explicar seu estado mental quando ela respondeu:

— S-sim. Alfa Sven é meu.

O choque destruiu todos os meus pensamentos. Porque era Kari falando, não sua loba.

Isso fez com que minha fera interior ressoasse em aprovação, sua voz interna dizendo algo como, *exatamente, eu sou seu*. Mas minha boca não conseguiu pronunciar as palavras porque fiquei atordoado com sua declaração aberta.

Eu esperava uma briga, ter que declará-la mentalmente instável, mas ela pronunciou as palavras com uma confiança que senti em minha alma. A gagueira no início desapareceu no final, sua afirmação era sólida e firme.

Ela sabe que sou dela.

— Entendo. — Kieran gentilmente a soltou e a guiou para meus braços. — Não tenho certeza de como vocês tratam as Ômegas aqui, mas não permitimos que as nossas rastejem pelo chão na presença de outras pessoas. Esse comportamento é reservado apenas aos quartos.

Kari tremeu contra meu peito, me fazendo ronronar para ela. Beijei o topo de sua cabeça, agradecendo sem palavras por me reivindicar na frente dos outros. Parte de mim ainda estava atordoada, imaginando de onde aquela mulher veio, porque aquela que eu deixei outro dia tinha a convicção oposta. Caramba, ela agiu como se me odiasse.

Mas esta sua versão se enrolou em mim, relaxando no momento em que meu ronronar encontrou seu ouvido.

Minha, pensei, sorrindo contra sua cabeça. Eu não poderia nem ficar bravo por ela ter fugido para cá, desprotegida. Porque ela conhecia seu lugar e estava segura em meus braços.

Bem, sem o claro predador em nosso meio.

Seu jogo mental provou que ele era o Alfa sobre todos nós, algo que deixou todos desconfortáveis, exceto Kieran. Até Jonas parecia descontente, provavelmente porque sabia que não havia nada que pudesse fazer para proteger seu Alfa do Território do joguinho mental de Kieran.

— Você ligou para ele — Riley sussurrou. — Por que não me disse que ligou para ele?

— Era para ser uma surpresa — Jonas respondeu em tom baixo. — Eu também não sabia se ele apareceria e não esperava que você viesse aqui para cumprimentá-lo.

— Sim, o que está fazendo aqui, Ômega? — Ander exigiu. — Sua responsabilidade era fazer companhia a Ômega Kari, não *deixá-la solta em meu Território*.

Kari estremeceu em resposta à sua ira óbvia, e Riley choramingou atrás de Jonas.

— E-eu... Kari queria ver Alfa Sven...

— E você concordou? — A expressão de Ander se transformou em linhas tensas de fúria. — Ela é uma Ômega *não acasalada* sem escolta protetora. O que teria acontecido se não estivéssemos aqui? Você considerou isso? Considerou alguma coisa?

— M-me desculpe — ela gaguejou. — Eu só... eu só queria ajudar...

— Colocando-a em uma situação perigosa que poderia tê-la ferido ou pior? — Ander parecia incrédulo, além de chateado. — Você vai lidar com isso, Jonas, ou eu vou. E você não vai gostar de como eu escolho fazer isso.

— Oh, confie em mim, eu cuidarei disso — Jonas respondeu, seu tom igualmente furioso e arrancando um gemido da Ômega atrás dele. — Quieta — ele retrucou antes de se concentrar em Kieran. — Não era assim que pretendíamos que as apresentações fossem hoje. Peço desculpas pela teatralidade. — Ele falou com os dentes cerrados, o pedido de desculpas soando quase doloroso.

— Como não sou de perder tempo, não preciso de desculpas. Já fiz a avaliação necessária e a resposta é sim, posso ajudar sua Ômega.

Arqueei as sobrancelhas. *Ele já completou o exame? Como?* Nunca conheci um lobo do V-Clan, então não sabia nada sobre sua magia. Mas concluir tudo isso tão rápido parecia... impossível. E, ainda assim, ele estava diante de nós com um ar confiante, seu status de Alfa evidente em sua postura majestosa.

— Dito isto, vou precisar das mãos fortes de Riley para

me ajudar. E não ficarei esperando para operá-la só porque ela está muito dolorida por causa de qualquer punição que você pretenda dar a ela. — Ele verificou seu pulso e uma tela apareceu acima de sua pele. — Trabalho melhor à noite e o sol se põe em três horas. — Ele voltou sua atenção para Ander. — Preciso de uma refeição e uma cama para descansar. Isso vai me custar muita energia.

— Claro — Ander disse sem perder o ritmo.

Kieran assentiu e seus olhos escuros encontraram os meus.

— Pelo que posso sentir em seus órgãos, ela não passa pelo cio há vários anos. É muito provável que entre no cio imediatamente quando terminarmos. Como ela diz que é sua, é sua responsabilidade estar pronto para lidar com isso.

— Não preciso que você me diga como cuidar da minha Ômega.

Ele olhou entre Riley e Kari, erguendo a sobrancelha.

— Não estou muito convencido disso. — Em seguida, ele olhou para Ander com expectativa.

— Elias, mostre a Kieran seus aposentos — meu irmão disse sem olhar para seu Segundo. — Tente não desafiá-lo no caminho.

Elias bufou.

— Depois daquele jogo mental? Sem promessas.

Kieran apenas sorriu.

— Mostre o caminho, *Segundo*.

Observei enquanto eles caminhavam, minha mente se recuperando da reviravolta inesperada dos acontecimentos de hoje. Tínhamos previsto que ele teria que examinar Kari de maneira minuciosa antes de estabelecer seus termos, mas parecia que ele já sabia exatamente o que era necessário. E tudo o que ele precisava era de cama e comida.

— Tem que haver alguma pegadinha — falei ao vê-lo desaparecer no prédio com Elias. — Ele não pode estar fazendo isso basicamente de graça.

— Os lobos do V-Clan são conhecidos por valorizar suas Ômegas ainda mais do que nós — meu irmão murmurou. — Suspeito que apenas sentir a dor dela foi suficiente para pressioná-lo a ajudar.

— Algo que você antecipou — Enrique interrompeu. — Você não ficou nem um pouco surpreso por ele ter concordado com isso.

— Não, não fiquei — Ander respondeu. — Porque Ômega Kari não é a primeira. — Ele lançou um olhar para Jonas e Riley. — Ele tem as Ômegas em alta conta, até a ponto de salvar um companheiro Alfa apenas para garantir o estado mental saudável dela.

Jonas grunhiu.

— Ele não salvou minha vida.

— Salvou, sim — Ander respondeu baixinho. — Em mais de um aspecto. — Então suas íris douradas brilharam quando ele as fixou em Riley. — Dados os requisitos de Alfa Kieran, a punição da sua Ômega vai precisar acontecer após a cirurgia.

— Sim — Jonas concordou em tom ríspido. — Felizmente, isso será melhor para ela, porque ela terá que passar a noite antecipando o que farei quando ela terminar.

— A c-culpa é minha — Kari gaguejou baixinho, interrompendo a discussão. — Pedi a ela que me ajudasse. E-eu deveria receber o castigo, não ela.

— Não — meu irmão disse antes que eu pudesse dizer uma palavra. — Você não é uma das minhas lobas. Mas Ômega Riley é. E como minha loba, ela conhecia os riscos de tirar você do prédio sem a devida proteção. Não é mesmo, Ômega?

Riley tentou segurar Jonas, mas ele se afastou dela, deixando-a enfrentar sozinha a ira do Território Alfa. Fazer isso deveria estar matando-o, mas o que ela fez foi imprudente. Meu irmão estava certo: ela colocou Kari em riscos desnecessários. Já que era a mim que elas estavam tentando encontrar, ela deveria ter ligado para Jonas e dito o que queriam. Em vez disso, ela escolheu levar Kari para fora e, embora eu apreciasse que ela a estivesse levando para mim, foi uma ação errada.

E se Kieran tivesse trazido outros?

E se ele tivesse a intenção de nos prejudicar?

E se não quem atravessou as paredes da cúpula não fosse Kieran, mas alguém que não esperávamos?

Havia tantas situações que levariam a danos potenciais não apenas para Kari, mas também para Riley. Embora esta última pudesse cuidar de si mesma, Kari era muito vulnerável à dor.

Ela também não estava acasalada.

E tinha a propensão de se submeter imediatamente.

Eu concordava com meu irmão e Jonas neste caso: Riley precisava ser punida por suas ações. Forçá-la a esperar por essa punição serviria como uma reprimenda por si só, especialmente se Jonas não a apoiasse como uma unidade coletiva.

Ele estava mostrando a ela como seria estar por conta própria.

O que teria acontecido se ele não estivesse lá fora quando ela saiu com Kari.

Enfrente suas consequências, dizia sua postura agora. *E você as enfrentará sozinha, já que optou por não manter uma frente unida comigo como seu Alfa.*

— Sinto muito, Alfa — Riley sussurrou. — Pensamos que Alfa Sven estava indo embora. Estávamos tentando detê-lo.

Arregalei os olhos de surpresa com sua confissão. *Kari pensou que eu a estava deixando? Ela esperava que eu desistisse com tanta facilidade, depois de um pequeno acesso de raiva?*

— Então você deveria ter chamado seu Alfa para ajudá-la em vez de colocar uma Ômega vulnerável em risco fazendo isso sozinha — Ander respondeu em tom seco antes de olhar para mim. — Leve Kari de volta para dentro. Ela vai precisar estar calma e pronta para a cirurgia esta noite.

Ela tremeu contra mim, reforçando o ponto dele. Ela não poderia ficar aqui ouvindo os Alfas repreenderem Riley. Eles não iriam machucá-la. Nem mesmo depois da cirurgia. Mas garantiriam que ela nunca mais faria algo tão insensato.

Eu só esperava que ela fosse capaz de realizar a cirurgia sem muita emoção atrapalhando seu julgamento.

Mas uma olhada para Jonas me disse que ele tinha tudo sob controle. Ele se certificaria de que ela tivesse o que precisava para ter sucesso, ao mesmo tempo que manteria um ar punitivo. O relacionamento deles remontava a um século, o que significava que eles sabiam exatamente como lidar um com o outro. E pelo que testemunhei, eles se davam muito bem juntos.

E agora, estava na hora de garantir que Kari e eu desenvolvêssemos o mesmo tipo de relacionamento.

Eu a prepararia para esta noite também.

Ao mesmo tempo que a lembraria a quem ela pertencia. Porque ela não poderia entrar nisso com mais dúvidas. Não importava o que acontecesse, ela era minha. E estava na hora de eu ter certeza de que ela entendia exatamente o que isso significava.

CAPÍTULO 31
KARI

Sven me levou de volta à nossa suíte e direto para o quarto.

— Tire a roupa — ele disse em um tom exigente que provocou um arrepio na minha espinha. — Agora.

Entreabri os lábios.

— Sven...

— Agora — ele repetiu.

Estremeci sob seu domínio, mas minha loba suspirou em minha mente. Ela o queria com uma ferocidade que senti em minhas veias. Nós o desobedecemos. Nós o machucamos. E agora seríamos repreendidas por ele.

Ela estava ansiosa por isso.

Enquanto eu ainda não tinha certeza de como me sentir.

Tirei as botas ao lado da cama, depois tirei o suéter e a calça jeans, revelando que não usava nada por baixo. Algo sobre isso o fez rosnar.

— Isso é tudo que você usou em sua pequena excursão lá fora?

Engoli.

— Eu estava indo até você para impedi-lo de partir.

— Eu não estava indo embora, Kari. Estava indo receber Alfa Kieran no Território Andorra. Estávamos nos reunindo para iniciar as negociações para ele te ajudar.

Meus lábios formaram um pequeno O e eu pisquei para ele.

— Mas você disse *adeus*.

— Não, eu disse *boa noite* — ele respondeu e tirou o suéter. — E passei dois dias com Enrique e Elias, ajudando-os a planejar um ataque contra o Território Bariloche, enquanto Jonas ligava para Kieran. Íamos partir hoje mais tarde, mas Kieran nos contatou há uma hora para dizer que estava a caminho.

— Você estava indo para o Território Bariloche? — repeti em um sussurro, com o coração na garganta. *Em busca de outras Ômegas?*

— Sim. Matar seu pai pelo que ele fez com você.

Eu me assustei com a veemência em suas palavras.

— Para matar meu...? Não pelas Ômegas?

— Pretendíamos salvá-las, mas é a cabeça dele que procuro. Vou matá-lo por você. De maneira brutal. Ele vai pagar pelo que fez à minha Ômega. — Ele tirou os sapatos e começou a desafivelar o cinto. — Sente-se na beira da cama. Pernas abertas para que eu possa ver seu centro. Dedos dos pés inclinados em direção ao chão.

Fiz o que ele ordenou, indo até a ponta do colchão, enquanto considerava tudo o que ele disse. *Sven estava indo para o Território Bariloche para me vingar.*

A constatação aqueceu meu coração, mesmo enquanto aquela voz traiçoeira sussurrava que ele tinha um motivo oculto para encontrar uma Ômega melhor.

Engoli essa insegurança, forçando-a a sair da minha cabeça. Ele falou sobre salvar as Ômegas como se fosse um objetivo secundário, não o principal.

— Você ainda planeja ir? — perguntei enquanto ele puxava o zíper da calça jeans para baixo. — P-para o Território Bariloche? — Estava ficando cada vez mais difícil me concentrar em nossa conversa, quando desviei o olhar para sua virilha.

Ele puxou a calça para baixo, permitindo que caísse no chão. Estremeci ao vê-lo, seu pênis irritado com a excitação e pulsando de necessidade através da fina barreira da cueca.

Meu, pensei, minha umidade se reunindo no meu centro em preparação para tomá-lo. Não importava se iria doer. Eu só queria senti-lo dentro de mim. Receber o nó dele como deveria.

Só que eu não podia.

E essa constatação me fez olhar para cima, para ver seus olhos famintos. *O que ele vai fazer comigo?*

— Sim, Kari. Ainda pretendo ir ao Território Bariloche. Não para substituir minha Ômega, mas para matar seu pai. — Ele tirou a boxer, ficando tão nu quanto eu. — Isso é o que você ainda não entende. Você é minha.

— Eu-eu sei — murmurei, tentando me lembrar de tudo que queria dizer a ele.

Mas ele não terminou de falar.

— Não, Kari. Você não sabe. Você pensou que algumas palavras poderiam me fazer fugir de você? Que eu voltaria para o Território Nórdico com o rabo entre as pernas? — Ele parecia irritado com a sugestão, o que me fez estremecer um pouco. — Eu nunca vou te abandonar, Kari. Isso é o que você parece não entender. Você acha que tudo isso é para que eu possa te dar o nó.

Ele deu um passo à frente entre minhas pernas abertas e senti suas coxas quentes contra minha pele mais fria. Seus dedos subiram pelo meu esterno até minha garganta, depois para o meu cabelo. Ele segurou meu rabo de cavalo e inclinou minha cabeça para trás para encontrar meu olhar.

— Não estou fazendo isso por mim, Kari — ele continuou, com a voz baixa, mas com um toque de selvageria. Engoli em seco. O tom falava à minha alma e exigia que eu ouvisse. *Ouça o que ele diz. Acredite nele. Abrace-o.*

— Estou fazendo isso por *nós.*

Ele levou a mão oposta até meu rosto, roçando os nós dos dedos em minha bochecha.

— Abra esses lindos lábios para mim — ele sussurrou. Seu domínio me envolveu e me forçou a obedecer.

Abri.

— Boa menina — ele elogiou, chegando ainda mais perto. Em seguida, envolveu os dedos ao redor da base de seu pau. — Fique assim.

Fiquei.

— Não engula — acrescentou. — Ainda não.

Foi necessário um esforço consciente para seguir seu comando, para não permitir que minha garganta funcionasse enquanto a saliva se acumulava em minha boca. Eu o queria com uma ferocidade que sentia de maneira profunda.

Minha umidade aumentou ainda mais, praticamente saindo de mim.

E eu ofeguei. Minha necessidade de saboreá-lo me deixou louca de desejo.

Alfa, eu quase disse, mas um olhar de advertência me manteve imóvel.

Ele passou o polegar pelo meu lábio inferior, depois passou dentro para pegar um pouco da umidade e desenhou um círculo ao redor da cabeça do seu pênis.

Ah... minhas coxas ameaçaram fechar, a necessidade de fricção era um desejo que eu não conseguia combater, mas suas pernas me impediram de me mover.

E seus olhos mantiveram minha boca aberta para ele.

Eu ofeguei.

Quando seus dedos se fecharam ao redor do nó, eu gemi. Minhas mãos tremeram com o desejo de tocá-lo. *Por favor, Alfa*, implorei com os olhos.

Ele ainda segurava meu cabelo, me forçando a observar seu rosto enquanto ele se dava prazer diante de mim.

— Não estou fazendo isso por mim — ele repetiu. — Estou fazendo isso por nós. Eu já te possuo, Kari. Você já é minha, tanto quanto eu sou seu. O nó, a mordida, tudo é secundário para mim. *Você* é o que mais importa. E nunca duvidei nem por um momento que não serei capaz de *nos* ajudar, porque soube, desde a primeira vez que te vi, que você estava destinado a ser minha.

Outro toque em meus lábios.

Mais saliva.

E uma carícia firme em seu pênis duro como aço.

Um gemido cresceu na minha garganta. *Eu quero isso. Eu o quero. Preciso dele.*

— Shh — ele silenciou, minha reclamação interna escapou pelos meus lábios entreabertos. — Vou te dar tudo o que você quiser e muito mais. Mas agora estou no comando, Kari. Vou te mostrar o que significa ser minha, controlando quanto você ingere, quanto você engole e quanto sêmen eu libero. Você é minha para valorizar e proteger, minha para punir, minha para possuir e minha para dar o nó como eu quiser.

Um tremor fez cócegas na minha coluna. Era apenas um pequeno vislumbre de medo que fez sua mandíbula endurecer.

— E é por isso que estamos fazendo isso — ele acrescentou com um som sibilante que fez meu estômago revirar. — Companheiros confiam um no outro, Kari.

LEXI C. FOSS

Você pode não ter minha mordida, mas isso não faz de você menos minha. E vou garantir que você entenda isso quando eu terminar. Agora abra mais a boca.

Meu queixo afrouxou, meu corpo estava sob seu comando.

Ele roçou minha bochecha com os nós dos dedos novamente, sua aprovação ficou evidente naquele toque terno. Então ele trouxe seu pau aos meus lábios.

Estendi a mão para ele por instinto, mas ele pegou meu pulso e baixou a mão até minha coxa.

— Eu estou no comando — ele repetiu. — Você vai aceitar o que eu te der. E vai confiar em mim para não ir longe demais.

Estremeci, sentindo meu interior dar cambalhotas com o ar de controle que o cercava. Ameaçou me subjugar, chamar minha loba e permitir que ela se submetesse em meu nome.

Mas senti a importância de permanecer aqui com ele, de ouvi-lo, de aprender a ser o que ele precisava como *metamorfo*, não como *animal*.

Engoli em seco quando ele bateu no fundo da minha garganta, então me forcei a relaxar enquanto ele empurrava um pouco mais, me fazendo tomá-lo.

— Tão bom — ele elogiou, apertando meu cabelo de leve. — Olhos em mim, pequena maravilha — disse. — Quero ver *você*.

Não minha loba, traduzi. Ele estava me testando, garantindo que eu permanecesse presente enquanto ele me levava. Esse conhecimento me fez sentir segura e desejada ao mesmo tempo.

Ele estava garantindo meu conforto, ao mesmo tempo que se certificava que eu não poderia me esconder.

Acariciei a língua na pele aveludada, me deleitando com seu gosto, e gemi enquanto minhas coxas ficavam ainda mais úmidas com minha necessidade. Eu ansiava pelo pau Alfa antes, meu corpo preparado e treinado para ansiar pelo nó, mas nunca estive mais excitada do que agora.

Seu calor acendeu uma chama dentro de mim que ardia só por ele. Disparou faíscas em minhas veias, fazendo minhas terminações nervosas formigarem.

— Mais fundo — ele rosnou, inclinando minha cabeça em um ângulo que alargou minha garganta.

Gemi quando ele deslizou mais, então parei quando ele cortou minha capacidade de respirar.

Ele ficou lá por um instante, com a mão no meu cabelo e me forçando a tomá-lo.

Não lutei.

Esperei.

Confiei nele para me libertar.

E ao fazê-lo, ele me elogiou pelo esforço. Roçou a mão livre em minha bochecha mais uma vez antes de retornar os dedos ao nó.

— Você vai engolir o máximo que puder — ele murmurou. — E depois vai engolir um pouco mais.

Assenti, ansiosa para obedecer. Seu sêmen dentro de mim me fazia sentir mais próxima, como se estivéssemos unidos de uma forma que ninguém poderia tirar de nós.

— Humm — ele murmurou, a aprovação evidente naquele som. — Olhos em mim, pequena maravilha. Não importa o que aconteça.

Pisquei para ele, só então percebendo que havia fechado os olhos em antecipação. Seus olhos azul profundo me encaravam, enquanto o Alfa se perdia em sua luxúria.

Eu já vi aquele olhar muitas vezes antes.

Geralmente me aterrorizava.

Mas não em Sven. Eu sabia que ele não me machucaria, mesmo quando começou a estocar com força em minha boca, seu pau atingindo o fundo da minha garganta. E ainda assim, com cada movimento cruel, eu confiava nele para me manter segura.

Abri ainda mais para ele, permitindo que ele usasse minha garganta.

E quando ele começou a gozar, engoli, exatamente como ele disse que eu faria.

Suas pupilas ficaram totalmente pretas, engolindo suas íris enquanto ele me observava tirar o máximo que pudesse.

Não havia ar.

Apenas sêmen.

Eu peguei... e peguei... e peguei...

O pânico explodiu nos vestígios da minha consciência, uma vozinha me dizia que eu poderia me afogar assim, mas eu a afastei e sustentei seu olhar. *Eu confio em você.*

O orgulho brilhou em sua expressão enquanto ele me observava com os dedos acariciando o nó e me forçando a consumir ainda mais. Pontos pretos dançavam diante dos meus olhos, mas me recusei a ceder à vontade de gritar ou me afastar.

Ele não vai me machucar.

Ele é meu Alfa. Meu Sven. Minha esperança.

Ele curvou os lábios e seu aperto em meu cabelo aumentou quando ele puxou minha boca para fora dele. Mas não deixou de gozar. Continuou a jorrar o sêmen pelo meu pescoço e peito enquanto segurava meu olhar o tempo todo.

— Esfregue na sua pele — ele exigiu.

Levantei os dedos, obedecendo sem questionar.

Seu olhar deixou o meu para observar, suas narinas estavam dilatadas com a visão.

— Agora, volte a se deitar na cama e mantenha as pernas abertas — disse em tom sombrio.

Ele vai me dar o nó, pensei. Minha mente ficou em branco por apenas um momento antes que outro pensamento me ocorresse. *Não ele não vai. Ele não vai me machucar assim.*

Eu sabia que ele não faria isso porque passamos inúmeras horas juntos na cama e nenhuma vez ele me tomou.

Não importava o quanto eu o tivesse deixado irritado, ele nunca me machucaria.

O conhecimento se instalou em algum lugar dentro de mim quando me mudei para o centro do colchão e abri as pernas para ele, exatamente como ele pediu.

Confiei nele de maneira inequívoca e deixei que ele visse isso em meus olhos quando encontrei seu olhar mais uma vez.

— Aí está minha companheira — ele disse, rastejando na cama para se acomodar entre minhas coxas. Seu comprimento deslizava através da minha intimidade enquanto ele se esfregava contra mim, reunindo todo o meu fluido antes de entrar em mim em um impulso que me fez ver estrelas.

Paralisei, chocada com a intrusão.

Mas ele me silenciou no momento seguinte, afastando seu pau de mim.

Engoli em seco, ofegante embaixo dele.

— Só para me certificar de que você sabe que é minha — ele sussurrou em meu ouvido. — E que tenho controle mais que suficiente para evitar dar o nó em você.

Ele pontuou seu argumento colocando a mão entre nós para se controlar e liberar ainda mais seu esperma, diretamente na minha entrada.

— Você é minha, Kari — ele disse, passando os lábios por minha bochecha antes de chegar ao canto da minha boca. — E meu sêmen em sua boceta prova isso. — Seus

345

olhos se mantiveram nos meus enquanto ele continuava a jorrar dentro de mim sem estocar novamente. Só a cabeça, ali, me beijando de maneira íntima enquanto ele gozava... e gozava... e gozava.

Meu corpo estava em chamas, meu interior gritava para que ele me completasse, mas eu sabia que ele não faria isso. Não para me torturar. Não porque ele queria que eu implorasse. Não, ele estava fazendo isso para provar seu próprio controle. Para me mostrar que ele era meu Alfa. Meu protetor. Meu companheiro. E que nunca faria algo para me machucar de propósito.

Levantei a mão até seu rosto, completamente perdida em sua demonstração de força e destreza.

E assenti.

Porque ele estava certo.

— Eu sou sua — murmurei. — E você é meu.

Ele sorriu.

— Sou muito seu — ele concordou, pairando os lábios sobre os meus. — Não importa o que aconteça esta noite, ainda serei seu. Para sempre, Kari.

Acreditei nele, algo que lhe disse com os olhos e com a boca enquanto o beijava.

— Se isso não der certo — ele disse após alguns minutos de silêncio sensual —, não vou desistir. Vou dar um jeito, Kari. Eu juro. Você é minha pequena maravilha e farei o que for preciso para curá-la. Não por mim, mas por nós. E por você. — Ele tomou minha boca mais uma vez, sua língua tecendo uma bênção através da minha alma. — Eu moveria o mundo por você, Kari — ele sussurrou. — E eu vou. Você vai ver.

Me derreti debaixo dele, acreditando em cada palavra.

Sven era minha esperança. Meu amor. *Meu Alfa.*

CAPÍTULO 32
SVEN

Este corredor branco e imaculado estava se tornando minha segunda casa.

Andei por ali depois da cirurgia fracassada de Kari, e novamente quando liguei para Kaz sobre ir para o Território Bariloche.

E agora, segui exatamente o mesmo caminho enquanto esperava pelo resultado da operação atual de Kari.

Apoiei a mão na nuca e suspirei enquanto repassava a última declaração de Kieran em minha mente. *Vai dar certo. Mas preciso me concentrar e não posso fazer isso com toda a sua energia possessiva ao nosso redor. Então vá se foder e me deixe fazer meu trabalho.*

Eu queria dar um soco na cara daquele idiota arrogante. No entanto, não consegui. Não quando ele começou sua declaração com: *Vai dar certo.*

Vai dar certo, concordei. *Com certeza vai.*

Eu podia sentir isso bem dentro de mim. Meu lobo estava presunçoso em sua postura confiante enquanto cantarolava em aprovação por libertar nossa companheira do último de seus laços de escravidão.

— Quer andar a noite toda ou fazer algo útil? — A voz do meu irmão ecoou pelo corredor quando ele virou uma esquina com Elias e Enrique logo atrás.

— Temos outro plano de guerra para revisar, se você quiser — Elias acrescentou. — Achei que poderíamos criar uma terceira opção, já que não vamos hoje à noite. Nunca se pode estar preparado demais.

Já tínhamos uma ideia bastante sólida, mas não me importava de ter outra coisa em que me concentrar.

— Isso pode ser feito aqui? — Porque eu não ia deixar Kari. Estar fora da sala já era doloroso o suficiente.

— Sim. — Elias sacudiu o pulso, puxando esquemas para mostrar na parede branca.

Contraí os lábios porque eles claramente anteciparam minha concordância, ou não estariam tão prontos para revisar os planos.

Obrigado, eu disse com o olhar para meu irmão, apreciando-o mais do que jamais poderia dizer. Eu sabia que isso foi ideia mais dele do que dos outros.

Ele assentiu como se respondesse: *Para que serve a família?*

Elias entrou direto em uma discussão tática para revisar o plano original que discutimos sobre como derrubaríamos os Alfas do Território Bariloche.

A primeira parte envolvia um antialucinogênio, algo que Enrique sugeriu para ajudar a acordar os Alfas que poderiam querer acertar as contas com Carlos.

A segunda parte passou para o plano de ataque. Com a orientação de Enrique, tínhamos um layout completo do Território Bariloche, uma lista completa de armas potenciais e as identidades daqueles que eram apoiadores fervorosos de Carlos. Ele também nos disse onde as Ômegas eram mantidas, delineou os poços de tortura, que Kari mencionou para mim e que estavam cheios de

Infectados, e apontou para uma área destacada que apenas Carlos conhecia.

Este último era o foco da discussão desta noite. Com o tempo extra disponível, meu irmão enviou um drone para capturar imagens da área privada de Carlos.

— Ainda não temos informações, mas teremos em breve — ele falou, acessando a transmissão ao vivo de seu brinquedo. — Deve atingir o espaço aéreo do Território Bariloche nos próximos cinco minutos.

— Ah, então esse é o verdadeiro objetivo de tudo isso.

— Sim, tínhamos trinta minutos para gastar, então achamos que não faria mal nenhum repassar os planos — Elias disse e deu de ombros. — Te distraiu, certo?

Bufei.

— Um pouco. — Mas não inteiramente. Meus ouvidos estavam sintonizados na sala a poucos passos de distância, esperando por qualquer sinal de complicação. Felizmente, estava quieto e calmo.

Enrique se encostou na parede enquanto esperávamos, mas senti um pouco de sua energia nervosa.

— Você acha que seu irmão pode estar lá?

— É um dos únicos espaços que nunca consegui verificar — ele respondeu. — Então, sim.

Assenti, entendendo. Ele contou a Ander e Elias sobre seu irmão gêmeo e como suspeitava que ele estivesse vivo. Eles exigiram saber o que significava tudo isso, e ele expressou a verdade sem rodeios.

Pelo que vi, ele e Elias rapidamente se tornaram amigos. Os dois compartilhavam uma propensão para luta e armas. Com Elias sendo o segundo de Ander, ele tinha acesso a todos os brinquedos divertidos, algo sobre o qual Enrique estava ansioso para aprender mais.

Um bipe soou no pulso de Ander, nos alertando sobre a aproximação do drone.

Observamos enquanto ele avançava pelo céu azul, ainda havia luz naquela parte do mundo, mas igualmente coberta de neve. Nunca estive na região da Patagônia, mas já vi fotos. Árvores, gelo, neve, montanhas e lagos azuis surpreendentes.

O drone voava sobre um deles agora, se mantendo próximo ao solo.

— Você enviou um furtivo? — perguntei, reconhecendo a tecnologia de camuflagem. Isso deixaria a máquina com um tom azul brilhante para se misturar com a água abaixo dela.

— Sim — meu irmão confirmou, com os olhos na tela. — Enrique programou as coordenadas esta manhã após a ligação de Kieran.

Parecia certo.

Continuamos observando, o drone fez uma varredura no terreno para provar que a informação de Enrique estava correta. Depois entrou lentamente no coração do Território Bariloche e examinamos os resultados com os dentes cerrados.

Era pior do que eu imaginava.

Escravos de todos os tipos.

Sangue.

Crueldade.

Poços que iam além da tortura dos infectados, mas também de outros tipos.

Ômegas sendo comidas quase até a morte durante o dia, como se fosse perfeitamente normal.

Betas presos.

Alfas drogados.

Tudo o que Enrique e Kari disseram era verdade. Eu não duvidei deles, apenas esperava que parte disso tivesse sido exagero. Mas não. Era ainda pior do que eles descreveram.

No entanto, quando o drone passou por cima de um muro e entrou no santuário privado de Carlos, o ar de morte e selvageria se transformou em um oásis. Havia alguns Betas andando por ali, todos claramente escravos, como evidenciado pelas coleiras em volta do pescoço, mas a opulência da propriedade palaciana sugeria riqueza e elegância.

Havia jardins, paredes brancas, salas imaculadas e móveis dourados.

— Não parece uma prisão — Elias resmungou.

— Não — Enrique concordou, parecendo frustrado.

— Mande-o para o subsolo — uma nova voz sugeriu, fazendo com que todos nos voltássemos para a presença inesperada.

Kieran estava encostado na parede, com os braços cruzados de maneira casual, enquanto estudava a filmagem. Ele olhou para todos nós como se não tivesse aparecido do nada para se esconder e assistir ao show.

— O quê? — ele perguntou, parecendo nada arrependido. — Se eu mantivesse reféns, eu os colocaria no subsolo, não em minha casa. — Ele olhou para cada um de nós. — Quer dizer, é isso que estamos procurando, certo? Reféns?

— Não estávamos fazendo nada — Ander respondeu.

Kieran apenas sorriu.

— Ah, bem, tenho uma pergunta antes de responder. — Seu foco foi para mim. — Kari mencionou alguma coisa sobre uma loba do V-Clan? Uma curandeira, talvez?

— O que você está fazendo aqui? — questionei. — Você não deveria estar lá? — Apontei de maneira incisiva para a sala de operação.

— Ah, sim, terminamos.

— Terminaram? — repeti.

— Foi o que eu disse — ele murmurou. — Foi um sucesso, caso você esteja se perguntando.

— É claro que estou me perguntando — rebati, dando um passo à frente.

Ele pressionou a palma da mão em meu peito e sua magia me congelou no lugar.

— Ela ainda está dormindo, Sven, mas deve acordar dentro de uma hora. Então você precisa estar preparado, pois posso sentir que o cio dela já está tomando conta.

— Então me deixe vê-la — falei com os dentes cerrados, muito irritado com seu encantamento.

— Acabei de passar por um sacrifício substancial de poder em nome da sua Ômega para garantir que ela sobrevivesse à cirurgia sem cicatrizes ou efeitos colaterais para o resto da vida. Também é importante notar que, sem mim, ela provavelmente teria morrido — ele falou em tom calmo e seu olhar escuro brilhou com um aviso óbvio. — Então, por favor, me diga se a sua Ômega mencionou alguma coisa sobre uma curandeira.

Meu lobo queria empurrá-lo para fora do nosso caminho e acabar com isso.

Mas o homem em mim ouviu o que ele disse sobre ajudar minha Ômega, e não pude deixar de lhe dar a cortesia de uma resposta. Porque eu devia a ele. E se tudo o que ele queria de mim era uma resposta, eu daria a ele.

— Ela disse que uma das Ômegas do acampamento de Carlos pode curar. Ela também disse que Carlos é um colecionador e nem todas as suas Ômegas são lobas do X-Clan.

— Interessante — ele murmurou, pensativo, e olhou para Ander. — Precisarei permanecer aqui por mais alguns dias até que Ômega Kari esteja em seu juízo perfeito para me contar mais sobre essa curandeira. Isso pode ser arranjado?

— Se você parar de usar seus encantamentos em nós, sim — meu irmão respondeu com um silvo sutil de advertência.

Kieran sorriu.

— Mas é claro.

Quase tropecei. Sua magia me liberou instantaneamente. Sua mão contra meu peito me impediu de cair sobre ele.

— Ela vai ficar quase inconsolável em sua necessidade. Boa sorte. — Com isso, ele enfrentou Ander enquanto a filmagem do drone desaparecia. — Sugiro infravermelho para seu próximo drone.

Meu irmão sorriu e trouxe a tela de volta, fazendo exatamente isso.

Deixei-os discutindo seus brinquedos, o Território Bariloche e os arranjos para dormir.

Eu tinha uma Ômega para cuidar.

E esperava que Riley fosse um pouco mais aberta sobre os detalhes do estado físico de Kari. Porque algo me dizia que eu não receberia nenhum outro detalhe de Kieran.

— Então você removeu o arame todo? — perguntei, recapitulando o que Riley acabou de me dizer.

Ela assentiu.

— Sim. Consegui remover tudo enquanto Kieran curava seus órgãos. Foi lento e exigiu algumas manobras cuidadosas, mas conseguimos remover tudo dentro dela que impedia seu sistema reprodutivo de se curar sozinho. Depois, ele cuidou da cicatriz e a costurou com magia.

Eu pisquei.

— Costurou-a com magia?

Ela puxou a camisa de Kari para revelar a pele macia.

— Sem pontos reais. Ele... ele costurou as células da pele dela com a mente. — Seus olhos azuis saltaram para Jonas enquanto ela engolia em seco.

Ele permaneceu inexpressivo no canto da sala, com os braços cruzados, a expressão sem emoção. Jonas estava assim quando a cirurgia começou e não se moveu nem um centímetro do seu posto junto à porta desde então.

— Então você acha que ela se vai recuperar totalmente? — pressionei, focando novamente em Riley.

— Sim. Kieran disse que podia sentir o cio dela já florescendo — ela respondeu, engolindo em seco. — Ele avisou que seria violento, já que ela está sem cio há vários anos. E também disse que as chances de gravidez são improváveis, dado o quanto seus órgãos estão sensíveis ainda.

— Mas o nó não vai machucá-la? — questionei, precisando saber antes de ajudar a lidar com a parte do cio da equação.

Ela balançou a cabeça.

— Doía antes por causa dos arames. — As palavras saíram em um sussurro, seus olhos se encheram de lágrimas não derramadas. — Elrs foram colocados propositalmente para garantir que o nó fosse doloroso para ela. Não há como as reviravoltas naquele ponto dentro dela terem sido acidentais. — Ela engoliu em seco. — O-o pai dela queria que doesse.

Tensionei a mandíbula. Eu cuidaria dele assim que tivesse certeza de que minha companheira estava totalmente curada.

Com um aceno tenso, consegui dizer:

— Obrigado, Riley.

— De nada — ela sussurrou, engolindo em seco. — E... sinto muito por tê-la colocado em perigo mais cedo.

Encontrei o olhar pétreo de Jonas, depois olhei para

Riley e balancei a cabeça novamente. Eu não a perdoaria. Não era meu papel. Seu Alfa precisava repreendê-la da maneira que desejava, e qualquer palavra minha minaria sua autoridade sobre o assunto.

Ela mordeu o lábio e deu um passo para trás.

— É seguro levá-la para cima, mas eu faria isso depressa. Assim que ela entrar no cio, todo o prédio saberá.

Passei as mãos pelo corpo de Kari, verificando se havia algum sinal de hematoma ou inchaço, mas ela estava lisa e curvilínea em minhas mãos. Então eu a peguei e a aninhei contra meu peito com um ronronar.

Jonas observou minha aproximação e abriu a porta sem dizer uma palavra.

Assim que passei pela soleira, ele a fechou e trancou atrás de mim.

— Aqui? — Ouvi Riley perguntar em voz baixa.

Não fiquei para descobrir o que Jonas tinha em mente. Em vez disso, fui em direção ao elevador e notei o corredor vazio.

Ander devia ter terminado a reunião e levado Kieran para seus aposentos.

Eu teria que perguntar mais tarde ao Alfa do V-Clan como ele sabia sobre a Ômega curandeira. Foi algo que passou pela minha cabeça depois que verifiquei Kari e descobri que ela estava se recuperando, exatamente como ele disse.

Ela permaneceu inconsciente em meus braços enquanto eu a levava de volta para nossa suíte. Seu corpo pequeno era o peso perfeito para eu carregar.

Quando voltamos, levei-a ao banheiro para dar banho nela da melhor maneira que pude. Então a deitei na cama e fui procurar todos os suprimentos que precisaríamos.

Após o aviso de Kieran mais cedo, encomendei alguns itens e todos foram entregues.

Água.

Lençóis.

Comida.

O essencial para uma Ômega no cio.

Eu nunca vi uma durante o estro antes, mas entendia a dinâmica e o que seria exigido de mim e do meu corpo. E estava mais do que pronto para me apresentar para ela.

Tirei as roupas e as coloquei ao lado dos lençóis, caso ela as quisesse em seu ninho, e me acomodei na cama ao lado dela para esperar.

CAPÍTULO 33
KARI

QUENTE. Seguro. Alfa.

Gemi, a tríade da perfeição zumbia de maneira descontrolada em minhas veias. Cada inspiração me trouxe o perfume masculino de Sven, aquela mistura amadeirada, um afrodisíaco que incendiou minha alma.

Eu queria mais.

Ele rugiu atrás de mim, o rosnado baixo era um som que costumava me aterrorizar com outros Alfas. Mas não com Sven. Acolhi seu domínio e proteção, e rolei em direção a ele, precisando de mais de seu perfume inebriante.

— Kari — ele murmurou, penteando meu cabelo com os dedos enquanto eu acariciava seu peito nu.

Nu, pensei, encaixando minha coxa entre suas pernas musculosas. *Gloriosa e incrivelmente nu.*

Era tão bom estar com ele. Tão certo. Tão delicioso. Eu queria me tornar parte dele, unir nossos corpos e nos tornar um.

Era um desejo intrínseco, que fez meu estômago revirar de maneira dolorosa de *necessidade*.

361

O que me fez paralisar.

Meu abdômen... pressionei a mão na parte inferior da barriga. *Eu me sinto... me sinto livre.*

E ainda assim, havia uma dor sutil crescendo dentro de mim, que exigia gratificação.

Minha mente girava tentando entender o que tudo isso significava. Tudo estava tão nebuloso, perdido sob uma nuvem de instintos. Minha loba lutou pelo controle, exigindo que eu cedesse, mas a forcei a se curvar, pois minha necessidade de entender era muito forte para ela lutar.

— Sven — murmurei, sentindo as pálpebras pesadas quando as forcei a abrir. — Onde estamos? — Eu me senti limpa. Descansada. *Excitada.*

Eu não entendia.

Mais uma vez tentei me lembrar, descobrir o que aconteceu.

— Em nossa suíte no Território Andorra — ele respondeu. — Você está acordando da cirurgia. E entrando no cio.

Franzi a testa.

— Não é possível. — Eu não entrava no cio há mais anos do que poderia contar.

Exceto... uma memória sombria espreitava fora do meu alcance, algo sobre um aviso. Um homem dizendo que eu entraria no cio após a operação.

Pisquei e o mundo girou enquanto meu abdômen se contraía de maneira dolorosa mais uma vez. Mas não era a dor que eu normalmente sentia. Essa era nova. Mais quente. Algo que causou uma nova onda de umidade na parte interna das minhas coxas.

Gemendo, me arqueei em direção ao meu Alfa e senti seu pau pulsar contra minha barriga.

Humm, sim, quero isso dentro de mim. Quero que ele dê o nó...

espere... Pisquei novamente, confusa. Por que eu desejaria isso? Nós doem.

— Você está entrando no cio — Sven explicou.

— Como é possível? — perguntei, alheia ao que quer que ele tivesse acabado de dizer. O tempo e o espaço se moviam de maneira desajeitada ao meu redor e meus instintos estavam focados apenas no meu corpo. Mas me esforcei para ouvir sua resposta agora, para compreender meu estado atual.

— A cirurgia foi um sucesso, Kari — ele disse, entrelaçando os dedos em meu cabelo enquanto dava um puxãozinho que me prendeu ao presente. — A Riley conseguiu remover os arames. E o Kieran te curou.

Kieran, repeti, lembrando do belo Alfa do V-Clan. Foi ele quem avisou que eu entraria no cio. Ele disse a Sven para cuidar de mim. Ou ele me contou isso?

Franzi a testa, lembrando de uma promessa sussurrada em meu ouvido sobre como Sven estaria lá em breve para atender às minhas necessidades. *Você está em boas mãos, pequena. Confie no seu Alfa para ajudá-la nisso.*

Por que ele disse isso?

Não, *quando* ele disse isso?

Pude sentir sua energia dentro de mim, me renovando com vida. Foi diferente de tudo que já experimentei. Nem mesmo Ômega Quinn foi capaz de me fazer sentir tão bem depois de um acasalamento abusivo em casa.

— Kari — Sven pronunciou meu nome com um toque de comando. — Como você está se sentindo?

— Viva — respondi, sonhadora. — Quente. Segura. Preparada. — A última palavra me fez pensar. Eu estava realmente pronta?

Receber os nós sempre doeu no passado. Mas isso parecia diferente. Eu não estava desesperada por seu nó porque ele me atormentou com drogas. Eu o queria dentro de mim. Para me tornar completa. Para... para me *reivindicar*.

Eu já era dele, mas queria sua marca dentro de mim. Só de pensar, me fez arquear novamente em um gemido, e minhas veias se iluminaram com uma chama que só meu Alfa poderia conter.

— *Sven...* — Engoli em seco, sentindo a necessidade aumentar a cada instante. — Me tome. Por favor. Enquanto sou capaz de me lembrar. Enquanto ainda sou *eu*. — Era um pedido terrível, que eu não pretendia expressar, mas que precisava mais do que qualquer outra coisa no mundo.

O estro me levaria a outro plano de existência, movido pelos instintos animais e pela necessidade de procriar. Eu perderia o controle total, seria incapaz de vivenciar nosso vínculo fora dos meus impulsos.

E eu queria experimentá-lo plenamente dentro de mim pela primeira vez.

— Por favor, Sven. Tenho que sentir você me dar o nó. Agora mesmo. Então vou me lembrar. Vou escolher. E acreditar. — Passei a mão em volta de seu pescoço. — Seja minha esperança. Me mostre como é viver em um sonho real. Seja meu como você deve ser.

Ele sussurrou meu nome contra meus lábios, a adoração e promessa em seu tom foi direto para minha alma. Sua boca reivindicou a minha no instante seguinte, seu beijo era uma bênção cheia de intenção sensual. Dei tudo a ele, me submetendo e dizendo com a língua que eu era sua.

Ele puxou meu cabelo, me guiando de costas e rolando em cima de mim para me pressionar na cama. Seu corpo parecia pesado e certo, seu controle era exatamente o que eu precisava e desejava.

Mais umidade saiu de mim, incentivando meu

companheiro, *meu Sven*, a pegar o que já era dele. Quase doeu, meu corpo exigia que ele agisse e me penetrasse. Mas em vez disso, ele passou seu comprimento quente pela minha intimidade, provocando e tirando um gemido de súplica da minha garganta.

— Sven...

Eu estava tão perto de perder a cabeça. Tão perto de cair em um estado que nunca esperei sentir. E embora eu desejasse experimentar o prazer, abraçar minha verdadeira natureza, eu precisava mais dele.

Seus dentes roçaram meu lábio inferior, mordiscando de leve, como se quisessem prolongar o momento – um que não tivemos.

Agarrei seus ombros, depois passei as unhas por suas costas, exigindo que meu Alfa fizesse o que eu precisava, me levasse a novas alturas, me desse seu nó...

— Ah! — gritei quando ele me penetrou sem aviso. Seu comprimento pulsou dentro de mim enquanto ele me preenchia até o fim com um único impulso forte.

Meus olhos se encheram de lágrimas, mas vinham mais da alegria que da dor.

Porque parecia certo, como se meu Alfa enfim tivesse se juntado a mim do jeito que deveria.

Meu interior doeu com a penetração, reclamando e ao mesmo tempo se regozijando com seu tamanho.

E então ele começou a se mover.

Foi lento, me forçando a sentir cada centímetro de seu comprimento enquanto ele deslizava pela minha umidade para entrar profundamente e quase sair de novo.

Foi uma tortura do melhor tipo, fazendo com que eu arqueasse da cama enquanto exigia mais. Gritei por ele, até que sua boca engoliu os sons e sua língua duelou comigo pelo domínio.

Cada carícia me lembrou quem estava no comando.

365

Cada movimento de seus quadris me dizia a quem eu pertencia.

Cada estocada forte garantia que ninguém mais entraria em mim, exceto Sven.

— Minha — ele rosnou contra meus lábios, e sua posse me aqueceu da cabeça aos pés. Ele estava se concentrando no acasalamento e sua necessidade de acentuar sua reivindicação era demonstrada com seu ritmo cada vez mais intenso.

Doeu da melhor maneira, apagando todos que vieram antes dele, e me forçando a pensar apenas nele, meu companheiro, meu Sven.

Ofeguei, sentindo o inferno dentro de mim atingir um ponto escaldante, à beira da loucura, ameaçando meus pensamentos, mas mantive a sanidade à força.

Me deixe sentir. Por favor, me deixe sentir!

— Me dê o nó — implorei. — Ah, Sven, por favor... eu *preciso*... — O som saiu como um miado, minha voz era estridente, ofegante e estranha aos meus ouvidos. Eu nunca experimentei nada assim, a intensidade do nosso atrito queimava minha alma e me firmava neste momento para sempre com ele.

Ele me beijou mais uma vez, sua língua sussurrava promessas de eternidade contra a minha, seu corpo me marcava como seu a cada estocada dolorosamente perfeita.

Ele poderia acabar comigo agora mesmo, e eu não me importaria.

Poderia me dar o nó até a morte, e eu simplesmente suspiraria seu nome.

Ele me possuía de forma tão completa, que meu coração era seu para valorizar e possuir, e meu corpo não era mais meu.

— Eu sou sua — sussurrei contra sua boca. — Sempre sua.

As palavras pareciam estimulá-lo. Seus músculos se contraíram ao meu redor, criando um manto masculino de calor e ferocidade que fervia cada grama do meu ser. Envolvi as coxas em seus quadris, recebendo-o mais profundamente e extraí um som delicioso e sombrio de seus lábios.

— Puta merda, Kari — ele murmurou, abrindo os olhos para encontrar os meus. — Você é incrível. Tão apertada. Tão perfeita. *Tão minha.*

— Sua — repeti, me arqueando para ele e implorando por mais.

Mas ele diminuiu o ritmo, mantendo os olhos nos meus enquanto me forçava a experimentar cada centímetro seu mais uma vez.

Eu o apertei com minhas paredes internas, meu ventre se contorceu em um desejo feroz que estremeceu meus braços e pernas.

— Por favor — implorei, sem saber exatamente o que eu precisava. Mas sua expressão me disse que ele sabia.

Ele segurou meus pulsos e esticou meus braços sobre minha cabeça, onde entrelaçou nossos dedos. E olhou nos meus olhos enquanto controlava nosso ritmo.

A agonia me percorreu. Meu interior exigia que ele fosse mais forte e mais rápido, mas ele me torturou com movimentos lentos e intencionais, enquanto me segurava embaixo dele. Então, muito lentamente, ele me beijou mais uma vez.

Algo nisso era terno, lindo, um momento que eu guardaria para sempre.

Meu grande e forte Alfa estava fazendo amor comigo. Não me comendo, não tomando, mas me mostrando com sua força e controle o quanto poderia me dominar.

E esse conhecimento fez com que meu coração se

abrisse dentro de mim, florescendo com uma força que roubou todo o ar dos meus pulmões.

— Sven — eu disse, expirando, sentindo as coxas tremerem ao redor de seus quadris.

Ele lambeu meu lábio inferior e fez uma trilha de beijos até minha orelha.

— Eu te amo, Kari — ele sussurrou, mordiscando de leve. — E vou mostrar o quanto agora.

Ele não me deu chance de responder. Sua boca desceu até meu peito enquanto ele empurrava os quadris para frente em um impulso que me fez ver estrelas.

Seu nó, percebi com admiração quando ele explodiu dentro de mim. Eu o senti disparar de sua base, enquanto seus dentes perfuravam minha carne.

O poder me consumiu, sua reivindicação foi uma sensação antecipada e impressionante que me deixou sem palavras.

Até que gritei pela dor linda, diferente de tudo da minha experiência anterior. Ele irrompeu de dentro, disparando calor e picos de êxtase pelos meus membros e deixou um rastro de fogo em seu rastro.

Oh...

Caí de um penhasco em um êxtase, que engoliu cada centímetro da minha alma, me deixando trêmula na cama úmida de sêmen e sangue.

Eu me senti completa.

Viva.

Totalmente possuída.

Ele me reivindicou, eu estava maravilhada, sentindo sua língua lamber a ferida acima do meu mamilo. *Ele realmente me reivindicou.*

E, ainda assim, seu nó pulsava, seu pênis vibrava de forma descontrolada em meu calor apertado, me enchendo com sua essência em ondas quentes de prazer.

Eu não conseguia parar de gozar. Parecia que todos os orgasmos da minha vida inteira estavam reunidos em um só, e meu corpo não sabia como cessar essa vibração inacreditável.

Eu gemi.

Chorei.

Implorei por mais.

Foi a mais estranha combinação de reações, todas baseadas em desejo, amor e agonia extraordinária.

Sven arrulhou e me silenciou, seus lábios subiram pelo meu pescoço até minha orelha, onde ele murmurou elogios e pensamentos de adoração. Ele me disse que eu era linda. Me chamou de perfeita. Me agradeceu por ser sua e por acreditar nele. Expressou gratidão por deixá-lo me dar o nó. E prometeu uma lista de coisas sacanas e maliciosas que faria a seguir.

Gemi novamente, me arqueando para ele, querendo experimentar cada item de sua lista longa e completa.

Mas em vez disso, ele levou os dedos à minha boca, me permitindo provar a união entre nossos corpos.

Estremeci, o sabor pecaminoso me levou a outro clímax ao redor de seu pênis grosso. Ele não estava mais me dando nó, mas estava duro de novo, pronto para outra rodada. E eu insisti para que ele me comesse com força desta vez, exigindo que ele me desse seu poder e força.

Ele não decepcionou, me atacando com um abandono que satisfez meu espírito.

E novamente estávamos gozando, nos contorcendo, com nossos animais totalmente sob controle.

Minha mente se alegrou, meu coração bateu forte e meu corpo se derreteu pelo meu Alfa.

Ele beijou sua marca mais uma vez, soltou minhas mãos e me deixou percorrer sua forma grande e musculosa. *Todo meu*, pensei, beijando, lambendo e mordiscando. De alguma forma eu estava em cima dele agora, seu pênis alojado profundamente dentro de mim enquanto o montava do jeito que eu desejava, tirando dele o que eu precisava e exigindo que ele me desse o nó por horas e dias.

Sven atendeu às minhas exigências, me dando exatamente o que eu precisava e me levou às estrelas repetidas vezes.

Sua lista estava em andamento.

Ele capturou minha boca, estocou em mim e me afogou em seu gozo.

Me pegou por trás, minha umidade forneceu todo o lubrificante que ele precisava para reivindicar meu ânus.

Ele me banhou, lavando os fluidos da nossa pele, depois me tomou contra a parede do box, depois me carregou de volta para a cama enquanto seu nó continuava a pulsar dentro de mim.

Não dormimos, nossos animais estavam famintos demais um pelo outro para ousar perder tempo com necessidades tão frívolas.

Eu estava embaixo dele, em cima dele, ao lado dele, em cima da cama, contra vários móveis, na janela e em tantos outros lugares que as experiências se misturaram em minha mente e me cobriram com uma serenidade que beijou meu espírito.

Parecia um sonho.

Mas eu sabia que era real.

Eu ficaria dolorida quando terminássemos, o corpo de Sven era muito maior e mais forte que o meu, mas tudo isso valia a pena a doce dor que se seguiria.

Porque eu finalmente estava completa.

Possuída.

E reivindicada.

E *amada*.

CAPÍTULO 34
SVEN

SE PASSARAM DOZE DIAS, e Kari não deu sinais de sair do estro.

Ela era uma coisinha insaciável, exigindo que eu transasse com ela todas as horas do dia. Foi um milagre conseguir fazê-la dormir.

Ronronei enquanto ela estava deitada embaixo de mim, com as pupilas dilatadas de prazer e necessidade absoluta. Ela queria que eu a tomasse com mais força, mas eu a forcei a suportar meu ritmo lânguido. Suas garras arranharam minhas costas em protesto enquanto ela se arqueava para mim em uma exigência sutil.

— Você não pode tentar me dominar, pequena maravilha — eu disse a ela, divertido com suas travessuras.

Ela rosnou.

Rosnei de volta, tirando um gemido de sua garganta. Sua voz estava rouca por causa de todos os gritos, seu corpo cansado pelo sexo ininterrupto. Mas ela era resiliente, e sua genética lupina a curava com uma graça que minha própria fera admirava.

Em breve ela recuperaria a voz, e eu sabia exatamente o que ela me diria.

Mais forte. Mais rápido. Mais, Alfa, mais.

Fiz uma trilha de beijos que desceu por seu pescoço até a marca de mordida acima de seu seio. Estava totalmente curada, exceto pela cicatriz sutil que a definia como minha. Ela me pediu para mordê-la várias vezes, sua loba gostou da sensação dos meus dentes cravados em sua pele.

E ela deixou marquinhas crescentes por todo o meu torso. Elas cicatrizaram por completo, sem deixar cicatriz, algo que pareceu agitá-la imensamente. Foi por isso que ela continuou a me morder e sua loba rosnava *meu Alfa* toda vez.

Amei sua energia possessiva e sua insaciabilidade. Mas estava começando a me preocupar com seu cio prolongado.

Mandei uma mensagem para Riley outra noite, e ela me colocou em contato com Kieran. O Alfa do V-Clan retornou ao Território Sangue, dizendo para ligar para ele quando emergíssemos de nosso ninho. Então ele atendeu no primeiro toque, esperando que Kari estivesse pronta para falar. Ele rapidamente percebeu que não era o caso e sorriu quando eu disse que ela ainda estava em cio.

— É melhor continuar, Sven — ele disse e desligou antes que eu pudesse expressar minha preocupação.

Enviei outra mensagem esta manhã, dizendo que o cio não terminou ainda e perguntando se eu deveria me preocupar.

Ele respondeu dizendo: *ainda bem que você não é um lobo do V-Clan. Nossas companheiras ficam no cio por semanas.*

Me perguntei se a energia curativa dele era a causa do cio prolongado. Então ela exigiu que eu voltasse para a cama, e eu estive aqui, dentro dela, desde então.

Suas paredes lisas se apertaram ao meu redor, me implorando para dar o nó nela novamente.

Mas me contive, entrando e saindo em uma carícia rítmica que a deixou chorando embaixo de mim.

— Eu amo esse som — murmurei, ronronando enquanto ela choramingava. — É sexy demais, pequena maravilha. — Passei os dentes por seu lábio inferior, mordiscando de leve. — Hum. — Penetrei-a por completo novamente, soltando outro gemido. Sorri, amando-a assim, tão confiante e carente.

Ela me deixou tomá-la de todas as maneiras imagináveis, me contando suas posições favoritas ao longo do caminho e chegando ao ponto de exigir performances repetidas. Fiz algumas e melhorei outras.

— Você é como uma fera sexual — eu disse, divertido, enquanto ela me apertava com as coxas. — É insaciável e eu adoro isso.

— Me come — ela murmurou.

— Eu vou.

— *Mais forte.*

— Humm... — Estoquei nela, extraindo um som delicioso de sua garganta. — Assim?

— Sim — ela sibilou, cravando as unhas em meu pescoço.

Eu a beijei, amando-a com a língua, e a tomei com a ferocidade que ela desejava mais uma vez. Ela ofegou embaixo de mim. Senti seus mamilos duros contra meu peito enquanto a levava ao limite de um orgasmo que a fez gritar.

Meu nó pulsou. A sensação era tão boa que não consegui parar meu próprio gemido de aprovação quando gozei dentro dela, a banhando com meu sêmen e a reivindicando da maneira mais tradicional.

Ela choramingou um pouco, satisfeita com minha

oferta, e acariciou minha bochecha enquanto eu ronronava.

Ela abriu a pequena em um bocejo e fechou os olhos, mesmo enquanto seu corpo continuava a ter espasmos ao meu redor. Eu ri, adorando seu contentamento.

— Você é perfeita — sussurrei, aproximando os lábios de sua orelha. — Tão incrível e linda, Kari. Tenho muita sorte de ter você, de poder chamá-la de minha. Obrigado, pequena maravilha. Obrigado por me encontrar.

Ela bocejou novamente, mas seus lábios se curvaram em um sorriso. Ela gostou dos meus comentários, ou talvez tenha sido apenas a minha voz que a satisfez. Como ela não estava realmente falando com palavras, eu não poderia dizer. Mas continuei a expressar minha gratidão e elogios enquanto ela adormecia debaixo de mim novamente.

Meus músculos doíam com o esforço de quase duas semanas. O comentário de Kieran surgiu em meus pensamentos mais uma vez: *Ainda bem que você não é um lobo do V-Clan.*

Bufei.

Eu poderia fazer isso por semanas. Só queria ter certeza de que isso era aceitável, normal e estava tudo certo. Porque Kari mal comeu. Foi uma luta fazê-la beber água. Descobri que o truque era levá-la para o chuveiro e transar com ela debaixo d'água. Ela abria a boca e engolia como se fosse meu sêmen escorrendo por sua garganta.

Uma visão erótica, que desfrutei quase diariamente.

Mas precisava saber que ela sairia desse estado. Por mais que eu gostasse dela se transformando em um Ômega faminto por sexo, eu sentia falta da minha Kari. Sentia falta da sua voz. Dos seus olhares hesitantes, dos sorrisinhos e grandes olhos azuis.

Fiz uma trilha de beijos do pescoço até o seio, traçando a marca com a língua enquanto meu pau escorregava de seu calor. Continuei descendo para lambê-la, provocando outro orgasmo enquanto ela dormia, na esperança de acalmá-la por mais alguns minutos.

Ela murmurou algo ininteligível, seus membros relaxaram e sua boca se abriu em um suspiro feliz.

Sorri e beijei a parte interna de sua coxa, depois saí para fazer uma chamada de vídeo para Riley mais uma vez.

Ela atendeu no primeiro toque, com o cabelo azul emaranhado e caindo em cachos ao redor do rosto corado.

— Ainda?

— Sim — respondi. — E Kieran não está ajudando.

— Chocante — Jonas falou ao fundo.

Dada a aparência desordenada de Riley, eu podia adivinhar o que eles estavam fazendo. Supus que isso significava que a punição acabou e, considerando seu brilho saudável, ela estava satisfeita com esse desenvolvimento.

— Vou ligar para ele — Riley murmurou.

— Não, eu vou ligar — Jonas interrompeu. — Cuide da sua companheira, Sven. Veremos o que o Kieran tem a dizer. — A chamada foi desconectada e o Alfa assumiu o controle.

Assenti em aprovação e voltei para a cama para ver Kari dormir. Quando ela acordou, tomamos outro banho. Então tentei alimentá-la. Ela só aceitou itens aromatizados com meu sêmen e suas pupilas dilataram enquanto ela se entregava ao sabor.

Passamos mais três dias antes que Jonas finalmente retornasse. E então, eu já podia ver alguns vislumbres da minha Kari voltando ao seu estado normal.

Kieran disse que é perfeitamente natural que Kari tenha um cio longo depois de tantos anos. Ele prevê que ela também entrará em outro mais rápido do que o normal, um em que a gravidez será mais viável, então ele sugere que você melhore sua resistência.

Bufei, digitando de volta: *Não há nada de errado com minha resistência.* Um único olhar para minha fêmea provaria isso. Ela estava extasiada mais uma vez, se deleitando com seu brilho pós-orgásmico. Mas a ideia de engravidá-la me fez sorrir. Ela não concebeu neste ciclo de cio, assim como Kieran previu. Uma parte de mim esperava que ele estivesse errado. Outra parte de mim percebeu que nenhum de nós estava pronto para o próximo passo ainda.

Estou apenas retransmitindo seu comentário, Jonas respondeu. *Ele estima que ela vá sair no dia seguinte ou no próximo.*

Passei os dedos por seu cabelo macio, ronronando enquanto ela se aconchegava mais em meu peito. Ela estava dormindo mais agora, seu corpo se recuperava dos nossos esforços físicos.

Um gemido baixo entreabriu seus lábios e ela se aconchegou ainda mais perto. Sua loba buscava conforto enquanto ela se recuperava.

Eu a segurei com firmeza, ronronando e mantendo-a aquecida enquanto ela dormia.

Então dei o nó a ela novamente quando ela acordou, e a levei para o chuveiro mais uma vez.

Foi uma dança íntima que nos agradou. Mas desta vez, ela bebeu a água como se fosse uma tábua de salvação. E depois comeu uma refeição de verdade.

Antes de me arrastar de volta para seu ninho, para outra rodada de sexo.

Ela examinou nossos lençóis, retirando roupas sujas, lençóis limpos e toalhas para criar seu porto seguro. Cheirava a nossos fluidos combinados, despertando meus instintos predatórios e exigindo que eu a reivindicasse repetidas vezes.

Mas permaneci no controle o tempo todo, dando o que ela precisava sem exigir muito.

E quando ela acordou na manhã seguinte, suas íris azuis voltaram a tocar as pupilas pretas. Ela sorriu para mim, sonolenta, e se espreguiçou antes de acariciar a marca em seu seio.

Nós nos beijamos.

Nos acariciamos.

Fizemos amor, lenta e profundamente, e ela me mordeu de novo, desta vez no pescoço. Quando rosnei, ela sorriu, sua expressão era adorável e tingida de timidez.

— Meu — ela sussurrou.

Retribuí seu sorriso, satisfeito por ouvi-la falar normalmente, mesmo que fosse apenas uma palavra. Pelo menos ela escolheu a coisa perfeita para dizer. Acariciei seu seio, e depois repeti o sentimento para ela.

Ela gemeu em aprovação e se aninhou em mim para dormir mais.

Seus sentidos retornaram por completo mais tarde naquela noite, e seu gemido de desconforto chegou com o sol nascente. Passei as mãos sobre ela, massageando seus músculos rígidos e fazendo o possível para curá-la com meu toque.

Quando a segurei entre as pernas, suas coxas tensionaram e ela gemeu em protesto.

— Dolorida? — perguntei a ela.

Ela assentiu, mordendo o lábio.

Eu a lambi para curá-la com minha língua.

Ela choramingou quando gozou, e seu clitóris pulsou em minha boca.

E então ela adormeceu mais uma vez.

Ao meio-dia, ela estava acordada e ficou claro que estava se sentindo melhor, porque pediu algo para comer. Deixei-a no ninho e preparei um banquete, depois a levei para a sala de estar, nua, e a alimentei com ela em meu colo à mesa. Seu corpo se encaixava perfeitamente no meu, e nem uma vez ela reclamou da minha rudeza. Sua loba precisava disso, assim como ela.

Ela me agradeceu algumas vezes, me acariciou e me lambeu, e sorriu de maneira genuína durante toda a tarde.

À noite, ela falou mais, me contando o que se lembrava do cio. Foi muito mais do que eu esperava que ela soubesse, já que a maioria das Ômegas caía em estado de êxtase e apenas existia enquanto seus corpos faziam todo o trabalho. Mas a mente de Kari permaneceu com ela o tempo todo, prova de sua desconexão com sua loba.

Eu suspeitava que isso iria melhorar com o tempo. Ela já mostrou uma melhora admirável, mas tinha muito a se recuperar mentalmente.

O que me levou a uma conversa que eu não queria ter, mas que precisava acontecer mesmo assim.

Contei a ela sobre nossas intenções para o Território Bariloche, como Enrique traçou um plano com Elias, um que eles aperfeiçoaram nas últimas semanas usando os drones do meu irmão. E Kieran estava certo sobre o subsolo.

E o irmão de Enrique estava de fato vivo.

— Vamos queimar tudo — prometi a ela. — O Território não merece existir.

— E aqueles que não tiveram escolha? — ela sussurrou, com os olhos arregalados pela informação que lhe dei.

— Os inocentes serão realocados. Os que sobreviverem terão que encontrar um Território por conta própria e implorar para entrar.

Essa parte foi decisão minha, com a qual meu pai e meu irmão concordaram. Perguntaram se eu queria ficar com o Território Bariloche para mim, mas recusei. Eu ainda não estava pronto para liderar e admiti isso sem rodeios para Ander e meu pai na outra noite, durante um dos cochilos de Kari. Eles não discordaram nem concordaram, apenas assentiram em aceitação.

— Eles estavam esperando você sair do cio — continuei. — E agora que isso aconteceu, eles vão querer agir o mais rápido possível. — E com rápido eu queria dizer *amanhã*. Pelo menos era o que indicava a última mensagem que recebi de Ander.

Dado o que Kieran disse sobre a probabilidade de Kari voltar ao cio mais rápido do que o normal, concordei com a decisão de agir imediatamente. Não queria correr o risco de estar longe quando ela precisasse de mim.

— Ele não luta de forma justa — ela sussurrou, e senti seu medo tomar conta enquanto eu a carregava de volta para nosso ninho. — Você não o conhece como eu.

— Sim — concordei. — Mas o Enrique vai conosco. — Encontrei seu olhar. — O irmão dele está vivo.

Ela arregalou os olhos.

— Alfa Joseph?

Assenti.

— E sua irmã está viva também. Ele vai salvá-los.

— Desafiando Alfa Carlos?

— Não haverá desafio — eu disse a ela. — Vamos matá-lo sem julgamento. Assim como ele fez com inúmeros outros. E todos os seus apoiadores também morrerão. O Território Bariloche será completamente destruído.

— Oh — ela murmurou, piscando para mim. — Tem certeza de que você vai ficar bem?

Eu sorri.

— Claro. Não há nada que ele possa fazer para nos impedir. Nossa tecnologia supera a dele e desenvolvemos uma toxina para combater seus alucinógenos. Ele estará completamente fora de sua razão. — Eu a deitei de costas e rastejei ao lado dela. Nós dois ainda estávamos nus, mas eu precisava que ela estivesse coberta para a próxima parte, então puxei um dos cobertores.

Ela franziu a testa, como se quisesse colocá-lo de volta no lugar, mas não me repreendeu por isso.

— Kieran pediu que ligássemos quando você estivesse melhor — acrescentei. — Ele tem algumas perguntas para você sobre as Ômegas do Território Bariloche.

Parte de mim queria ignorar seu pedido e não atender, principalmente porque ele não foi muito útil durante o cio de Kari.

Mas ele curou minha companheira, ao mesmo tempo em que salvou a vida dela no processo, e essa era uma dívida que eu nunca poderia pagar totalmente. Então, eu começaria honrando seus desejos.

— Tudo bem se eu ligar para ele agora? — perguntei a ela.

— Aqui? — ela sussurrou, olhando ao redor do nosso ninho.

— Ele não tem permissão para ver? — perguntei, franzindo a testa. Porque meu lobo queria que o Alfa visse e soubesse que Kari era minha. Que ele não poderia tê-la. Que ela sempre pertenceria a mim. Mas se minha Ômega não quisesse compartilhar nosso lugar seguro, eu atenderia seus desejos.

— N-não, é só... — Ela parou e suas bochechas ficaram vermelhas, me fazendo sorrir.

— Ah, sim, é *exatamente* por isso que quero que ele veja — respondi com um estrondo baixo. — Considere isso como sua maneira de mostrar que a magia dele funcionou.

As bochechas dela coraram ainda mais, mas ela assentiu.

— Está bem.

— Está bem *mesmo*, ou bem para sua *loba*? — perguntei a ela, precisando saber.

— Eu... Kari... estou bem com isso — ela disse, com um sorriso nos olhos. — Gostaria de agradecê-lo por... tudo.

E isso me deu outro motivo para fazer esta ligação: minha companheira queria expressar sua gratidão. Eu nunca negaria a ela essa oportunidade. Beijei sua têmpora e liguei para Kieran do meu relógio de pulso.

Seu rosto apareceu segundos depois. Seu olhar era conhecedor enquanto ele me estudava.

— Meu recorde é de vinte e nove dias — ele falou a título de saudação. — Mais sorte da próxima vez.

Revirei os olhos.

— Quer falar com minha Ômega ou não?

— Ah, quero muito — ele murmurou, e sua expressão ficou séria.

Usei os dedos para girar a tela em direção a Kari. Ela se aninhou mais em mim, como se estivesse buscando forças para enfrentar o Alfa na tela.

— Obrigada, Alfa Kieran — ela sussurrou. — Obrigada por me consertar.

— Nunca se tratou de te consertar, pequena. Tratava-se de curá-la de um fardo que nunca deveria ter sido infligido a você — ele respondeu em voz baixa. — E toda a gratidão que preciso é ver esse lindo rubor em seu rosto agora.

Cerrei os dentes, pois seu tom de flerte irritou meu lobo.

— Estou começando a entender por que Jonas não é seu maior fã. — O Alfa do V-Clan de fala mansa claramente tinha uma queda por Ômegas. E ele garantia que o mundo inteiro também soubesse disso.

Kieran sorriu, suas íris cor da noite se voltaram para mim.

— O raciocínio de Jonas não tem nada a ver com a Riley e tudo a ver com seu orgulho ferido. — Ele não me deu chance de responder, seu foco já voltou para minha Ômega. — Serei rápido, pois imagino que você tenha outras atividades em mente agora que está devidamente acasalada.

Meu lobo grunhiu em aprovação com a declaração e o desejo de beijar sua marca me atingiu com força. Mas isso exigiria a exposição do seio dela, e eu não queria fazer isso com outro Alfa observando.

Se despir para se transformar era uma coisa.

Se despir no ninho era outra completamente diferente.

— Quando eu estava curando algumas de suas cicatrizes, senti uma energia residual em uma das minhas. Gostaria de perguntar a você sobre isso.

— Você deve estar se referindo a Ômega Quinn — ela murmurou, com expressão protetora. — Alfa Carlos não sabe o que ela pode fazer.

— E o que você que dizer com *o que ela pode fazer*? Ela pode curar, certo?

Ela assentiu.

— Semelhante a você, mas não é tão poderosa.

Ele curvou os lábios.

— Meu toque foi aperfeiçoado com o tempo. Imagino que Ômega Quinn um dia alcançará um nível de habilidade semelhante, se for devidamente instruída. Você pode descrevê-la para mim?

— Ela se parece com você — Kari sussurrou. — Olhos e cabelos escuros. Porém mais clara. E menor... muito menor.

Ele pareceu satisfeito com aquela descrição e voltou sua atenção para mim mais uma vez.

— Quando vocês planejam atacar o Território Bariloche?

— Ander quer ir amanhã — respondi e a informação fez com que Kari me olhasse surpresa. Eu ainda não tinha chegado a essa parte da discussão. — Estamos planejando transportar as Ômegas de volta ao Território Andorra para avaliação médica — acrescentei, presumindo que era com isso que ele se importava. Se Carlos tivesse uma cobiçada Ômega do V-Clan em seu meio, então Kieran estaria muito ansioso para recuperá-la.

— Que horas? — ele pressionou, me fazendo franzir a testa.

— Provavelmente no final da tarde — respondi.

Ele assentiu.

— Tudo bem, chegarei a Andorra com dois dos meus Elites por volta do meio-dia e seguiremos vocês pelo outro lado do lago.

— Elites? — repeti.

Mas a chamada foi encerrada.

Olhei boquiaberto para o meu relógio.

— Que merda é essa? — Não dei os detalhes a ele para convidá-lo. Rosnando, mandei uma mensagem para ele dizendo isso.

Ao que ele respondeu: *Não preciso de convite para fazer nada. Te vejo amanhã.*

— Merda. — Encaminhei a mensagem para Ander, dizendo a ele que esperasse companhia do Território de Sangue ao meio-dia. Então coloquei meu comunicador no modo silencioso, porque não queria saber sua resposta.

Então, me concentrei em minha companheira e na preocupação que marcava seu lindo rosto.

— Prometa que você vai voltar para mim.

— Ah, eu vou voltar — prometi. — E vou trazer a cabeça do seu pai comigo como presente.

Kari entreabriu os lábios em um suspiro que capturei com minha boca.

Ela se preocuparia comigo como minha companheira. E só de saber disso, eu voltaria para ela muito mais rápido.

— Vou queimar aquele Território — sussurrei. — E garantir que você sinta toda essa vingança também. Porque estou fazendo isso por você, *minha companheira*, para demonstrar meu valor a sua loba.

— Você já é digno de mim e da minha loba.

Eu sorri.

— Sim, eu sei, mas isso não significa que não precise provar isso também.

Silenciei seus protestos com a boca.

Então meu corpo acalmou suas dores e preocupações antes que meu ronronar a acalmasse durante a noite.

Pela manhã, ela estava saciada e contente. Minha pequena maravilha perfeita.

Tudo o que faço, faço por você, disse a ela com um beijo. *Nosso futuro começa agora.*

PARTE TRÊS

TERRITÓRIO BARILOCHE

CAPÍTULO 35
SVEN

ESPAÇO AÉREO ARGENTINO

UMA IMAGEM APARECEU no meu relógio enquanto Kari brincava com o comunicador que deixei para ela. Por mais que eu desejasse trazê-la comigo, eu sabia que meu lobo não teria permitido. Ela era minha única fraqueza, a mulher pela qual eu daria minha vida. Então precisava dela segura e protegida no Território Andorra.

Parte de mim achava que não era justo ela não fazer parte disso, já que era ela que eu pretendia vingar aqui. Foi por isso que a deixei com o dispositivo de comunicação. Eu planejava mostrar a ela a destruição quando terminássemos aqui.

— Nada de vídeo chamada enquanto pilota — Kaz falou do assento do copiloto.

Ele apareceu sem avisar esta manhã, pouco antes de Kieran e seus dois "Elites" aparecerem em um caça furtivo. Eles entraram pela abertura da cúpula disponibilizada para a entrada de Kaz, *aparecendo* do nada

389

no chão. Ninguém sentiu ou ouviu sua aproximação, e eu não tinha ideia de onde eles estavam no céu próximo.

Merda de lobos do V-Clan, pensei.

Pelo menos. eles estavam do nosso lado hoje.

— Está chegando? — Kari perguntou e seu lindo rosto apareceu acima do meu pulso.

— Cerca de trinta minutos do nosso ponto de partida — eu disse a ela, examinando as nuvens ao meu redor. Havia vários jatos atravessando o espaço aéreo argentino, todos direcionados para um antigo aeroporto fora do Território Bariloche.

Carlos nos sentiria em breve, se já não estivesse sentindo.

Eu esperava que ele lutasse.

Mas enviamos um presente antes de nós, na forma de Enrique e Elias. Eles pegaram um avião furtivo, semelhante ao que Kieran pilotava, e pousaram em algum lugar na Cordilheira dos Andes para encontrar um dos aliados de Enrique, outro Alfa que não gostava dos métodos de Carlos.

Recebemos a confirmação do pouso deles há uma hora.

A última mensagem deles informava que o pacote foi entregue, o que significava que o contra agente para os alucinógenos estava no ar. Era apenas uma questão de tempo até que os Alfas reagissem, criando a distração que precisávamos para pousar.

Kari permaneceu conosco durante a viagem. Eu a atualizei sobre o que estava fazendo, até acionar os trens de pouso. Kaz ficou ao meu lado com um sorrisinho o tempo todo, sua diversão era palpável. Ele continuou brincando sobre distrações durante o voo, mas nós dois sabíamos que eu tinha tudo sob controle.

— Preciso ir agora, pequena maravilha — eu disse quando o avião pousou.

Eu já podia sentir a batalha no ar e meu lobo estava ansioso para ser libertado. Todos nós tínhamos nossas missões: a minha era encontrar Carlos e matar o filho da puta. Kaz parecia ter se sentido excluído do jogo, daí sua chegada surpresa. Então ele estava me acompanhando como meu parceiro na missão.

Seu trabalho era abrir caminho e matar qualquer um que cruzasse nosso caminho.

Considerando sua propensão para o sangue, parecia apropriado.

— Eu te amo — Kari deixou escapar as palavras que não disse para mim antes.

Eu sorri.

— Repita isso para mim quando eu chegar em casa, companheira.

— Está bem — ela sussurrou. — E está bem para *mim*, não para minha *loba*.

Kaz me lançou um olhar, arqueando as sobrancelhas diante dos termos estranhos.

Meu sorriso só aumentou.

— Nos falamos em breve, pequena maravilha. — Mandei um beijo, terminei a chamada e encontrei o olhar de Kaz. — Não quero ouvir. A Winter também te tem enrolado na pata dela.

Ele deu de ombros.

— Não estou negando. Mas é bom ver você tão lindamente domesticado por sua *pequena maravilha*.

Revirei os olhos.

— Eu deveria ter te deixado naquele ninho em Buenos Aires no caminho para cá.

— Não sou o novato em treinamento — ele falou. — Você é.

— Sim, bem, está pronto para ver o que esse novato pode fazer? — retruquei.

Seus olhos escuros se iluminaram.

— Está na hora de testar meu treinamento?

— Algo parecido.

— Vamos lá, mate todos eles — ele disse com um sorriso na voz. — Vamos fazê-los sangrar.

Todos os outros pousaram no campo de aviação e ao nosso redor havia uma presença crescente de lobos Alfa. Mas nenhum estava em forma animal. Eu podia sentir a energia mutável, sentir o gosto de metamorfos e o cheiro da agressividade.

— Eles estão selvagens — rosnei.

— Verdade — Kaz concordou. Sua diversão desapareceu e sua postura estava hiper vigilante. — Como você quer fazer isso, Mick? — ele perguntou, usando seu apelido preferido para mim. — Como em Genebra?

Considerei isso e balancei a cabeça.

— Como em Copenhague.

Ele arqueou as sobrancelhas.

— Sério?

— Sim.

Ele abriu um sorriso selvagem.

— Excelente. Em três?

— Em dois — rebati. — Um.

Bati na porta e pulei primeiro, depois rolei para a cobertura de árvore próxima, ao lado da qual estacionei propositalmente.

Tiros ecoaram pelo ar, passando zunindo por mim, e Kaz respondeu ao fogo do avião, acertando o primeiro grupo de agressores com mira perfeita.

Assim como em Copenhague, pensei.

— Ah, eu gosto dele — Kieran falou, aparecendo ao

meu lado em meio a uma névoa sombria. — Me lembre de trocar contato com ele mais tarde.

— Claro, vou resolver isso imediatamente — brinquei.

Kaz pulou do avião um segundo depois, gritando meu nome. Mirei de imediato, acertando os Alfas que se aproximavam com vários tiros rápidos que fizeram Kieran assobiar ao meu lado.

— Você está aqui para assistir ou fazer alguma coisa? — questionei.

— Quer que eu ajude? — ele perguntou em tom inocente. — Isso não vai tirar todo o prazer para você?

— Sim, é verdade. Prefiro ficar sentado conversando com você enquanto atiro. — Mirei em outro Alfa na linha das árvores, este abriu fogo contra o jato do meu irmão enquanto Kaz rolava para se juntar a nós atrás das árvores.

Ele olhou para Kieran.

— Pensei que os lobos do V-Clan gostassem de sangue, mas você parece muito limpo para mim.

Kieran sorriu.

— Mesmo? Acho que terei que consertar isso, hein? — Ele desapareceu em um redemoinho de névoa escura que se dissipou no vento.

Ouvimos berros em seguida, o que me fez arquear a sobrancelha e olhar para Kaz. Nunca ouvi um macho Alfa fazer esse tipo de som.

O sangue respingou no campo de aviação, refletido na fraca iluminação do sol poente.

Cabeças rolaram atrás das sombras.

Então três espirais de vapor cor de ébano se formaram no meio antes de assumirem formas corpóreas mais uma vez. Kieran estava com as mãos enfiadas nos bolsos e entre seus dois Elites, seres que eu agora sabia que eram equivalentes a executores.

— Está melhor, Alfa Kazek? — Kieran perguntou. — Ou gostaria de mais sangue?

— Bem, ele é um assassino alegre — Kaz murmurou.

Eu bufei.

— É mesmo.

Kieran sorriu e ficou claro que nos ouviu, mas desapareceu de novo em seguida.

— É melhor começarmos a correr, ou ele vai matar todo mundo por nós — Kaz disse com irritação.

— Essa é a única razão pela qual você está aqui? — perguntei enquanto o seguia. — Para matar?

— Por que eu escolheria deixar minha companheira? — ele questionou, ganhando velocidade.

— Por que sentiu minha falta? — sugeri, acompanhando facilmente seu ritmo.

— Sim, com certeza eu sinto falta de ser sua babá — ele concordou. — Quer dizer, mesmo agora, preciso te lembrar liderar. É você quem sabe o caminho, certo?

— Me lembrar de liderar — repeti em um resmungo baixo. — Idiota.

Assumi o ritmo, cortando bruscamente para a esquerda enquanto me lembrava do caminho para a propriedade de Carlos. Enrique e Elias deveriam nos encontrar do lado de fora. O trabalho deles era entrar na área da prisão enquanto eu caçava Carlos.

Ander e Jonas foram atrás das Ômegas.

E quem podia saber o que os lobos do V-Clan estavam fazendo? Eles tinham ideias próprias e não tinham interesse em planejar conosco.

Alana não fez a viagem porque precisava atuar como Alfa do Território na ausência de Kaz. Ander nomeou Alfa Sam, a quem Kat chamava de Tio Sammy por causa de sua relação familiar, para liderar Andorra em sua ausência.

Normalmente, seria Elias, mas ele foi designado para a missão.

Mais berros ecoaram ao nosso redor, o que fez Kaz resmungar:

— Exibidos.

Quase concordei, mas achei que seria melhor aceitarmos a ajuda.

— Me lembre de nunca irritar um Alfa do V-Clan — eu disse a ele.

— Se preciso lembrá-lo disso, então você merece as consequências — Kaz retrucou.

Eu ri e balancei a cabeça.

— Justo. — Quase disse mais alguma coisa, mas uma explosão fez a terra tremer e o impacto inesperado me fez recuar vários passos e bater em uma árvore.

Minha visão escureceu e meus ouvidos zumbiram com o som.

Mina terrestre, reconheci vagamente. *Merda*.

Não as vimos nos drones porque estavam escondidas na terra.

Merda. Caí de lado, e meu corpo ficou paralisado pelo impacto. Eu não tinha certeza se pisei em alguma ou se foi Kaz quem pisou. Não consegui ver nem falar para descobrir.

Algo quente tocou meu abdômen e o líquido se acumulou em minha pele. *Sangue*.

Senti uma dor se formar dentro de mim, nascida da dor e da irritação.

Kaz estava certo em me chamar de novato. Eu caí direto em uma armadilha. *Que merda*.

Esperei que minha visão clareasse e meus ouvidos parassem de zumbir. As horas pareciam passar. Então, finalmente, as árvores no alto começaram a oscilar diante dos meus olhos.

Eu ainda não conseguia ouvir. Meu lobo estava furioso dentro de mim com a intrusão em um dos meus melhores sentidos. O cheiro de ferro se acumulou sob meu nariz e a fonte era meu próprio sangue.

Senti uma onda de náusea que me deixou sem fôlego e ofegante.

— Levante. — A voz de Kaz em meu ouvido causou um tremor na minha espinha. — Agora mesmo, Mick. Se levante, porra.

Eu rosnei, seu tom não era o que eu precisava ou desejava agora.

— Há um poço de Infectados bem ali. Vou te deixar cair se não começar a se mexer — ele alertou.

Você é muito gentil, tive vontade de dizer, mas meus lábios não se moviam.

— *Se mova* — ele exigiu. Sua energia Alfa me envolveu e dominou meu espírito.

Porém meu lobo rosnou de volta, se defendendo e o mandando se foder.

— Viu, eu disse que ele estava bem — Kaz falou, me fazendo piscar.

— Ele está sangrando — Elias respondeu.

— Sim. Ele já esteve pior. — Kaz não parecia nem um pouco preocupado. — Além do mais, temos curandeiros, certo?

Eu grunhi.

Kaz assobiou, e o som perfurou meus tímpanos já machucados.

— Príncipe Encantado! — ele gritou. — Preciso de sua experiência médica.

— Ah, você me acha encantador? — O tom familiar de Kieran me fez querer me enrolar e morrer. — Espere até eu conhecer sua companheira.

— Você não quer jogar esse jogo comigo — Kaz

respondeu em tom letal. — Recupere o Mick para que possamos terminar esta missão.

— Tenho quase certeza de que você já estragou sua abordagem furtiva com todas essas explosões e assobios — Kieran murmurou, colocando a palma da mão em meu ombro.

Tentei me afastar, nem um pouco interessado em ter seus encantamentos percorrendo meu corpo, mas quando a essência curativa tocou meu espírito, não pude deixar de dar um suspiro de alívio.

Em segundos, minha visão e audição melhoraram e fui cercado por quatro de nossos homens.

Kaz. Elias. Henrique. Kieran.

Este último manteve a palma da mão em mim por mais um instante e depois assentiu.

— Não está completamente curado, mas vai melhorar. Só não pise em outra mina, certo? — Ele se levantou e desapareceu em um redemoinho de fumaça.

— Útil — Kaz decidiu em voz alta com um aceno de cabeça. — Muito útil.

— E assustador pra cacete — Elias murmurou.

Kaz deu de ombros e estendeu a mão.

— Pronto para dançar?

CAPÍTULO 36
KIERAN

TERRITÓRIO BARILOCHE

O JOVEM ALFA e seu amigo letal partiram novamente em direção à propriedade de Carlos, desta vez em um ritmo mais constante e observador.

— Fique com eles — eu disse a Cillian. — Garanta que eles sobrevivam.

— Sim, meu soberano — ele respondeu com uma reverência antes de se dissolver nas sombras.

Lorcan estava do outro lado, aguardando instruções.

Poderíamos destruir todo o Território Bariloche com alguns golpes de magia, mas esse conflito entre os lobos do X-Clan não era verdadeiramente nosso. Eu só vim por um único motivo: *Quinnlynn*.

Mas para tirá-la com segurança, eu precisava que a costa estivesse limpa.

Por isso, ajudei a lidar com alguns Alfas ao longo do caminho. Então ajudei o jovem Alfa porque gostava dele. Pelo que vi de Kari, ele sabia como tratar uma Ômega de maneira adequada. Portanto, o recompensei.

Claro, ele me devia alguns favores agora. E, bem, isso era sempre útil.

Deslizei pelo chão, meus sapatos pretos não faziam barulho enquanto eu me movia. Lorcan permaneceu ao meu lado. Sua insistência em me proteger nasceu da frustração por eu não ter permitido que ele me acompanhasse em minha primeira viagem ao Território Andorra.

Eu não precisava de um guarda para sobreviver, algo que já provei diversas vezes.

No entanto, eu o concedi nesta viagem, principalmente porque queria reforços para minha futura rainha. Ela era agressiva e inteligente, e tinha um talento especial para escapar de mim.

Hoje não, pequena malandra, pensei para ela. *Hoje vou te levar para casa. Onde você pertence.*

Ela não podia me ouvir porque ainda não tínhamos acasalado. Mas eu mudaria isso assim que colocasse as mãos nela.

Permiti que meu nariz me guiasse, meu instinto de destruir tudo em meu caminho era uma diversão lúdica que provocava minha mente. Seria tão fácil. Um feitiço mandaria todos para o chão.

Ah, mas eu não arriscaria minha querida desviante. Ela prosperava sob o caos, capaz de escapar ao vento sem deixar rastros.

Mas eu a sentia agora, sua presença era como um farol, que me levou a um túnel próximo que levava ao subsolo.

Saia, saia, onde quer que você esteja, pensei, permanecendo nas sombras, e permiti que minha visão noturna me guiasse. Estava escuro como breu, assim como meu pelo, mas meus olhos eram como os de uma pantera.

A umidade gelada se iluminou como uma chama, me alertando sobre pedras, curvas e armadilhas mal conectadas. Lorcan bufou ao se deparar com uma delas, o fio quase invisível para um olho destreinado, mas nós dois o percebemos bem antes de alcançá-lo. Ele se transformou na minha frente, desmontando-a para que eu não tivesse que passar por cima.

Então continuamos nossa jornada, nas profundezas do subsolo, onde as Ômegas eram mantidas em jaulas, e suas condições fizeram meus molares rangerem.

— Liberte-as — eu disse em um sussurro destinado apenas aos ouvidos de Lorcan. — Leve-as para um local seguro acima do solo.

Meu companheiro silencioso assentiu, indo acompanhar as mulheres até o campo de aviação, onde seriam colocadas em aviões destinados a Territórios melhores.

Este era o poço da depravação de Carlos, o lugar para onde ele enviava Ômegas feridas para se recuperarem, o que explicava a presença da minha Quinnlynn aqui. Como minha companheira destinada, ela tinha acesso a poderes de cura que deveriam ser um presente para minha noiva. Um traço de linhagem familiar, que poucos lobos do V-Clan possuíam.

Avancei, seguindo aquele rastro de energia pelo corredor até uma sala com uma Ômega particularmente machucada dentro.

Quinnlynn ergueu os olhos de onde estava, mantendo a palma da mão sobre o coração da outra Ômega. Não havia um pingo de choque ou surpresa em sua expressão, apenas resignação acompanhada por um apelo em seus olhos.

— Me ajude — ela implorou. — Por favor, me ajude a curá-la primeiro.

— Você sentiu minha chegada — murmurei, percebendo a causa de sua falta de reação. Ela sentiu minha energia se aproximar, assim como fui capaz de rastrear o uso que ela fazia do meu poder. Só funcionava quando estávamos próximos um do outro, e foi por isso que demorei tanto para localizá-la.

Ela assentiu.

— E optou por não fugir — acrescentei, observando a cena diante de mim. — Você colocou a vida dela antes da sua. — Porque nós dois sabíamos que ela poderia ter fugido no momento em que sentiu minha proximidade.

Outro aceno de cabeça.

— Admirável — admiti, segurando seu pulso e afastando-o da garota.

— Kieran, por favor — ela sussurrou, e vi seu coração partido diante dos meus olhos.

— Seria uma punição adequada fazer você ficar aí parada enquanto ela morre — eu disse a ela, com a voz aveludada e baixa, sentindo a raiva por esta mulher aumentar a cada segundo que passava em sua presença. — Felizmente para você, não sou tão cruel — eu disse, pressionando a mão livre na Ômega enquanto remendava os pedaços de sua alma quebrada.

Sua assinatura energética aqueceu meu ser, sussurrou seu nome e sua história. A dor familiar tornava impossível deixá-la neste estado.

— Humm, você deve ser a irmã da Kari. — Reconheci as semelhanças na composição genética. Mas ao contrário de Kari antes de eu curá-la, esta Ômega tinha uma companheiro. Um Alfa. O gêmeo do outro. Tracei todos os elos em minha mente e me concentrei em recuperar o que estava danificado diante de mim.

Quando Lorcan chegou para levá-la embora, ela respirava melhor, e o pior de seus ferimentos estava fechado e cicatrizando por conta própria.

— Essa vai para o Território Andorra — disse a ele. — Ela precisa de mais tratamento.

Ele assentiu, desaparecendo com ela, e me deixou sozinho com minha companheira errante.

— Olá, Quinnlynn. Esse jogo de esconde-esconde está ficando cansativo, não acha?

Ela soltou um suspiro, fazendo com que o cabelo escuro que caía sobre sua bochecha flutuasse com a brisa.

— Não sei. Demorou algumas décadas nesta rodada, então acho que estou melhorando. Devemos tentar por um século desta vez?

Eu sorri.

— Não, pequena malandra. Você se escondeu e eu te peguei. — Eu a puxei para meus braços, sustentando seu olhar cauteloso. — Fim do jogo, princesa. Eu ganhei. Agora está na hora de ir para casa. *De novo*.

CAPÍTULO 37
ENRIQUE

TERRITÓRIO BARILOCHE

Ao CAMINHAR por entre as árvores, percebi que esta terra não parecia mais minha. Era estranha. Abusada. Suja.

O cheiro de podridão tomava conta das folhas, os poços infectados eram numerosos, abundantes e grotescos em sua manutenção.

Este lugar não era mais meu lar.

O que significava que eu era um lobo sem Território. Eu não tinha ideia de para onde iria depois disso. Minha história pairava sobre minha cabeça como uma nuvem escura, me proibindo até mesmo de pedir refúgio em certas terras.

Kazek não me aceitaria.

Ludvig também não.

Ander poderia, se eu defendesse minha causa e tivesse um desempenho admirável esta noite. Seu segundo parecia gostar de mim. Eu já havia negociado um porto seguro para Savi e Joseph, talvez eu pudesse adicionar meu próprio nome à lista.

Um pensamento para mais tarde, disse a mim mesmo. *Foco*.

As minas terrestres fora da propriedade de Carlos provaram ser complicadas, e uma delas já quase derrubou Sven. Felizmente, foi um golpe residual. Kazek a viu alguns passos à sua frente e atirou nela com sua arma antes que Sven pudesse pisar.

Ainda machucou o jovem Alfa. Mas a magia assustadora de Kieran o recuperou.

Eu supunha que os lobos do V-Clan tinham sua utilidade, mas eu não pediria refúgio no Território de Sangue. Prefiro ser um lobo solitário do que cercado por sua magia maluca.

Tremi só de pensar nisso.

Então me concentrei na tarefa em questão, a propriedade ao alcance da vista. Já estávamos mais longe nas terras de Carlos do que qualquer outra pessoa poderia estar no Território Bariloche. Ele tinha que saber que estávamos indo atrás dele. Mas cada Alfa que ele enviou para lidar conosco foi abatido por assassinos bem treinados. Ajudou o fato de os Alfas anteriormente controlados por narcóticos também estarem lutando ao nosso lado. Eles estavam chateados, e com razão.

Seus minutos estão contados, pensei para o Alfa do Território.

Dois Betas saíram correndo pelas portas da frente com armas nas mãos, que rapidamente jogaram fora enquanto fugiam.

Kazek bufou.

— Isso é o que acontece quando se escraviza seu povo. Não há lealdade.

— Ele vai usar os outros como escudo — avisei.

— Deixe que eu me preocupe com isso enquanto você encontra seu irmão — ele respondeu, já se movendo em direção à porta aberta com a arma levantada.

Sven o seguiu, os dois eram obviamente treinados para o combate juntos.

Gritos e tiros se seguiram quando eles entraram na casa, e Elias saltou atrás deles com a pistola em punho. Entrei por último, nada surpreso ao encontrar os restos mortais de vários escravos que provavelmente se recusaram a proteger Carlos. A maioria estava sangrando pela garganta, seus dentes eram a arma de escolha.

— Acha que vou lhe dar uma luta justa na forma de lobo? — Sven exigiu, seu foco no lobo rosnando no canto. — Sem a mínima chance.

Eu bufei.

— O jogo acabou, Carlos.

Ele rosnou de volta, claramente insatisfeito em ver que eu era o Alfa que ajudou os outros a atacá-lo.

A neblina subiu ao nosso redor quando Carlos acionou um de seus mecanismos de segurança na forma de gás tóxico. Mas estávamos cheios de antídoto antes de partirmos para o Território Bariloche.

— Não vai funcionar — gritei para meu ex-líder. — Já os preparei para todos os seus truques.

Elias tirou duas bombas de fumaça destinadas a difundir as toxinas e as deixou ir bem ao lado do lobo que rosnava no canto da sala.

Elas explodiram, dissipando a neblina e nos deixando ilesos.

— Mais sorte da próxima vez — Elias retrucou.

Então Sven mirou e colocou uma bala entre os olhos do Alfa.

— Sério? — Kazek questionou. — Assim?

— Sim — Sven respondeu, lançando um olhar para o outro homem. — Meu mentor sempre me disse que não se ganha nada sendo arrogante. Depois de se ter a vantagem, deve-se usá-la.

Um sorriso lento se espalhou pelos lábios de Kazek.

— Parece um mentor inteligente.

— Ele é o melhor — Sven rebateu.

— É verdade — Kazek concordou, pegou a própria arma e disparou dois tiros no peito de Carlos enquanto ele terminava de voltar à forma humana. — Você ainda vai cortar a cabeça dele?

Sven sacou uma faca em resposta.

— Com certeza.

Kazek assentiu e depois olhou para mim.

— Vá encontrar seu irmão e os outros.

Não esperei, confiando neles para proteger a área enquanto eu caçava.

Não havia guarda na porta da prisão.

Nem lobos à espreita nos corredores.

Apenas uma miríade de celas contendo Alfas e Betas que obviamente irritaram Carlos em algum momento. Abri cada uma das portas, dizendo a eles que estavam livres.

Alguns correram.

Alguns mancaram.

A maioria... não se mexeu.

Incluindo a última cela, que continha meu irmão, preso por correntes de prata. Ele parecia faminto e seu corpo deformado sob todo o peso do metal.

— Joseph — murmurei, com o coração partido por ele. — Ah... *merda.*

Ele não estava morto.

Mas não estava exatamente vivo.

Ele parecia meio enlouquecido, os olhos famintos e me lembrando dos Infectados. Eu não tinha dúvidas de que ele me atacaria se eu o libertasse, provavelmente apenas para encontrar algo em que cravar os dentes.

Não estava certo de como movê-lo. Mas ele não podia

ficar aqui. Os outros decidiram queimar esta propriedade, além de várias outras.

— Estou aqui — eu disse a ele, sem saber se isso ajudava. Mas eu precisava que ele soubesse que finalmente o encontrei. Que iria salvá-lo. De alguma forma. Eu resolveria isso.

Os outros finalmente chegaram até mim, com o objetivo de esvaziar as celas e ajudar aqueles que não conseguiam se mover por conta própria.

Elias apareceu com uma seringa para acalmar meu irmão. Seus rosnados pareciam pesadelos. Nunca fui de chorar, mas senti as lágrimas se formarem em meus olhos por causa do meu irmão gêmeo. — Ele só precisa de nutrição e de sua companheira — Elias garantiu.

— Ele não pode ver Savi nestas condições — respondi de imediato. — Ele vai matá-la.

— Não, isso vai exigir uma reintrodução muito lenta — ele disse. — Mas temos as instalações para isso.

Assenti, engolindo em seco.

— E ele terá você lá para guiá-lo também — ele acrescentou severamente. — Certo?

— É claro que ele estará lá, Enrique é irmão dele — Ander disse ao entrar para ajudar a cuidar do meu gêmeo. Como o Alfa do X-Clan mais forte entre nós, exceto talvez por Kazek, fazia sentido que ele assumisse essa parte.

Mas Kazek apareceu para ajudar. Os dois lutaram com meu irmão sedado, mas ainda selvagem, o tiraram da jaula e lentamente o guiaram escada acima.

— Seria bom se Kieran não tivesse ido embora sem dizer uma palavra — Kazek murmurou. — O toque mágico dele seria útil agora.

— Todos nós sabíamos que ele estava aqui por causa da Ômega do V-Clan — Sven respondeu. — Obviamente, ele a encontrou.

Kazek bufou, dizendo algo em resposta, mas meu foco estava em Joseph.

Finalmente, fiz o que pretendia fazer: encontrei meu irmão.

E agora eu não tinha ideia do que fazer a seguir. Curá-lo, é claro. Mas e depois?

Um dia de cada vez, disse a mim mesmo. *Um dia de cada vez.*

CAPÍTULO 38
SVEN

Território Andorra

Meu corpo doeu quando entrei na cúpula do Território Andorra. A exaustão me atingiu bem no peito. Passamos quase dois dias limpando o Território Bariloche e dividindo os refugiados em grupos diferentes. As evacuações médicas ocorreram, a maioria transportando lobos de volta ao Território Andorra para serem submetidos a um tratamento significativo. Aqueles que estavam em melhor forma foram para o Território Nórdico ou o Território de Inverno. E alguns foram para outros aliados ao redor do mundo, incluindo duas Lobas Ash que seguiram para o Território das Terras Sombrias.

O último avião continha uma mistura de Ômegas de várias partes do mundo. Enrique se ofereceu para levá-las de volta para casa, dizendo que era o mínimo que poderia fazer pela nossa ajuda para resolver a situação. Ele retornaria ao Território Andorra na próxima semana. Meu irmão achou que era melhor porque iria manter Enrique ocupado enquanto os médicos de Andorra tratavam de Joseph e Savi.

Girei os trens de pouso com um suspiro e relaxei em meu assento.

— Você foi bem — Kazek disse, seu tom estranhamente sério. — Muito bem.

Curvei os lábios para um lado.

— Muito melhor que em Praga.

— Muito melhor — ele concordou. — Só teve um pequeno revés com a bomba. E não foi mordido desta vez.

Bufei.

— Não fui mordido em Praga.

— Aham.

— Dentes na calça jeans não contam. Não rompeu a pele.

Kazek considerou isso.

— Sim, tudo bem. Apenas meio ponto foi deduzido.

Revirei os olhos.

— Nenhum ponto é deduzido, a menos que tire sangue.

— Eu disse isso?

— Sim.

— Merda — ele falou. — Acho que preciso repensar minhas regras.

— Por quê? Tem outro ninho onde queira me deixar?

— Talvez não você, mas a Winter. — Ele sorriu então, com a expressão sonhadora. — Ela quer caçar zumbis comigo.

Eu ri.

— Isso soa como o seu tipo de encontro.

— E o seu? — ele perguntou, desafivelou o cinto de segurança e se virou para olhar de maneira incisiva para a cabeça em uma bolsa no banco de trás.

— É um símbolo — eu disse a ele. — Para provar que sou digno.

— Você não precisa de um símbolo para isso, Mick — ele respondeu. — Você é um dos Alfas mais dignos que já conheci. O que é uma coisa boa, porque não tenho mais certeza de quem venceria uma briga entre nós.

— Você — respondi sem hesitar. — Porque eu me ajoelharia.

— Sim — ele concordou. — Só que eu daria aquela joelhada mais rápido e ainda assim venceria no final.

Bufei e desafivelei o cinto de segurança, pronto para sair do avião. Mas Kaz me parou com a mão no meu ombro.

— Winter disse que posso manter a Alana como minha segunda. — Ele captou meu olhar, com aquela expressão séria de volta. — Só concordei porque você tem uma oportunidade melhor. Caso contrário, eu exigiria que *você* aceitasse o trabalho.

Eu fiz uma careta.

— Oportunidade melhor?

— Vamos lá, Mick. Você sabe que o seu pai está te preparando. Comigo e Alana fora, você é a escolha natural como o Segundo dele no Território Nórdico. E eu não ficaria surpreso se ele pretendesse que você o sucedesse algum dia também.

Considerei sua declaração e tudo o que meu pai colocou em ação ao meu redor.

— Ele está sempre ensinando, não é?

— Está — Kaz murmurou, mas percebi a diversão em seu olhar. — Ele me ligou por cortesia profissional, para me contar sobre os planos do Território Bariloche, dizendo que parecia justo, já que contei a ele sobre sua ligação anteriormente.

— Porque ele sabia que você ia pegar um voo para se juntar a nós no banho de sangue.

— Sim. — Ele sorriu. — Ele sabia que eu também não deixaria nada acontecer a você. Mas você provou que não precisava de mim, exceto pelo incidente com a mina terrestre.

— E agora você nunca vai me deixar esquecer isso, não é?

— Não por muito tempo. Quero dizer, você quase pisou nela, garoto. Tinha apenas um metro...

— Sim, sim, sim — eu disse, acenando para ele enquanto me levantava. — Você salvou minha vida novamente. Sem você estou perdido. Sim, sim, sim.

Ele riu.

— Eu não fui tão longe.

— Ah, mas vai. Assim como nunca vai superar a porra de Estocolmo. — Me aproximei para pegar a cabeça ensacada e lancei um olhar por cima do ombro. — Você me deixou com uma única pistola e roubou meu avião.

— Peguei emprestado.

Fui em direção à saída com ele logo atrás.

— E me repreendeu por demorar muito.

— Porque você foi lento — ele respondeu.

— É o que acontece quando se cai em um ninho com apenas seis balas.

— Não é culpa minha que você não as tenha usado com sabedoria.

— Claro que é, já que não recebi nenhum aviso — respondi, saindo quando a porta se abriu para ocupar as escadas.

— Você tinha dentes como reserva — ele ofereceu. — E poderia ter se transformado para correr mais rápido.

Eu apenas balancei a cabeça.

— Você nunca vai me deixar esquecer isso.

— Não — ele falou. — E agora você me deu mais coisas para te atormentar.

Suspirei e segui em direção ao prédio. Então fiz uma pausa, pensando melhor, e decidi tirá-lo do nosso joguinho.

— Obrigado por vir comigo, Kaz. — Era importante dizer isso, não apenas porque eu queria dizer, mas porque senti que estávamos oficialmente nos separando. Não para sempre. Apenas... seguindo por dois novos caminhos de vida.

Ele me observou.

Eu o observei de volta.

Então ele assentiu.

— Eu não vou te abraçar, Mick.

— Que bom. Não gosto quando você me toca.

Ele olhou para mim.

Eu olhei de volta.

E ele sorriu.

— Humm, eu aprovo. — Ele me deu um tapinha no ombro e acenou com a cabeça. — Agora vá buscar sua Ômega.

Kaz não precisou me dizer duas vezes. Meu coração ficou parado pelo que pareceram anos sem Kari por perto para me reanimar. Fui direto para o elevador e subi para a suíte de hóspedes.

Ela estava me esperando na entrada, com os olhos cheios de tanta esperança que meu peito doeu.

Minha fêmea se tornou uma nova loba, que sorria e acreditava em um futuro melhor.

Mas quando seu olhar pousou na bolsa em minha mão, senti aquela esperança se dissipar um pouco.

— Você conseguiu — ela murmurou.

— Sim — respondi. — E matei os dois médicos que te operaram também. — Encontrei os registros médicos dela no escritório de Carlos enquanto examinávamos todos os seus arquivos e pertences antes de priorizar os agrupamentos para os refugiados. — Fiz um vídeo deles queimando, se você quiser ver — contei a ela.

Ela assentiu.

— Sim.

Quase pude ouvir Kazek em algum lugar aprovando sua necessidade de sangue. Talvez eu a levasse em uma missão para caçar algum Infectado um dia. Poderia ser um encontro duplo com Kaz e Winter.

Quase contraí os lábios com o pensamento, mas eu tinha algo mais importante para fazer agora.

Eu tinha que ajudar Kari a queimar o passado.

E isso começava com a destruição da cabeça de Carlos.

EPÍLOGO · KARI

TERRITÓRIO ANDORRA

VÁRIOS DIAS DEPOIS

OLHEI PARA A PORTA, estudando as dobradiças e seu exterior de madeira lisa.

Atrás dela estava uma parte de mim que eu nunca recuperaria. Uma alma destruída que murchou e teve uma morte dolorosa. Uma de minha escolha.

Porque eu não era mais aquela mulher.

Não estava mais destruída. Não era mais um fragmento despedaçado. Não era mais uma escrava Ômega.

Era Kari Mickelson, companheira de Sven Mickelson.

E finalmente estávamos indo para casa.

Pressionei a mão na madeira, me despedindo pela última vez e deixei meu velho mundo para trás. Queimamos a cabeça do meu pai naquele cômodo. Eu chorei. Não pela perda, mas pela dor que ele me infligiu, pela destruição que causou em minha alma, e aquela parte sombria de mim pereceu junto com ele.

Porque ele não podia mais me machucar.

Sven fez isso. Ele me salvou. Me deu esperança. Me transformou em uma nova mulher, nascida da força e da *esperança*.

Ele era o companheiro perfeito, a outra metade da minha alma, e quando me virei para encará-lo, percebi que ele era meu para sempre.

— Eu te amo — sussurrei, dizendo a ele as três palavras que contive desde que as disse através do vídeo. Quis dizer isso naquela época, mas não tanto como agora. Parte de mim estava assustada e preocupada com meu companheiro. Mas agora, eu sabia que ele estava saudável, vivo e muito meu. Então eu as disse com propósito, falando sério e mostrando a ele com meus olhos a profundidade do meu amor.

Ele estendeu a mão para mim, e me puxou para seus braços.

— Eu também te amo — ele murmurou, seus lábios pairando sobre os meus. — Agora vamos para casa.

Assenti.

O Território Nórdico era onde estava meu futuro e, embora ainda sentisse aquela sensação de desconforto, optei por confiar em meu destino. Confiar em Sven. Confiar em mim e na minha loba interior. Ela esteve ao meu lado quando mais precisei, e agora, eu seguiria seus instintos, assim como os meus.

— Sim — falei baixinho, segurando sua mão. — Vamos para casa.

Com meu companheiro.

Com o meu amor.

Com minha alma totalmente curada.

O futuro nunca pareceu mais brilhante. E agora eu tinha a eternidade ao meu lado.

Ao destino, pensei, olhando uma última vez para a suíte que mudou minha vida. À *vida*.

Obrigada por ler *Território Bariloche*, a história final da série X-Clan.

Quinn MacNamara

Sangue. Morte. Guerra.
Uma dinastia destruída.
Me deixando como prêmio final.

Sou uma loba Ômega não acasalada. Membro da realeza.
E destinada a governar. Mas todos os Príncipes Alfa
restantes querem me reivindicar usando métodos brutais,
aterrorizantes e cruéis.

Passei o último século fugindo, me escondendo em lugares
onde ninguém pensaria em procurar.
Apenas ele me encontrou. Príncipe Kieran, o metamorfo
mais poderoso de todos.

Nosso jogo de esconde-esconde chegou ao fim.
É hora de me submeter.
Ou morrer lutando.

Kieran O'Callaghan

A pequena trapaceira escapou de mim uma vez. Ela se entregou a um perigoso jogo de perseguição pelos territórios, mas finalmente encontrei meu prêmio.

A pobrezinha pensou que eu valorizava o cavalheirismo e a corte. Sou um Príncipe Alfa. Pego o que, quando e como quero. E seu sangue doce atrai o predador dentro de mim para destruir todos os seus sonhos de ser feliz para sempre.

Deixe os Príncipes Alfa aproveitarem as V-Guerras Reais deles.
Enquanto se curvarem a mim como Rei do Território de Sangue, não vou intervir.
Além disso, tenho uma nova e linda Ômega para domar. É hora de colocar uma coroa nela e torná-la minha rainha.

Nota da autora: : Este é um romance de metamorfos sombrios, com temas do Ômegaverso. Kieran é um Príncipe Alfa que não tem remorso e Quinn é uma Princesa Ômega mal-humorada. É uma combinação feita no inferno, onde o anti-herói é o rei.

Lexi C. Foss é uma escritora perdida no mundo do TI. Ela mora em Chapel Hill, na North Carolina, com o marido e seus filhos de pelos. Quando não está escrevendo, está ocupada riscando itens da sua lista de viagem. Muitos dos lugares que visitou podem ser vistos em seus textos, incluindo o mundo mítico de Hydria, que é baseado em Hydra nas ilhas gregas. Ela é peculiar, consome café demais e adora nadar.

https://www.lexicfoss.com/Inicio

MAIS LIVROS DE LEXI C. FOSS

Série Aliança de Sangue

Inocência Perdida

Liberdade Perdida

Resistência Perdida

Rebeldia Perdida

Realeza Perdida

Crueldade Perdida

Eternidade Perdida

Universo da Aliança de Sangue

Desejo

Dia de Sangue

Rainha dos Elementos

Livro Um

Livro Dois

Livro Três

O Próximo Reinado

Rainha dos Vampiros

Livro Um

Livro Dois

Livro Três

Livro Quatro

Outras séries sobre o universo Fae:

Rainha Fae do Inverno

Série X-Clan

A origem

Território Andorra

O experimento

A Flecha de Winter

Território Bariloche

Série V-Clan

Território de Sangue

Território Noturno

Território Eclipse

Outros Livros

Ilha Carnage

Reivindicação